Sinfonía en blanco

Alfaguara es un sello editorial del Grupo Santillana
www.alfaguara.com.mx

Argentina
Av. Leandro N. Alem, 720
C 1001 AAP Buenos Aires
Tel. (54 114) 119 50 00
Fax (54 114) 912 74 40

Bolivia
Avda. Arce, 2333
La Paz
Tel. (591 2) 44 11 22
Fax (591 2) 44 22 08

Chile
Dr. Aníbal Ariztía, 1444
Providencia
Santiago de Chile
Tel. (56 2) 384 30 00
Fax (56 2) 384 30 60

Colombia
Calle 80, 10-23
Bogotá
Tel. (57 1) 635 12 00
Fax (57 1) 236 93 82

Costa Rica
La Uruca
Del Edificio de Aviación Civil 200 m al Oeste
San José de Costa Rica
Tel. (506) 220 42 42 y 220 47 70
Fax (506) 220 13 20

Ecuador
Avda. Eloy Alfaro, 33-3470 y Avda. 6 de
Diciembre
Quito
Tel. (593 2) 244 66 56 y 244 21 54
Fax (593 2) 244 87 91

El Salvador
Siemens, 51
Zona Industrial Santa Elena
Antiguo Cuscatlan - La Libertad
Tel. (503) 2 505 89 y 2 289 89 20
Fax (503) 2 278 60 66

España
Torrelaguna, 60
28043 Madrid
Tel. (34 91) 744 90 60
Fax (34 91) 744 92 24

Estados Unidos
2105 N.W. 86th Avenue
Doral, F.L. 33122
Tel. (1 305) 591 95 22 y 591 22 32
Fax (1 305) 591 91 45

Guatemala
7a Avda. 11-11
Zona 9
Guatemala C.A.
Tel. (502) 24 29 43 00
Fax (502) 24 29 43 43
Honduras
Colonia Tepeyac Contigua a Banco
Cuscatlan
Boulevard Juan Pablo, frente al Templo
Adventista 7o Día, Casa 1626
Tegucigalpa
Tel. (504) 239 98 84

México
Avda. Universidad, 767
Colonia del Valle
03100 México D.F.
Tel. (52 5) 554 20 75 30
Fax (52 5) 556 01 10 67

Panamá
Avda. Juan Pablo II, no15. Apartado Postal
863199, zona 7. Urbanización Industrial
La Locería - Ciudad de Panamá
Tel. (507) 260 09 45

Paraguay
Avda. Venezuela, 276,
entre Mariscal López y España
Asunción
Tel./fax (595 21) 213 294 y 214 983

Perú
Avda. Primavera 2160
Surco
Lima 33
Tel. (51 1) 313 4000
Fax. (51 1) 313 4001

Puerto Rico
Avda. Roosevelt, 1506
Guaynabo 00968
Puerto Rico
Tel. (1 787) 781 98 00
Fax (1 787) 782 61 49

República Dominicana
Juan Sánchez Ramírez, 9
Gazcue
Santo Domingo R.D.
Tel. (1809) 682 13 82 y 221 08 70
Fax (1809) 689 10 22

Uruguay
Constitución, 1889
11800 Montevideo
Tel. (598 2) 402 73 42 y 402 72 71
Fax (598 2) 401 51 86

Venezuela
Avda. Rómulo Gallegos
Edificio Zulia, 1o - Sector Monte Cristo
Boleita Norte
Caracas
Tel. (58 212) 235 30 33
Fax (58 212) 239 10 51

ALFAGUARA

Adriana Lisboa

Sinfonía en blanco

ALFAGUARA

© 2001, Adriana Lisboa
© De esta edición:
2009, Santillana Ediciones Generales, S. A. de C. V.
Av. Universidad 767, col. del Valle,
México, D. F., C. P. 03100, México.
Teléfono 5420 75 30
www.alfaguara.com.mx

Primera edición: febrero de 2009

ISBN: 978-970-58-0453-3

© Diseño de cubierta: Eduardo Téllez, sobre el cuadro *Sinfonía en blanco no. 1*
de James Whistler.

Traducción: Álvaro Inchausti.

Impreso en México

Si c'est inutile de pleurer, je crois qu'il faut quand même pleurer. Parce que le désespoir c'est tangible. Ça reste. Le souvenir du désespoir, ça reste. Quelquefois ça tue. (Si es inútil llorar, creo que aun así se debe llorar. Porque la desesperación es tangible. Permanece. El recuerdo de la desesperación permanece. Algunas veces mata.)

Marguerite Duras

Una mariposa, una cantera prohibida

Aún había algo de tiempo antes de que ella llegase.

La sofocante tarde de verano se despegaba del camino en forma de polvo y se desperezaba en el aire. Todo estaba quieto, o casi quieto, y blando, hinchado de sueño. Un hombre de ojos muy abiertos (y transparentes de tan claros, cosa que no era común) fingía vigilar el camino con sus pensamientos. En realidad, sus ojos mapeaban otros lugares, vagaban dentro de él y juntaban trozos de memoria como un niño que junta conchas en la arena de la playa. A veces el presente se entrometía, se interponía, y él pensaba voy a usar *tierra* en mi próximo trabajo. Pero entonces el mundo marrón y reseco y polvoriento se contraía nuevamente para ver pasar un blanco virginal, una joven vestida de blanco que evocaba un cuadro de Whistler.

Tomás se acordaba de ella. El amor. ¿Dónde estaría?

El amor era como la pálida marca dejada por un cuadro removido después de años de vida sobre una misma pared. El amor producirá un vago intervalo en su espíritu, en la transparencia de sus ojos, en la pintura envejecida de su existencia. Un día, el amor gritará dentro de él, inflamará sus vísceras. Nada más. Hasta el recuerdo era incierto, fragmentado, pedazos del esqueleto de un monstruo prehistórico enterrados y conservados por el azar, imposible recomponer un todo íntegro. Treinta años después. Doscientos millones de años después.

El cachorro dormía a los pies de Tomás y soñaba, sin el recuerdo de una joven vestida de blanco. A veces gemía.

En un momento dado levantó la cabeza negra y blanca en un sobresalto y comenzó a morder la pata para sacarse una nigua de allí. Las gallinas de Guinea de la cocinera Jorgina repetían el estribillo *toy-flaco, toy-flaco* que ella escuchaba sin oír. Una tarde gastada y sin brillo, como un viejo pedazo de goma, un neumático pelado. Un fósil, doscientos millones de años.

Las buganvillas crecían de una forma salvaje, casi agresiva, las ramas desgarbadas imponiéndose sin pedir permiso y las espinas contradiciendo la delicadeza de la flor. Aquellas buganvillas ya estaban allí mucho antes de que Tomás llegara. Quién sabe si permanecerían después de que él, de una forma u otra, se fuera.

El cachorro, que no tenía nombre o dueño, que simplemente eligió como suya aquella casa y entendió como suyos los restos de comida que la cocinera pasaba a poner dos veces por día sobre una hoja de periódico, junto al tanque, terminó su operación de remover la nigua y volvió a dormir sus sueños misteriosos.

Como los sueños de los bebés. Tomás se había preguntado muchas veces qué clase de sueños hormiguearían en la mente de un recién nacido. ¿Tendría recuerdos del útero y los haría sueños líquidos y rojizos? Por un momento fantaseó que un bebé soñaría con el momento de su concepción, como si hubiese sido testigo, como si hubiese acompañado paso a paso, observador atento, las fases de su propio desarrollo, un enmarañado de células al que los científicos le fueron dando nombres sin poesía, mórula, blástula, gástrula (¿era justo eso?), un embrión, un feto. Que cargaría la emoción casi consciente de identificar desde el principio, desde el óvulo fecundado, como una información genética, a su madre.

Su padre.

¿Así sería? No se podía tener certeza.

Los ojos claros de Tomás se humedecían una y otra vez; desde la infancia lo acompañaba el tic de mantener los ojos abiertos sin pestañear por el máximo de tiempo posible, en una cruel apuesta consigo mismo de la cual saldría siempre ganador e inevitablemente perdedor. Terminaba lagrimeando. Entonces, en la tarde sofocante y seca, Tomás liberó de sus ojos dos hilos plateados que nadie vio, ni el perro, ni la cocinera Jorgina. ¿Habría palabras escondidas en aquellas lágrimas? ¿O serían lágrimas más allá de las palabras, más allá del mundo, más allá de la tarde soñolienta y del verano intenso que venía a socavar con los dedos sus propios poros en aquel refugio?

No era un hombre feliz. Ni infeliz. Se sentía *equilibrado* y por eso pagaba el precio que creía justo y recibía admisibles intereses-dividendos-con-corrección-monetaria. Abdicó de algunos territorios. Renunció a la fantasía de un imperio. Reinaba apenas sobre sí mismo y sobre aquella choza olvidada en medio de labranzas de poca monta y caminos de tierra que se volvían polvo en la seca y se volvían barro en la estación de lluvias y no solían portar ambiciones. Cuando se fue a vivir allí (pero no por eso), sabía: era el fin de los sueños. Y ahora pensaba en tal vez usar tierra en su próximo trabajo, en su próximo lienzo, ¿tierra y tinta? Su pensamiento era tan pequeño. Tan pequeño. Del tamaño del aroma de un perfume que una mujer dejase en el aire.

En el cielo, muy distante, pasó un avión sin hacer ruido, alto, no había aeropuerto en las proximidades, seguramente se dirigía al aeropuerto de Galeào o hacia el Santos Dumont, en la capital. La cocinera Jorgina, que había perdido la mayor parte de los dientes y ahora exhibía orgullosa una dentadura postiza muy blanca, se aproximó silenciosa a Tomás y colocó una taza de café humeante, que olía bien, en la mesita de hierro colado de la terraza. No era mujer de muchas palabras, en realidad no le gustaban. Pensaba, sin pensar, que eran traicioneras como un bicho que acecha a su presa, y casi siempre injustas. Observó el clima y suspiró un suspiro sin significados. Después volvió al interior de la casa y fue al fogón donde humeaban los frijoles, el arroz, la carne asada. A lo lejos Tomás divisó la pickup nueva de Ilton Xavier, que rodaba apresurada por el camino, levantando polvo. Todos estos discretos movimientos eran como señales de respiración de un cuerpo adormecido, sólo eso, y no alcanzaban a rasguñar la tarde.

El café estaba muy dulce, demasiado dulce, pero Tomás aprendió a que le gustara así, que era la manera de la gente de allí, economía en el polvo, abundancia en el azúcar. El perro, al que molestaba un tábano, levantó ágil la cabeza y en un solo movimiento se tragó al insecto en pleno vuelo. Tomás se quedó mirando sin interés sus propias piernas, descubiertas por unas bermudas. En su piel se veían, como tatuajes, las rudas marcas de aquel lugar sin asfalto ni concreto: abundantes picaduras de mosquitos, garrapatas, tábanos y otros bichos, y una pequeña cicatriz en la pantorrilla izquierda, de donde le sacaron un gusano en el puesto de salud de Jabuticabais. Cosas que venía acumulando a lo largo de los últimos años, desde que se fue a vivir allí. Tan cerca y tan lejos de la joven de blanco. Junto a sus pies, una senda laboriosa de hormigas dibujaba una estría viva en el piso.

Ni feliz, ni infeliz. Un hombre que buscaba apenas aquel pequeño silencio, aquel preciso lagrimear por ningún motivo y por todos. La confusión entre sí mismo y el polvo del camino que la pickup nueva de Ilton Xavier dejaba atrás como un pensamiento.

En la pequeña sala con piso de cemento rojo-gastado se apilaban los cuadros que Cándido vendría a buscar el fin de semana, los lienzos sin intención y de tamaño modesto serían vendidos a cien reales cada uno y destinados a decorar salitas de clase media provinciana, consultorios médicos, modestos escritorios de abogacía. El escribano de Jabuticabais compraría dos, según Cándido. Uno estaría colgado en el archivo, y el otro sería regalo de casamiento para una sobrina. De vez en cuando alguien le encargaba un retrato, y el precio se duplicaba. Cándido quedaba satisfecho, pero el humor de Tomás no parecía cambiar mucho, continuaba uniforme como aquella tarde seca.

En las pinturas de paisajes había casi siempre una carretera que no llevaba a ningún lugar. Que desaparecía detrás de un árbol, o en una curva, o en un declive del terreno. Y en la esquina inferior derecha quedaba aquella firma silenciosa de alguien que sólo firmaba sus cuadros porque los compradores lo exigían. Antes, a los veinte años, Tomás se rehusaba a contaminar cualquier trabajo suyo con una firma imprevista que estorbaba la composición general, como alguien tosiendo en medio de un concierto, como las luces de una sala de proyección prendiéndose antes del final de la película. Ahora hacía lo que los clientes quisieran, y para esos clientes una firma le daba autenticidad al cuadro. Estatus. Aun la firma de un pintor desconocido. No podía prescindirse de ella. Está bien. No hace diferencia. Firmaba su nombre con tinta negra y caligrafía de estudiante de escuela primaria.

Cierta ocasión un cliente contó: mi sobrina viajó a Europa. Fue a París. Y me traje de allá una reproducción enorme de una fotografía, una fotografía en blanco y negro de un hombre y una mujer besándose en medio de la calle. Nunca la voy a colgar en mi sala. Sus cuadros, sí. Sus paisajes, que son tan bonitos, y además son pintura al óleo, eso tiene valor.

Tomás pensó en la fotografía magistral de Robert Doisneau y sonrió y prendió un cigarrillo y la espiral de humo ascendió por el espacio como una serpiente encantada. Por un instante esculpió una figura femenina que pronto se deshizo en el aire. Cansado de tanto dormir, el perro se levantó, se rascó la oreja con la pata trasera y dejó la pata en el aire durante un preciso instante en que miró a la distancia y notó algo que se le escapaba al hombre. Volvió la cabeza y vio la puerta abierta tras de sí y tuvo un presentimiento canino ante el cual sonrió con una sonrisa canina, invisible de tan suave. Después se fue a acostar dos metros adelante, donde el pasto estaba alto y tal vez más fresco.

No había más novedades para Tomás. Las palabras eran pocas dado que compartía la mayor parte de las horas con una cocinera a la cual no le gustaba conversar y que se comunicaba por sonrisas y monosílabos, o por la ausencia de ellos. Sólo de tiempo en tiempo él iba hasta Jabuticabais, la ciudad más próxima, a hacer sus compras, más que modestas. Fuera de eso, estaban apenas las visitas de su amiga Clarice. Y las visitas a su amiga Clarice. Que servían para reiterar la certeza: no había más novedades. El trayecto estaba terminado y Tomás podía ahora sentarse a la sombra, frente a la línea de llegada, que venía a coincidir con el punto de partida, como si él no se hubiese movido o como si hubiese vivido un gran arco, trescientos sesenta grados. Le quedaba observar la velocidad de rotación del planeta y la magra sucesión de las estaciones. En esa realidad, la compañía de Clarice encajaba sin exigir, sin mover, sin hacer alarde. Sin causar disonancias que exigiesen respuesta, silenciosa como todo lo demás. Si la espiral de humo esculpía una figura femenina, esa figura no revelaba a Clarice, definitivamente. Pero, y Tomás debía reconocerlo, tal vez aún evocase a aquella otra, a pesar de todo. Aquella que él iría a reencontrar al día siguiente.

Una mujer que la memoria siempre vestía de blanco y de juventud.

Muchos años antes, aquella mujer de blanco era apenas María Inés. Y acababa de plantar un árbol de dinero en compañía de un primo en segundo grado que era apenas João Miguel. Dos primos segundos con nombres dobles: era todo lo que tenían en común.

Aún no está brotando, se quejó João Miguel, y María Inés se encogió de hombros y dijo tú sí que no tienes paciencia. ¿Crees que es así? ¿Que uno planta una semilla y comienza a brotar en el mismo momento? Hay que esperar mucho tiempo.

¿Cuánto tiempo?

Depende. Días, semanas.

¿Tanto?

Ella no respondió. Alisó la tierra con cuidado casi maternal, luego desvió los ojos para acompañar a una mariposa que sobrevolaba el pequeño espacio hasta la cantera y se lanzaba audaz en el abismo.

Presta atención. No le vayas a decir a mi padre que andamos por aquí, está prohibido, dijo María Inés.

¿Prohibido?

Sí. Él lo prohibió, es muy peligroso.

João Miguel se alarmó, pero al mismo tiempo era obvio que un árbol de dinero, como aquél que él y su prima segunda habían acabado de plantar, debía quedar en un lugar secreto. De difícil acceso. En un lugar *prohibido*.

Durante una hora los dos niños habían caminado monte arriba, atravesando el pasto y la pequeña mata que había allá en lo alto (como un resto de cabello en una cabeza casi enteramente calva), llenándose de garrapatas, hasta los límites de la gran cantera donde familias de lagartos se mimetizaban inmóviles bajo el sol.

Desde la cumbre, tendidos boca abajo sobre la piedra más alta, podían ver el mundo entero, o al menos aquello que a María Inés le parecía el mundo entero, dimensionado por sus nueve años de edad. De un lado el río, pedacito de piolín dorado, los animales en el pasto como miniaturas, la casa y el corral como coloridos juguetitos de plástico. Y del otro lado, el silencio y el vacío acentuados por el abismo abrupto: allá abajo, en la abandonada Hacienda de los Ipês, vagaban fantasmas, caracoles redondos surcaban muy lento las paredes adormecidas y plantas suculentas crecían en el techo. La pintura de las ventanas se descascaraba poco a poco, todo envejecía y se volvía día a día más secreto. Más doloroso. Como las otras realidades que María Inés estaba a punto de conocer tan bien.

¿Ya te conté sobre la Hacienda de los Ipês?, le preguntó a João Miguel, y él mintió diciendo que no, sólo porque quería oír de nuevo la historia del linchamiento.

Ella contó: dicen que el dueño se volvió loco porque encontró a su mujer con otro, tú sabes cómo es. Fue hasta la cocina, agarró el machete. Parece que estaba borracho, no sé si alguien haría una cosa de esas si no estuviese borracho. Tal vez fuese un loco. Agarró el machete y mató a la mujer, ¡su propia mujer! ¿Te imaginas? Con diecisiete cuchilladas. El amante logró escapar, llamó a la policía, el marido fue apresado.

María Inés hizo una pausa, evaluó el silencio en la punta de la lengua y sintió su gusto agridulce, como los caramelos de tamarindo. Luego prosiguió, eficaz contadora de historias, narrando cómo la menguada población de la pacífica Jabuticabais enfureció, se levantó como una ola, invadió la jefatura y linchó al asesino en medio de la calle con palos y piedras y después con fuego. Su hija, amargada niña que heredó aquellas tierras, tuvo que madurar antes de tiempo, como una fruta en el invernadero. Se llamaba Lindaflor, la pequeña y enojada Lindaflor que en los alrededores era evocada como un mito. Algunos decían que era rubia como un ángel, otros aseguraban que tenía cabellos de fuego y piel muy blanca, o que era morena como una india, de cabellos gruesos y lisos. Ora discreta como la madre, ora violenta como el padre, ora suave y loca. Los informes sobre su paradero también variaban. Estaba con los tíos en Friburgo. Estaba con unos primos en Río de Janeiro. Se había mudado al exterior, a Alemania, donde era criada por una pareja de músicos, un pianista alemán y una violonchelista brasileña (nadie sabía explicar de dónde surgió esa hipótesis, tan creativa como improbable). María Inés no podía aclarar nada de aquello con sus padres porque, naturalmente, aquel asunto también estaba prohibido.

Los *prohibidos* la seducían en la misma medida en que cercaban a Clarice, su hermana mayor, que ya iba a cumplir trece años y era obediente como un perrito entrenado, que no se aproximaba a la gran cantera y no hacía preguntas sobre la tragedia de la Hacienda de los Ipês. Los prohibidos.

¿Quieres saber qué voy a hacer con mi parte del dinero?, preguntó María Inés al primo segundo, refiriéndose al árbol, al día en que fuese adulto y se llenara de frutos-monedas. Voy a viajar, dijo. En barco, hasta Europa.

Había un aparente desapego en el comentario de João Miguel, pero una tristeza profunda hizo que bajaran sus ojos. Él dijo mi padre viaja mucho. Hasta Europa, en avión y en barco.

Plantar un árbol de dinero usando una moneda como semilla había sido idea de María Inés, naturalmente. La inventiva María Inés, y osada, y curiosa. Miró al primo con sincera compasión. Cuando João Miguel se acordaba del padre y se ponía pesado como un lunes lluvioso, la invadían aquellas ganas de protegerlo, el pobre primo abandonado, de cargarlo en brazos. Viajaba mucho, su padre. Hasta Europa, hasta su Italia natal. En avión. Con la amante. Mientras la esposa se terminaba de desgastar en una clínica para enfermos mentales. Claro que saber estos pormenores era cien por ciento prohibido, pero María Inés tenía sus medios para entreoír las conversaciones de los adultos. Hasta Europa. Con la amante. Y el hijo quedaba olvidado durante los tres meses de vacaciones en la hacienda de los primos, en el interior del estado.

Pobre João Miguel, dijo María Inés, y sus palabras se componían de un tercio de sinceridad y un tercio de ironía y un tercio de indiferencia. Pasó los dedos suavemente sobre la muñeca que su primo segundo y marido se había golpeado durante un partido de tenis aquella mañana de domingo, treinta y cinco años después de la antiquísima y enmohecida mañana de domingo en que, lejos de ahí, subieron un cerro y se acercaron a una cantera prohibida para vigilar el nacimiento de un árbol de dinero.

Después de la caricia, suave como el roce del ala de un insecto, María Inés volvió a ponerse los anteojos de lectura y a zambullirse sin interés en el periódico. Decía que las ediciones de domingo eran una bobería y que nunca hablaban de asuntos importantes. Y João Miguel decía que la propuesta era justamente esa, ediciones de domingo para lectores de domingo.

María Inés continuaba ojeando las páginas, se detenía aquí y allí, aunque no se sintiera propiamente una lectora de domingo. Ojeó la delgada revista que traía chismes sobre actores y actrices norteamericanos y consejos simples de moda y maquillaje. Una entrevista. Anuncio de plan de salud. Una crónica negligente y plana. Volvió a interrumpirse sólo para beber el último sorbo de su taza de café, amargo y fuerte, como en Italia. Aprendió a disfrutar del café así en sus viajes. Volvió a poner la taza blanca sobre el platillo blanco que estaba en la mesa de cubierta de cristal y patas de mármol blanco. Italiano.

Hacía demasiado calor y el color de la mañana era un azul del que poco se podía confiar. Intenso pero permeable, con una infinidad de intervalos, de fallas, de lapsos. Intenso *de más*, como un azul de pintura al óleo, como un azul artificial producido en la paleta de un artista —o en el vocabulario de un artista.

En las calles de Río de Janeiro, mujeres gordas y sin tapujos desfilaban en shorts muy cortos de los que saltaban muslos cubiertos de celulitis y camisetas con tirantes, largas y cortas, que revelaban gordos brazos y abdómenes y bajo las que se balanceaban pechos carnosos y grandes. Señoras muy dignas de finas cejas caminaban por las aceras con los tirantes del sujetador a la vista a causa del escote de la blusa. Sobre la frente, sienes y labios desdibujados con labial de un tono rojizo, mil gotitas de sudor resistían a los pañuelos de cambray. Los hombres se quitaban las camisas revelando barrigas sedentarias y bronceadas de más. Casi todos estaban, por cierto, muy bronceados, rostros que eran como tomates, infames marcas blancas de los trajes de baño decorando las espaldas, la piel que se despegaba como hoja de papel después del sol excesivo, labios hinchados como frutas maduras.

Hacía calor por todas partes y poco ayudaba buscar el mentiroso auxilio del mar, porque el sol asaba a pesar de que la fría agua salada pretendía hacer creer que había algún aliento. Por el contrario, la sal incrementaría las quemaduras de la piel. El calor estaba en la arena, en las aceras, en las vitrinas de las tiendas, en el asfalto, en los árboles, en todas partes, en el aire, en las paredes, en los perros de bocas abiertas y lenguas salivosas, en las papayas que quedaron sobre la mesa, calcado como un matiz extra en el traicionero azul del cielo.

En la gran sala de estar de María Inés y João Miguel Azzopardi había, por ello, un anestésico llamado aire acondicionado de dos mil quinientos wats. El apartamento en el Alto Leblon era un acuario y en sus refrigeradas aguas flotaban algunos secretos pececitos, muchos manifiestos pececitos, la mayoría de ellos sin nombre.

Una decoradora sugirió que todo fuese blanco. Sofá blanco, paredes blancas, poltronas blancas. Ideas blancas y mentiras blancas. Mucho mármol blanco. Alguna energía blanca como la de las dos sillas. Algún palo-marfil, como el del estante. Un infinito mundo aséptico de fantasía.

El dinero que compraba todo aquello no brotaba del árbol plantado treinta y cinco veranos atrás en las cercanías de una cantera prohibida, venía de la natural continuación de la carrera del *vecchio* Azzopardi, el Azzopardi padre, por el Azzopardi hijo, João Miguel. Ese año, como todos los otros, el *vecchio* recibiría sus visitas en la *villa* de su Toscana natal, donde se iría a vivir después de la jubilación, a los·setenta años. Lleno de vitalidad y ganas de beber *chianti* y novias cada vez más jóvenes.

El vuelo de João Miguel saldría por la noche. Antes haría una apropiada escala en Cortina d'Ampezzo. Eduarda había optado por acompañar a su madre hacia aquel destino tan extraño donde se volvería a encontrar con la tía Clarice, en el interior del estado, un lugar donde los turistas jamás pondrían los pies. Y donde a la luz del día se respiraban muchos misterios, conforme descubriría.

María Inés acompañó a João Miguel, siguiendo el protocolo. Con su largo cuerpo cuyas imperfecciones suavizaba con ropas bien escogidas, con su rostro que aprendió a sonreír de forma adecuada, con su presencia perfumada y exacta, nunca muy grande, nunca demasiado pequeña, cosas que eran como la sintaxis de un nuevo idioma aprendido con tal perfección que casi extinguía el recuerdo del idioma original.

Sin embargo, aún se escondían en ella emociones que sólo podrían expresarse con su antiguo vocabulario, su vocabulario tosco de joven *inadecuada*. De pequeña adoraba romper las reglas. Acabó decidiéndose por la hacienda en lugar de la *villa* de *papa* Azzopardi. Por su propia vida, en lugar de la vida del otro. Por sus propios secretos, también. Por su destierro voluntario. Por sus pantanos donde, tal vez, aún vagasen maltratados monstruos, tanto tiempo después.

Dobló el periódico en cuatro partes, se quitó los lentes de lectura y le dio instrucciones a João Miguel para que se hiciera compresas con hielo y tomara antinflamatorios.

Hay una nueva medicina, parece que no afecta el estómago.

João Miguel respondió reticente, hizo un vago gesto con la mano. No consideraba totalmente confiables las opiniones médicas de María Inés, a pesar del diploma. Ella lo sabía y sólo se encogió de hombros diciendo que si sentía mucho dolor llamara a Vargas, él es especialista. El teléfono está en mi agenda.

Se levantó y cruzó la sala lentamente.

Voy a bañarme, dijo, haciendo un gesto como si estuviera oliendo un perfume en el aire, mientras sus pies descalzos sentían el frío contacto con el suelo.

El baño no estaba refrigerado, por lo que allí se sudaba. María Inés miró hacia el jardín ornamentado con miniaturas que brotaba en un extremo. Un jardín en miniatura dentro del baño. Con plantitas de hojas entumecidas que hacían delicadas las flores. Si Eduarda aún fuese una niña podría jugar a las muñecas allí. Con sus Barbies. Pero Eduarda ya era casi adulta y, además, anti-Barbies. Muñecas de *Baywatch*, decía. El día en que tenga una hija le voy a dar muñecas de trapo para jugar (a los quince o dieciséis años se podía vislumbrar todo un inflamado discurso de repudio al imperialismo cultural norteamericano y todo lo demás).

María Inés comenzó a desvestirse frente al espejo. Automáticamente. No tenía ninguna intención de estudiar la propia desnudez, tan familiar. Aceptaba por completo su cuerpo. Para quitarse la camisola bastó un gesto, y entonces se reencontró con aquella íntima y trivial verdad, su cuerpo, que en nada evocaba a las Barbies u otras bellezas estandarizadas, curvas clasificables en categorías, vendibles, temporalmente definitivas. Sus caderas eran un poco largas y el vientre estaba lejos de ser liso como una tabla. Los senos de jovencita que habían amamantado a una hija seguían siéndolo, pequeños y frágiles. Conservaba la cicatriz de una grave apendicitis operada hacía cinco años. Quitando el pantalón aún era posible divisar el vestigio de una cesárea, aquella pequeña cicatriz curva y rosada con, tal vez, diez centímetros de extensión.

Abrió el armario y tomó el tubo azul: *Lancôme, Paris. Gommage pur. Gelée exfoliante. Activation et lissage (Exfo-*

liating gel. Stimulation – smoothness). Soin du corps. Vitalité. Douceur. No sabía exactamente de dónde salió, pero tenía un aroma agradable, un poco áspero, delicadamente áspero. Y su *gelée exfoliante* era azul, de un azul tan traicionero como el del cielo de diciembre que pesaba sobre Río de Janeiro casi como una maldición.

Los ojos oscuros y almendrados de María Inés se encontraron y multiplicaron en el espejo. Se acercó un poco más al reflejo y tiró con una pinza de los inútiles pelos de las cejas, originalmente gruesas, pero ahora tan bien modeladas. Pensó en João Miguel y su muñeca averiada, después intentó olvidarlos a ambos. No era bueno quedarse pensando con la imprudencia de la duda en las decisiones tomadas hace tanto tiempo. João Miguel parecía estar en paz, María Inés parecía estar en paz. Los años creaban sedimentos y allanaban osadías. María Inés ya no sentía dolor cuando la pinza tomaba certera un pelo y lo arrancaba de raíz, su piel se acostumbró.

Sumergió sus pequeños pies en la tina, primero el derecho, después el izquierdo, un nacimiento invertido. Faltaba el fórceps con que fue arrancada del útero de su madre. La marea fue subiendo hasta alcanzarle el cuello, y el agua tenía un agradable espíritu neutro. Estaba fría, lo que también era bueno, ya que en esa ducha, en esa ciudad, en esa estación, se podía sudar. Mucho. Recostó su desnuda nuca en un extremo. María Inés cerró los ojos y respiró profundo y, por un instante, creyó que tal vez sería posible.

Ahora Clarice ya no tenía machucones, sólo cicatrices. Secretos cauterizados. Observaba sin interés una pickup nueva que Ilton Xavier (o *su* Ilton Xavier) había comprado hacía pocas semanas y que rodaba por el camino de tierra dejando tras de sí una nube de humo como un pensamiento, una duda, un resto de pregunta olvidada en el pasado. Clarice conocía el infierno, pero acabó por domar el tiempo y perder el miedo. Claro que Ilton Xavier dejó de ser *su* hacía mucho, pero subsistían algunas manías, como aquel posesivo que usaba descuidada, *mi* Ilton Xavier. Eso no representaba una falla grave.

Estaba acodada en la ventana de la sala observando la vida que pasaba por la tarde inmóvil. Ese conocimiento lo adquirió al completar sus actuales cuarenta y ocho años (cuatro más que su hermana María Inés): *el tiempo es inmóvil, sin embargo las criaturas pasan*. Anotó aquello en un cuaderno, a título de confesión, sin incomodarse mucho con el hecho de que las anotaciones en cuadernitos eran, o por lo menos fueron, un hábito de ella, su hermana. No tenía importancia. Después de tantos años y de toda la historia que valía más que años y décadas y siglos, las cosas estaban bien relativizadas. Sin posesivos fuertes, como en el caso de Ilton Xavier. Incluso, hasta las confesiones plasmables en cuadernitos eran, en último análisis, estafas.

Cuarenta y ocho. Y queloides en las muñecas desnudas. Clarice dejó que sus ojos viajaran por las tierras (no eran tantas) que habían pertenecido a su padre, Alfonso Olimpio, y que ella vendió sin sentir remordimiento, reservando sólo aquella área aislada con mejoras, donde vivía. Vio la antigua casa de peones donde ahora Tomás, el antiguo amante de su hermana, vivía y pintaba cuadros sin ambición. Paisajes desprovistos de cualquier pretensión. Naturalezas muertas muertas. Abstracciones sin sentido y sin deseo de construir un sentido. Retratos opacos. Tomás parecía perseguir la mediocridad con el mismo ahínco con que, décadas antes, persiguió un supuesto *talento superior* destinado a ser reconocido por la humanidad. Él había virado todo al revés para conseguir sobrevivir a la pérdida de una mujer. Y a la falta de aquello que ella extirpó de él y se llevó consigo.

Esa mujer, claro: María Inés. En una historia paralela.

Clarice vio también cercas cubiertas con muérdagos y otras, un poco más lejos, de madera recién pintada de blanco, bien cuidadas. Vio bueyes parados sobre el pasto, casi todos reunidos bajo la sombra inmensa de un mango, moviendo sin prisa las mandíbulas y alejando insectos con la cola. Después se volvió hacia la ventana y vio la fotografía de ella, Otacilia, su madre (que no le dejó la herencia genética de las aguamarinas azules).

Un día, el olvido. Un día, el futuro.

Un día, la muerte. Clarice sintió una vez más con las puntas de los pulgares las dos cicatrices gemelas, una en cada muñeca. Y sonrió con una sonrisa involuntaria y triste, una sonrisa sin misterios, al pensar que al final terminaría sobreviviendo a sí misma.

No llevaba anillo de matrimonio en el anular de la mano izquierda. Ese anillo en que antes, mucho antes, estuvo grabado el nombre *Ilton Xavier* y que fue vendido hacía ya algunos años. Vendido y aspirado en forma de cocaína. Las cicatrices dejadas por el cuchillo Olfa sobresalían, habían formado queloides, normalmente Clarice las disfrazaba usando pulseras y un reloj en las raras ocasiones en que estaba en público. No lo necesitaba en ese momento, también estaba descalza, usaba una camiseta Hering vieja y blanca y holgada y larga que estaba manchada con arcilla, y los cabellos gruesos presos en una precaria liga. Esa era Clarice, sin disimulos.

Así como los muebles de la sala, que habían sobrevivido a tantas embestidas del tiempo —*el tiempo es inmóvil, sin embargo las criaturas (y los objetos, y las palabras) pasan*—. El tapiz color mostaza de la gran poltrona reclinable estaba gastado en varios puntos, exactamente como en la memoria de Clarice al pasear por la época en que se recostaba allí después del almuerzo, en el corazón de una tarde calurosa y seca donde se sosegaba sin miedo. Cuando en su vida aún palpitaban las expectativas sinceras *ante todo*. Delante de la muda chimenea quedaban unos restos de leña entre los que pequeñas arañas tejían sus telas. El atizador estaba completamente oxidado. El tapete estaba

decolorado, pero limpio. Y el retrato de Otacilia se ama-
rilleó sólo un poco. Un retrato que se lavaba las manos
ante la historia. Continuaba colgado sobre el mismo clavo
y Clarice ni siquiera pensaba en quitarlo de allí, no podía
pensar en ninguna actitud contra el recuerdo de su madre,
no tenía derecho, porque Otacilia fue para ella casi una
extraña. Sobre la mesa de centro estaba, junto al cenicero
muy usado, un ejemplar de Thomas Mann, *Muerte en
Venecia*. Lectura radicalmente prohibida por Otacilia y
Alfonso Olimpio, profanando ahora lo que aún pudiese
quedar de sus voluntades allí. Y para corregir ese desliz, el
altar continuaba abriendo sus delicadas puertas de madera y abrigaba aún la imagen de la Virgen con el Cristo al
cuello. Dentro de un vasito de piedra pómez (comprado
en Oro Negro en Minas Gerais, el origen de Alfonso
Olimpio) había flores secas y coloridas que tenían el aroma
rudo de las cosas sin importancia.

Tres de los cuatro cuartos estaban callados y dur-
mientes. Eran sólo como posibilidades, o cuasi-posibili-
dades, eran todo lo que no había sido y no podría ser. Se
abrían las ventanas una vez por semana y la luz del sol
tachonaba el suelo en una caricia ingenua. Los tres cuartos
eran barridos y desempolvados, los muebles recibían aceite de palo de rosa, las lagartijas y las arañas se escondían
en las rendijas esperando que el movimiento cesara. Y el
movimiento cesaría, sin duda.

El otro cuarto era el que ocupaba Clarice, el mismo que
ocupaba desde hacía una eternidad y del que nunca había
conseguido escapar. ¿Por qué no reconocerlo? Ahora que sus
padres no eran más que nombres inscritos en una lápida en
el pequeño cementerio de Jabuticabais, y que la mayor parte
de las tierras había sido vendida, y que el soplo tibio del desuso había ganado en cada rendija de las mejoras —el corral
vacío, el granero vacío, los depósitos, el garaje del tractor, el
motor imprestable del tractor y su carrocería bien oxidada—,
ahora Clarice podía reconocer que nunca dio un solo paso.

La superación del miedo no era sinónimo de movimiento (el coraje del movimiento o la naturalidad del mismo). Era, más bien, como una página en blanco donde ninguna palabra se quería inscribir.

Enterró la tarde con un largo suspiro y acompañó a los primeros murciélagos que volaban y se asomaban delicadamente entre los árboles. Interrumpió a la mitad una idea que comenzaba a transformarse en voluntad y que le proponía una garrafa de vino para la cena. No había bebidas allí y, además, hacía mucho calor. Claro, hacía mucho calor, por eso prepararía un sándwich con un bife frío, unas rodajas de tomate y una hoja de lechuga, para fingir después que leía *Muerte en Venecia* mientras la electricidad estática inflamaba el aire con un sabor a preludio de lluvia. En la gran cantera que coronaba el cerro más cercano una mariposa tardía abrió sus alas multicolores y se lanzó al abismo.

Muerte en Venecia era un libro prohibido. Por ella: Otacilia. Clarice tuvo que esperar mucho tiempo antes de poder, finalmente, acompañar a Gustav von Aschenbach a dejar su residencia en Prinzregentenstrasse, Munich, para dar un paseo, a comienzos de mayo de un año que no se indicaba (19…, después la primera línea). Tanto tiempo: la vida entera. La vida entera intentando satisfacer a Otacilia para ganarse su amor de madre. Lo que no se cumpliría.

De niña, tenía urgencia por obedecerle y respetarla. Llegaba a desear tener la capacidad de leer la mente y los corazones para anticiparse a Otacilia, anticiparse a su voluntad y expectativas. Mas nada parecía alegrar a Otacilia, nada parecía movilizarla, ni la empeñosa adaptación de Clarice, ni la vivaz insubordinación de María Inés, ni la aparentemente correcta solicitud de Alfonso Olimpio y las *eses* bonitas y cristalinas de su acento minero y el olor del humo que él consumía en silencio, a la tardecita. Pocos años fueron suficientes para apagar a Otacilia, para nublar sus ojos de aguamarinas azules y preñarlos de tempestad, para dejarla parecida a una madrugada fría e insomne. Su humor se oscurecía más cada día, y no había para Clarice un modo de dejar de sentirse, al menos, un poquito menos culpable. Tenía la certeza de que la madre no la amaba. ¿Tal vez porque *hizo algo*? ¿Algo muy censurable que ni siquiera recordaba? ¿Durante sus primeros años o, incluso, en sus primeros meses de vida?

Claro que esas conjeturas se dieron muy temprana-mente. En una época en que lo obvio aún no era obvio y esperaba escondido detrás de la puerta como un depreda-dor. Antes, bien antes de todo.

Clarice cerró el libro que fingía leer, no se dio el trabajo de marcar la página, pues tendría que comenzar todo otra vez, nuevamente Gustav von Aschenbach en Prinzregentenstrasse (en 19…). Levantó los ojos hacia la fotografía de Otacilia con su vestido de novia y divisó un pequeño insecto que se arrastraba allí, perezoso, ausente.

Ahora no había ninguna reproducción del cuadro de Whistler entre los pocos libros que Tomás guardaba. *La muchacha de blanco* o *Sinfonía en blanco núm. 1*. Poesía visual. Entre tantas andanzas por las cornisas de la vida era natural que los bienes materiales se fuesen soltando aquí y allí, como pedazos de piel muerta. Tomás vendió lo poco que quedaba para comprar ese fragmento tímido de tierra donde una casucha triste pedía disculpas por existir, don-de las gallinas de Guinea repetían su estribillo, donde la cocinera Jorgina preparaba un café aguado y dulce en exceso, donde un perro sin nombre y sin dueño dormía su imponderable sueño y devoraba sus comidas siempre como si estuviera medio muerto de hambre y después quedaba con la barriga muy inflada. Los libros habían desaparecido casi todos, junto con la mayor parte de las ambiciones. Ahora Tomás quería sólo una vida fluida como un río sin cascadas.

Esperaba. Como Clarice, que era su vecina y cuya casa podía avistar en el crepúsculo, enfrente, entre pinos y eucaliptos cincuentenarios. La noche que se aproximaba corría el riesgo de ser la más larga de la historia.

El cachorro parecía haber terminado su jornada y se arrastraba medio mareado para continuar durmiendo sobre la alfombra de la sala. En el cielo de enero comenzaba a surgir una multitud incontable de estrellas. Allí era posible avistarlas en el cinturón poroso de la Vía Láctea, flotando en una noche tan distinta a la de la ciudad, donde palidecían y eran opacadas por otras luces. Tal vez no fuese a haber lluvia, después de todo, aunque la tarde ya se hubiese ido cargada de expectativa. De la cocina le llegaban a Tomás el ruido y el olor de fritura. Frente a sus pies una mariposa medio muerta acababa de debatirse inútilmente mientras un cortejo fúnebre de hormigas negras y hambrientas la arrastraba en su resto de existencia por el piso.

¿Por qué caminos se bifurcan los destinos? ¿Cuántas fantasías tejidas con la delicadeza de filigranas son abortadas? ¿Cuántas sorpresas se hinchan como sombras detrás de cada paso dado?

A los distantes veinte años de edad, todo era tan distinto. Y, no obstante, tal vez sería correcto decir que el tiempo ya estaba preñado de todos los acontecimientos posteriores. Cierto día, los policías invadieron el pequeño apartamento en Flamengo que los padres de Tomás habían comprado apenas dos meses antes. En busca de libros subversivos. No los había ya, habían sido rotos y, como de costumbre, enviados letrina abajo. Cierta noche aterrorizada, Tomás vio al avión levantar vuelo y conducir a sus padres al exilio. Cierta mañana, Tomás despertó y se dio cuenta de que tenía veinte años de edad y estaba solo. Solo, en todos los sentidos. Una mañana remota. Tenía veinte años y por lo menos veinte opciones frente a sí, por eso sonrió al avistar a aquella joven en el balcón del edificio próximo. Vestía de blanco y tenía los cabellos sueltos, como si fuese un milagro. Cabellos largos, gruesos y oscuros, muy ondulados. No podía ser diferente: *La muchacha de blanco*. La *Sinfonía en blanco* de Whistler. La poesía visual.

Tomás tenía ambiciosos cuadernos de dibujo desparramados por el apartamento en Flamengo, que ahora ocupaba sólo él. Tenía telas cada vez mayores. El ambiente se impregnaba del olor de las pinturas al óleo y acrílicas. Sobre la mesa de cuatro plazas se desparramaban lápices, esfuminos, carbón, tiza pastel, frasquitos de tinta guache y de nanquín, pinceles. Antes, aquel era el lugar tanto de las comidas cotidianas como de unas infladas e inflamadas reuniones clandestinas del Partido. El padre de Tomás era periodista. Su madre, estudiante de derecho y presidenta del directorio académico de la PUC. Tenían unos alias sacados del Antiguo Testamento, ella era Ester, él era Salomón.

En los sueños de Tomás había una serie de museos que nunca había visitado, y sofisticadas galerías de arte, y bienales, muestras, panoramas, retrospectivas por donde su curiosidad saludable, infantil, adoraría pasear. Pero el talento de Tomás se enrollaba en sí mismo. Confuso, muy poco productivo o productivo de más, de forma desordenada e inconstante. Como si las posibilidades debiesen presentarse todas de una sola vez y como si el momento presente fuese el último. Al mismo tiempo, como si ninguna urgencia pudiese sobreponerse al sueño de una mañana de domingo o al sopor del sol sobre su piel, quemando intenso. Sin frontera, orden o continente, el talento de Tomás se desparramaba y no raramente se perdía, o se quedaba aleteando por los rincones de la casa como un insecto perdido en la oscuridad. Los momentos de disciplina parecían limitarse a las escasas clases particulares que daba, como opción a tener que buscar un empleo (que, además, peligraba de no encontrar, siendo *persona non grata* a causa de sus padres).

Descubrió casi por azar a la joven del apartamento de enfrente. Bastó verla para pensar inmediatamente en una obra de Whistler, pintor que combinaba muchas veces color y música en los títulos de sus cuadros. *Nocturno en negro y oro, Nocturno en azul y verde, Armonía en violeta y amarillo. Sinfonía en blanco.* Frente a ella, aquella joven, Tomás enseguida pensó en hacer una tela *d'après* Whistler, inspirándose en aquella *Sinfonía en blanco.* Lo que no se le ocurrió fue que, a los veinte años, todavía le era imposible disociar arte y amor, amor y pasión. Estaba destinado a apasionarse perdidamente por la chica de blanco.

Las décadas siguientes les revelaron todos sus lamentables engaños. Ahora ya no tenía ningún libro en que pudiese encontrar la reproducción de aquel Whistler. En que pudiese verla y reactivar aquel miserable sentimiento de impotencia. Decía palabras de menos, tomaba actitudes de menos, pero todo eso, así como ahora Whistler y como los futuros gloriosos, fingía adormecerse en el olvido.

Ahora, Tomás recordaba, aunque su memoria estuviese rasgada y se pudiese ver a través de ella como si fuese un pedazo de paño muy usado. Y no había cómo no recordar. La próxima noche sería como el silencio tenso que precede a la lluvia. La noche más larga de la historia. Antes, a los veinte años, Tomás se emborrachaba con ron y Coca-Cola y dormía durante diez, doce horas seguidas. Hoy debía conformarse con el insomnio.

Por otros motivos, Clarice también esperaba. Pasaban de las nueve cuando se puso unos jeans sobre la blusa ancha sucia de arcilla, calzó sus sandalias hawaianas y se metió en la oscuridad casi total del camino que iba a dar a la puerta de Tomás.

Muchos años antes, aquella casa donde él vivía había sido parte de las propiedades de Alfonso Olimpio y Otacilia: una casa de peones, tosca, demasiado sin importancia como para merecer consideraciones estéticas, con una pared ciega y una terracita revestida con el mismo piso de cemento rojo que también estaba en la sala mínima, en el único cuarto y en la cocina. Esta última, amplia si se comparaba con el resto, había sido antes el aposento donde se comía, se recibía a las visitas, se espantaba al frío en las noches de invierno junto al fogón de leña. Antes, cuando no había electricidad, sino velas y candelabros donde los insectos morían quemados. Hoy lámparas-cíclopes pendían desnudas del techo, sin la innecesaria intervención de pantallas y plafones, y dejaban a la vista cables como vísceras expuestas que se colgaban del cemento.

¿No estás ocupado?, preguntó Clarice, empujando la puerta que estaba siempre entreabierta.

Había dejado de usar artificios con Tomás, y por eso las muñecas con las cicatrices como labios flacos y austeros estaban visibles, sin pudor. Algunas mechas crespas de cabello caían descuidadas del moño flojo sobre las orejas. No traía aretes. Su piel no era, nunca había sido, pálida como la de María Inés, aunque pasara meses sin exponerse al sol. A pesar de la paradoja de su nombre.

¿No estás pintando?, repitió la pregunta, aun después de la negativa de Tomás.

No hoy, dijo él, y ella comprendió. Medio tímidamente, preguntó ¿no tienes una bebida? ¿Una cerveza, o hasta un licor?

Pensé que habías parado, dijo él, aunque no hubiese censura en sus palabras.

Paré, es verdad. Pero hoy, tú sabes.

Tomás dijo que sí con la cabeza, pero respondió que no, hacía tiempo que no iba a la ciudad a hacer compras y la última botella de vodka nacional, aquella que no daba dolor de cabeza al día siguiente, se terminó la víspera.

Clarice tocó la punta de la alfombra con el pie y dijo es una pena.

Puedo servirte café, o podemos cortar unas naranjas y preparar jugo.

Naranja con vodka hubiera sido óptimo, dijo Clarice con una sonrisa. *Hi-fi*. Me hace recordar unas fiestas de muchos años atrás.

Una lámpara débil trataba de iluminar la terraza. Todo lo demás en el exterior era oscuridad, pero Tomás y Clarice estaban acostumbrados a la oscuridad. El cachorro los acompañó hasta la puerta. Su infinita pereza le impidió seguir adelante, rodear las jaulas de los conejos y el rústico gallinero con techo de paja y saltar los pocos escalones labrados en la tierra y alcanzar el pequeño huerto donde crecían algunos naranjos, un limonero, una acerola, un papayo y los infaltables guayabos. Sumergidos en la noche, los árboles eran como grandes espíritus semiadormilados, oscilando en un movimiento mágico que tal vez fuese provocado por el viento suave o tal vez fuese voluntario. Quién sabe. Posiblemente los árboles tenían voluntad propia, o quizá la noche les confería facultades especiales. Entre las ramas de los árboles estallaban luciérnagas, y mucho más allá de ellas, estrellas incontables. (En algún lugar, un padre tal vez mostrase estrellas fugaces a su hijo, mira, Marco. Mira, Flavio. Tal vez.)

Clarice y Tomás cortaron seis naranjas maduras. Cuando era apenas una niña tímida y obediente, antes de Río de Janeiro, antes de Ilton Xavier, antes de las cicatrices en las muñecass, cuando aquella casa de peones ni siquiera soñaba con Tomás, Clarice y su hermana se trepaban a los guayabos para llenarse la barriga con los frutos maduros en que frecuentemente banqueteaba un gusano.

¿Ya te imaginaste cuántos bichos nos debemos haber comido sin saber?, sugirió María Inés cierto día.

Clarice hizo una mueca de asco y negó con vehemencia aquella posibilidad: nosotras siempre prestamos atención.

Ninguna atención es suficiente. Tal vez toda la gente haya engullido pedazos de bicho de guayaba. Sólo la cabeza, o la cola. ¿Y si se traga la cabeza? ¿El bicho de guayaba tiene cerebro? La gente come cerebro de bicho de guayaba, Clarice.

María Inés encontraba un placer mórbido en todo lo que pudiese asquear, chocar, atemorizar, causar repugnancia.

Cuando el primo João Miguel llegaba de vacaciones, siempre iba a recibirlo con un sapo o un escarabajo en las manos, pero aquello parecía ser parte de su forma de amar, pues también era verdad que cuidaba del primo João Miguel y que, a pesar de ser más joven, lo protegía de todo con aquel su coraje casi arrogante.

Clarice no sabía nada sobre el cuadro de Whistler. Ni lo conocía. Trataba de sentir sabor a vodka mientras bebía su jugo de naranja sentada en el piso de la sala de Tomás, la espalda contra el sofá de dos plazas que Cándido desechó algunos años antes porque ya estaba demasiado viejo.

Pensando en Cándido, Clarice preguntó ¿cómo va aquel sujeto que compra tus cuadros, el dueño de la galería?

Continúa interesado en tus trabajos, respondió Tomás, e indicó con la cabeza un torso femenino esculpido en mármol por Clarice, que ocupaba un estante suspendido en la pared. No había piernas, ni brazos, ni cabeza. El tronco se curvaba a un lado, ligeramente hacia atrás, y los hombros estaban abiertos. Aquella mujer incompleta estiraba brazos inexistentes ¿para recibir qué? ¿Qué dádiva? ¿Qué castigo? Sobre la piel irregular, intencionalmente ruda, estaban aún las marcas del cincel. Como si aquella pequeña obra debiese quedar inconclusa. O fuese ambivalente. Mitad escultura, mitad piedra deforme. Mitad mujer, mitad sugestión. Mitad real, mitad imposible. Si tuviese ojos, tal vez se escapasen de ellos lágrimas. Como no los tenía, las lágrimas quedaban sugeridas a su alrededor como un olor o un espíritu. La escultura toda casi lloraba.

Tal vez fuese un autorretrato que, bordeando lo invisible, recordase un peligro.

Clarice se puso seria y miró hacia sus pies, ahora descalzos: pequeños, mal cuidados. Pensó: los pies de la María Inés de otrora. Hoy sin duda su hermana los tenía untados de crema, uñas pulidas, medias de seda y zapatos caros de moda comprados en las boutiques de Leblon, quién sabe si hasta en las boutiques de Florencia. Callos, ni pensarlo. Pero tampoco aquello hacía diferencia, era apenas un prejuicio más. Clarice estudió sin pasión la escultura que le regaló a Tomás. Y dijo creo que no quiero asumir compromisos, por ahora.

La verdad no era nada de aquello que pensaban. El asunto principal era ella, María Inés. Siempre ella. Que pesaba mucho más como ausencia. Ahora que venía, que llegaría al día siguiente, se volvía una especie de exageración, de exceso de sí misma. Tal vez espantase porque, pudiendo ser vista en carne y hueso, pudiendo bajar del limbo de las ideas, corría el riesgo de desmitificarse. O tal vez fuese a doler de hecho. La conversación de Clarice y Tomás gravitaba en torno de María Inés, ella siempre estaba a la distancia de una o máximo dos fáciles asociaciones, pero nunca se le nombraba. Era obvia como el miedo, pero esquiva como la verdad.

Trío para corno, violín y piano

La madrugada en que María Inés nació, en el interior del estado, caía una lluvia triste, modesta. Tal vez por eso le gustaba cuando llovía mansamente desde niña, como si el lagrimear de aquel instante estuviese impreso en su memoria de la misma forma que el color oscuro de sus ojos y cabello en su código genético. María Inés fue arrancada hacia la vida mientras el Dios de sus padres desgranaba un llanto calmo sobre aquellas tierras, y en algún lugar algo más nacía, un brote al reventar la semilla, en silencio. Con la gravedad de las cosas sagradas.

Recibió el nombre de la tía abuela paterna que murió loca, pero sus padres, Otacilia y Alfonso Olimpio, no creían que eso pudiese representar alguna especie de presagio. En la familia de Alfonso Olimpio los nombres tenían la manía de repetirse. El de él, por ejemplo: Alfonso venía del padre. Olimpio, del tío. Su hermano, que todavía vivía en Minas Gerais, era Mariano Olimpio, por causa de otro tío, cuyo nombre a su vez derivaba de una antepasada Mariana que los registros tenían como medio santa. Si es que alguien puede ser santo por la mitad.

El dolor y el placer. El misterio. La cabeza de María Inés era larga como un puro, pero la madre no se asustó, Clarice también nació con una que otra deformación que los primeros meses de vida le habían corregido, no sería distinto con María Inés.

Otacilia y Alfonso Olimpio ya no eran tan jóvenes, ya habían pasado de la edad en que en aquellos tiempos era habitual tener hijos, pero su casamiento había sido un poco tardío. Cuando ya todos pensaban que Otacilia se quedaría para tía, casados los hermanos, cuatro, y las dos hermanas, Alfonso Olimpio cruzó su camino y sembró la idea de salvación en sus fantasías dormidas.

Otacilia tenía entonces veintiocho años, edad a la que su madre ya había parido cinco veces. Y fue con secreta expectativa que hizo las pruebas del vestido de novia, que eligió las flores del ramo y calzó los zapatitos forrados de satén (comprados por cierta tía rica no en Río de Janeiro, sino en París). Con unos recónditos escalofríos muy suyos, Otacilia revisó con desdén aquella idea negra de que iba a morir virgen. Pensó bajito para que nadie oyera: ¡no iba! Y con qué gusto, con qué placer mandó comprar el baúl para el ajuar y lo rellenó de ideas, algunas exageradas, otras tímidas, pocas cien por ciento justas. Otacilia y Alfonso Olimpio. Ella, un remolino. Él, un olor dulzón de tabaco perdido en la tarde, quieto, discreto.

El cuñado tomó la fotografía que después el cura bendijo y el hermano enmarcó: Otacilia, velo, guirnalda, satén y encajes, eternizada en el día más feliz y más irreal de su vida. Otacilia quiso colgarse en lugar destacado en la sala construida por el marido, en una haciendita que no quedaba lejos de la casa de infancia de ella, en los alrededores de aquel auténtico fin del mundo llamado Jabuticabais. Una ciudad que ni constaba en el mapa. La fotografía se recostó junto a la estufa, y allí durmió para siempre.

Cada detalle anatómico de Otacilia era, por sí mismo, bello, pero ella entera no le hacía justicia a los detalles. La naturaleza eligió un par de ojos azules como aguamarinas azules y unos labios deliciosos, y unos cabellos oscuros finísimos, y una cinturita delgada y unas manos firmes y decididas, mezcló todo aquello y el resultado fue insatisfactorio. Las hermanas la envidiaban por sus ojos azules, siempre, pero la perdonaban, ya que ellas, al contrario, eran aquí y allí poca cosa, pero se resumían en dos jóvenes indiscutiblemente bonitas.

Alfonso Olimpio, a su vez, suscitaba aquellos comentarios casi en sordina:

Ustedes notaron que él es un poco…

No piensan que él es medio…

No sé, tal vez yo esté equivocada, pero él me pareció…

Medio *mulato*.

El cabello *ruin*.

Otacilia intervenía, diciendo que ¡él no es nada mulato! Alfonso Olimpio es *blanco*, sólo que tiene la piel un poco morena a causa del sol.

La pequeña iglesia de Jabuticabais oyó los votos de ella y los de Alfonso Olimpio una mañana recién lavada por la lluvia. En las calles modestas había pocos charcos que le hacían eco al cielo indeciso. La hacienda próxima respiraba mansa, a la espera de ellos. Mansa, virgen, del todo inocente.

Después, mucho después, Otacilia conoció la acidez de su propio silencio, pero en la distancia de aquellos años leves aún estaba soleada y confortable.

Y claro que el matrimonio nunca llegó a ser aquello que Otacilia imaginó. Pero ese asunto venía a ser mucho más que prohibido, y sobre él no podría conversar ni con las hermanas, las dos beldades de ojos-que-no-eran-aguamarinas-azules. Imaginaba, sí, que de noche, entre las sábanas, después de rezar y soltar los cabellos, sus hermanas sentirían placer en unirse a los maridos. Se preguntaba si su madre. Si las empleadas. Si las primas. Si las otras-mujeres-del-mundo. Si las prostitutas (prohibidísimo). Y de todo el pensamiento decantado quedaba la punzada amarga de la desesperanza, pues finalmente, conjetura tras conjetura, llegaba al meollo de la pregunta más sincera: *¿sería distinto con otros hombres?*

Estaba casada hacía siete años y tenía dos hijas pequeñas cuando miró su propio rostro en el espejo y constató que varias arrugas flanqueaban sus aguamarinas azules. Arrugas que se habían reunido secretamente a lo largo de aquellos años, en una lenta conspiración. En sordina, tuvo un pensamiento prohibido: el mundo no ofrecía un inagotable manantial de posibilidades. No a las criaturas del sexo de ella, por lo menos. Tenía dos hijas, arrugas alrededor de los ojos y un marido que no llenaba sus sueños, los sueños que él mismo inadvertidamente resucitara. Hacer el amor era burocrático como pelar papas o zurcir un par de medias. Nunca, en siete años, Alfonso Olimpio le había proporcionado aquello que naturalmente esperaba de él. Romance, miradas risueñas. El placer de las manos unidas y los cuerpos unidos. Y una cosa que sabía definir con un nombre prohibido y mágico, *orgasmo*.

Tenía dos hijas, dos niñas que un día serían mujeres y harían el amor. Otacilia no dudaba que sus hijas conocerían el orgasmo. Eso se agigantaba a un nivel casi insoportable. ¿Y qué diablos sería eso, orgasmo? Imaginaba que tal vez se asemejase a un trance. O a una sensación de libertad como la que experimentó cierta vez, galopando sobre una yegua de raza, aún niña, con un temporal de fin de tarde dardeándole los ojos semicerrados y la sonrisa abierta. ¿Sería tal vez como estar borracha? Cierta vez bebió un poco más ponche que lo permitido, a escondidas. Tenía una vaga idea de lo que era estar borracha. O sería como tatuar en el cuerpo la conjunción de todos los demonios, de todas las palabras prohibidas. Tal vez fuese algo semejante al vapor escapando por la válvula de una olla a presión y haciendo creer, por un instante, que algo había en la vida más allá de la rutina y mediocridad y rutina. Zurcir medias, hacer el amor.

María Inés abrió los ojos y alcanzó la toalla. Claro que el casamiento nunca llegó a ser aquello que imaginó, pero la culpa era suya por haber imaginado. Fantaseando, sin indagar siquiera si ella misma cabía en la fantasía. Aborrecía ese asunto, le resecaba el alma. Del mismo modo en que un cajón de su armario guardaba billetes antiguos, cartas, recortes de revistas (entrevista a Bernardo Aguas), pequeños y obsoletos fetiches, así también una de las cavidades de su corazón recogía viejos relatos de la vida. Un día una familia, una niña llamada María Inés. Un día la infancia, tan irreal, y un árbol de dinero. Un día, el niño João Miguel, el joven João Miguel, el cómplice, primo segundo. Un día el amor, los amores. Y los dibujos y un cuadro de Whistler llamado *Sinfonía en blanco*. Nada de eso existiría de facto. Todo se disolvería como se disuelve un bloque de hielo sumergido en los rigurosos calores de los veranos en la ciudad. No Jabuticabais: la otra, la ciudad grande.

La verdad era mucho más intensa. La verdad estaba hecha de pequeñas y amorosas punzadas de dolor. Como aquella punzada de dolor: sentados en el Café Florian, en Venecia, ella y su marido João Miguel, que hablaba tan bien italiano. María Inés se levantó para comprar postales, ahí cerquita, no se tardó más de diez minutos. Diez minutos. El Florian, en la Plaza de San Marcos, el Florian de Proust y Wagner. Y Casanova. Por diez minutos João Miguel se sentó sin María Inés en la mesa del Florian. Más tarde, solita en la habitación del Hotel Danieli, entendió que los vicios y las virtudes eran, casi siempre, sólo una diferencia de perspectiva, y no era raro que se intercambiaran como en una bolsa de valores.

Pasó los dedos por su cabello corto. Se levantó y dejó un rastro húmedo en el piso del baño y volvió a verse en el espejo con indiferencia. No era aconsejable pensar en el Florian. No lo era. Ella y su marido convivían bien, por elección. La balanza se equilibraba con sonrisas, sin sexo, con cordialidad y besos cortos, con aparatos de aire acon-

dicionado, sin cariñitos, sin deseo, con pijamas y camiso-
las que ya no se quitan, con la misma cama dividida (sin
compartimentos).

Definitivamente, no era bueno pensar en el Café
Florian. Pero el joven veneciano llamado Paolo entraba en
el recuerdo de María Inés convertido en dolor de cabeza.
João Miguel Marido hablaba muy bien el italiano, João
Miguel, un políglota, esa capacidad que María Inés nunca
adquiriría, con mucho trabajo conseguía farfullar un inglés
trompicante y arrastrado. Y entonces, el joven veneciano
llamado Paolo. En las manos de María Inés, una fotografía enmarcada con laterales blancas y encima el nombre
Venecia exhibía un canal de aguas verde-oscuras y un edificio de ventanas moriscas y un árbol de ramas secas so-
bresaliendo sobre un muro descarnado. *Venecia*. Una
punzada de dolor, apenas eso.

María Inés recordaba: al día siguiente envió la postal
con las ventanas moriscas y el árbol de ramas secas a Clarice, debidamente aderezada con palabras cordiales. Como
de costumbre, la verdad no se decía, ni siquiera se insinua-
ba. La verdad del dolor y de un bello joven veneciano
llamado Paolo.

Y de otros, otros dolores. Más antiguos. Mucho más
antiguos y persistentes.

Ella se decidió por el viaje a la hacienda (donde alguna
vez plantó un árbol de dinero con el primo João Miguel)
unos diez días antes. La noche de Navidad. Una decisión
osada, que rompía un puñado de convenciones del protocolo que ella misma concibió y adoptó. Su forma. No
acompañaría a João Miguel en el viaje a los dominios del
vecchio Azzopardi, *papa* Giulio. Y eso era triste y alegre,
carnaval y cenizas, equivalía a percibir que las fantasías
iban quedando cortas, o demasiado grandes, o feas, arrugadas, luidas.

La respuesta de João Miguel a la osadía de ella había sido la indiferencia más completa. María Inés lo escuchaba al teléfono aquella noche del veinticuatro de diciembre, y él decía por ahora podemos mantener la clase de los jueves. Después la voz se convertía en un murmullo. El profesor de tenis. Un breve escalofrío recorrió los vellos de los brazos de María Inés.

Un bello joven veneciano llamado Paolo, la mesa del Florian.

La noche de Navidad, su hija Eduarda se sentó en el sofá blanco y se puso a escuchar una música que María Inés no conocía. *There's a little black spot on the sun today,* decía. Eduarda canturreaba junto a ella. Acababa de cumplir diecinueve años. Aquella noche del veinticuatro de diciembre oyó, mientras João Miguel hablaba por teléfono con el profesor de tenis, la decisión de María Inés: poco después del cambio de año, voy a la hacienda. Con prontitud, Eduarda determinó voy también, y no le fue posible fingir para sí misma que no percibió el velo de sutil alarma que nubló la expresión de su madre por un veloz segundo.

En la hacienda había una cantera prohibida. Había una casa antigua que abrigaba sentimientos prohibidos. Había también una cierta Hacienda de los Ipês donde un hombre enloquecido de celos cometió un crimen. Había un árbol de dinero que nunca brotaría.

Había más: una niña de nueve años de edad. Una puerta entreabierta. La náusea, el miedo. Un hombre maduro. Un seno pálido que la mirada rasgaba sin querer: la puerta entreabierta. Una mano masculina madura sobre el seno que era de una palidez vaga, casi fantasmagórica.

La hacienda fue un día el epicentro de la vida y de los sueños de María Inés. Después, regurgitaría pesadillas. Hacía diez años que no ponía un pie ahí. Hacía diez años que no veía a Clarice, su hermana.

¿Alguien quiere vino?

João Miguel estaba guapo, bien vestido. El cabello abundante, gris y los ojos negros que antes, mucho antes, brillaban de expectativa mientras plantaban un árbol de dinero. Al principio iba a llamarse Michele, en honor de un tío muerto precozmente, pero el nombre acabó traducido porque en Brasil inevitablemente le traería problemas con la confusión de géneros. Y le dieron el complemento, João, porque la mamá adoraba los nombres dobles y en cierta época al papá le gustaba complacerla. Mientras ella era todavía una novedad, fresca como el periódico del día.

María Inés preguntó si al profesor de tenis no le gustaría venir para la cena. João Miguel respondió que el profesor de tenis naturalmente iba a quedarse con su propia familia, él tenía familia. Y María Inés tomó la copa de vino que su marido le ofrecía. Porque, a fin de cuentas, el origen de todo era tan oscuro. Tan incierto.

La familia que vendría para Navidad se componía de algunos primos y media docena de tíos. En los regalos bajo el inmenso árbol de Navidad estaban los nombres de cada uno. María Inés fue hasta el aparato de sonido y bajó un poco el volumen de una música que decía cualquier cosa sobre ser *the king of pain*.

Examinó sus uñas, bien manicuradas y esmaltadas con el color de moda, después alisó el vestido que la hacía parecer un mueble, combinando con el resto de la casa.

Eduarda veía repetirse los falsos gestos que eran como cuentas de un rosario en las manos de un ateo. Se levantó y cambió la música por alguna cosa de María Inés. Brahms, trío para corno, violín y piano. Opus cuarenta. Y volvió a mirar a su madre, que de pronto le pareció tan pequeña y quebradiza. Había alguna obvia realidad paralela latiendo bajo aquellas referencias a la hacienda. Bajo el nombre de Clarice, su tía que fue alcohólica y toxicómana, que alguna vez se cortó las muñecas con un cuchillo Olfa (no servía ni como suicida). Mas no era una verdad viscosa lo que Eduarda buscaba al decidir acompañar a su madre en el viaje a la hacienda (al pasado). Ni siquiera conocía sus motivos. Tal vez sólo deseaba estar presente.

Presente. Como un presente.

Después llegaron los tíos y los primos con sus sonrisas bonachonas o aburridas. Estaban casi todos muy bronceados y las mujeres se vestían y maquillaban con exageración, era posible sentir la temperatura ambiente aumentar bastante sólo al verlos, a pesar de los dos mil quinientos wats. Algunas primas tenían la cara estirada por la cirugía plástica. Y por lo menos una metió en su cuerpo un par de pechos de silicón. Había una chica medio tristona que se sentaba en una esquina y se la pasaba contemplando palabras y rumiando pensamientos. Había una histérica (su voz recuerda a la de la niñera de la serie, pensó Eduarda. Aquella de *ooooooh, mister Sheffield*) que se la pasaba todo el tiempo apretujando y mordisqueando a una bebé de brazos. Eso cuando no jugaba a aventarla alto repetidamente, lo que dejaba a la niña tonta de miedo. Había un pedante que hablaba de juegos de golf o safaris modernos por África. Había un intelectual fuerte y un tanto aburrido que acabó ganando la atención de Eduarda cuando juntó fútbol y filosofía para comentar el juego inventado por Monty Python, Grecia contra Alemania, el gol de Sócrates, el arbitraje de San Agustín y Santo Tomás de Aquino. Había una joven modernilla de *piercing* en la nariz y casi pelona. Rica. Con ropa comprada en algún bazar londinense y tenis fosforescentes. Había un rockero imberbe de cabello largo y camisa de Guns n' Roses cubriendo un pecho flaco y brazos flacos que estudiaba guitarra y soñaba con tocar el solo de *Stairway to Heaven*. Tomaban bebidas caras y hablaban sobre asuntos marchitos. Eran como peces pescados aquí y allí, al azar, y metidos dentro de un mismo acuario.

María Inés bebió una, dos, tres, siete, ocho copas de vino. Aniquiló las hormigas que corrían en su cerebro y comenzó a percibir que la noche danzaba, como en un sueño. Su Navidad era tan azul (*gelée exfoliante*) y blanco y plata. Tan irreal. Ella y su marido intercambiaban sonrisas que no tenían gusto. Después de que el vino comenzó a depositar plomo en sus pensamientos, María Inés se tambaleó por la sala en un vals deforme y fue a aterrizar en el sillón de cuero del escritorio. Allí, en la penumbra, cierto primo (¿o sería un tío joven?, ¿cómo se llamaba?) investigaba los lomos de los libros del estante mientras su copa exhalaba burbujas.

Una disidente más, dijo al ver a María Inés.

Ella sonrió por hábito y dijo bebí mucho.

El primo (¿tío?) suspiró y dijo es lo que yo debería hacer. No quiero ser ofensivo, eres una persona muy grata, pero estas fiestas de fin de año…

María Inés quiso recordarle que no estaba obligado a comparecer. Pero un poquito de solidaridad la hizo sacudir apenas la cabeza y terminar la frase. Son un aburrimiento.

Él regresó la mirada a los libros. Después le dijo, lleno de autoconmiseración, tú sabes que Luciana y yo nos separamos.

María Inés tuvo que hacer un gran esfuerzo para acordarse: Luciana, una chica rubia. Bonita. La Navidad pasada.

No sabía. ¿Cuándo pasó?

Mañana hará un mes. Las niñas están con ella.

Vagamente aparecieron en la memoria de María Inés las caritas pálidas de dos gemelas aún pequeñas, rubias, de colitas y pasadores idénticos. Pasadores de Mickey Mouse. Ahora sabía que João Miguel le había dicho alguna cosa al respecto. No había puesto atención.

Un chico uniformado apareció de la nada y ofreció bebidas de la manera que había sido entrenado a ofrecer. Sirvió. Se retiró. Su Navidad se resumía en emborrachar a los ricos en un apartamento en Alto Leblon y comer canapés a escondidas. El tío (¿primo?) fue a sentarse en un puff blanco y negro de cuero de vaca, a los pies de María Inés.

Hay algo que necesito decirte. Después suspiró: no sé si estás preparada para escuchar.

María Inés lo miraba con sueño y con una expresión que parecía afirmar lo obvio, *no sé lo que me vas a decir, entonces no puedo saber si estoy o no preparada para escuchar.* Si P, entonces Q. Y se quedó jugando mentalmente con la paradoja, si yo supiera lo que tienes que decirme, tal vez reconocería no estar preparada para escuchar, pero entonces eso ya no haría diferencia pues ya habría escuchado. Se rió, pero se calmó pronto porque el tío (¿primo?) estaba serio.

Creo que Luciana y tu marido están teniendo una aventura. Lo pensé hace poco. Parece que se liaron.

María Inés tomó un trago de su copa, un trago blanco, fresco, y miró hacia el piso de mármol blanco semicubierto por un tapete de diseños geométricos en el que alguien había dejado caer un cigarro prendido, ahora había ahí la marca de un círculo negro.

Puede ser. No sé nada al respecto, pero puede ser, dijo, y después le preguntó si todavía trabajaba en el cine y si creía que *Cuatro días de septiembre* tenía oportunidad de ganar el Oscar.

Nadie sudaba. Dos mil quinientos wats. Vinieron a avisarle a María Inés que algún pariente de Manaos estaba en el teléfono. Ella se disculpó con el tío-primo y fue a contestar en su habitación. Feliz Navidad a ti también. Después tiró su cuerpo sobre la cama. Estaba demasiado cansada. Cansada sin motivo alguno. Cansada sin derecho a estarlo, por lo tanto más cansada aún. Eduarda vino a la puerta para ver a su madre, grande-pequeña, y se acordó de aquel juego de palabras que repetía cuando niña, un hombre alto-bajo gordo-flaco sentado-parado en un banco de piedra-de palo callado decía que un sordo escucharía a un mudo decir que un ciego vería a un cojo a toda prisa correr. Y de ahí pasó a otro, aquel lleno de imágenes mágicas que decía hoy es domingo de pie de cachimbo, el cachimbo es de barro y pega en el jarro, el jarro es fino y pega en el sino, el sino es de oro y pega en el toro, el toro es valiente y pega a la gente, la gente quiere pollo y cae en el hoyo, el hoyo es profundo y se acabó el mundo. Tres tristes tigres. El ratón y la ropa del rey de Roma.

Madre.

María Inés abrió los ojos lentamente y dijo bebí mucho.

Eduarda la disculpó diciendo que no hizo mal, es día de fiesta.

Se sentó al borde de la cama, miró las uñas manicuradas de María Inés y miró las suyas, mordidas.

Mi mamá tenía ojos muy azules, dijo María Inés. Tú no sabías.

Eduarda asintió con la cabeza. No sabía. Claro que no. Eduarda no llegó a conocer a Otacilia, que murió antes de que naciera.

María Inés sacó de ella sus ojos oscuros, los ojos que no habían copiado las maternas aguamarinas azules y que estaban plagados de viejas confesiones. Ambas pensaron en la hacienda, la hermana y la tía Clarice. Y en algo más cuyo nombre Eduarda no conocía, pero que María Inés revolvía en sus sueños hace mucho tiempo.

Estás segura de que no prefieres viajar con tu padre.

Lo estoy, respondió Eduarda.

María Inés volvió a cerrar los ojos. Respiró profundo y creyó una vez más que era posible.

Un hombre alto-bajo gordo-flaco sentado-parado en un banco de piedra-de palo.

¿Quién es ese pariente de tu papá que trabaja en el cine? Aquel medio gruñón.

Un chico llamado Arturo. Es un primo en segundo grado.

Como yo.

Sonrieron.

Vino a hacerme confesiones.

Se separó de su mujer. Al parecer, la verdad es que ella lo dejó hablando solo.

Eduarda no necesitaba que le sugirieran que su papá andaba viendo a la ex-mujer del primo Arturo. No necesitaba ser vidente o adivina para saber que sus papás ya no se besaban. Probablemente no hacían el amor tampoco. Su mamá tenía un amante ocasional que vivía en otro país, un antiguo colega de la Facultad de Medicina, se encontraban una vez al año o algo así. Su papá está viendo a la ex-mujer del primo Arturo. El placer de la seducción, tan fugaz, desvaneciéndose tan pronto, tan pronto.

Pero Eduarda no sabía, por ejemplo, sobre un joven veneciano llamado Paolo. *Sentado-parado en un banco de piedra-de palo en la mesa del Café Florian y las palomas de la Plaza de San Marcos haciendo del piso un tapete. Los canales apestando bien. El buen mal olor, como el olor del excremento de los bueyes de la hacienda. Venecia, un sueño, una pesadilla.*

Bebí mucho, repitió María Inés. ¿A qué hora se van a ir los primos?

Mamá, todavía es temprano. Todavía no hemos servido la cena. ¿Quieres que te traiga un café cargado?

María Inés asintió con la cabeza y dijo quiero un café cargado, un café y una Coca, por favor.

Ella escuchó decir que eso era lo que mantenía a los traileros despiertos, mucho café y mucha Coca-Cola. Otros preferirían usar cocaína, como Clarice. En otros tiempos, antes de la clínica. Antes de las muñecas cortadas, del hospital y de la clínica.

Mientras Eduarda iba a la cocina, María Inés se volteó de lado y miró su mesa de noche. Había varias fotografías recortadas que componían un mosaico, allí. Eduarda de chiquita jugando en las dunas de Cabo Frío. Eduarda y sus inseparables amigas, Nina y Dedé, uniformadas y arregladas para el primer día de clases, cabellos peinados y repartidos impecablemente, ropa nueva, tenis blanquísimos y sonrisas temerosas. La *señora* Clarice en mil novecientos setenta, disfrazada de novia. María Inés y Clarice con siete y once años de edad, respectivamente, antes de aquella convulsión del planeta, cuando los caminos se invirtieron y las estaciones perdieron naturalidad. Antes de aquella puerta entreabierta y de aquella visión de una mano masculina sobre un seno pálido de niña (más pálido que la tristeza, más triste que la infancia interrumpida).

María Inés pensó que su hija era casi bonita. De cuerpo y facciones largas, dueña de palabras calmas y de ideas fluidas, ideas de corriente de riachuelo. Tenía ojos transparentes, pero no como las aguamarinas azules de Otacilia. Eduarda era leve, aireada, de gestos simples. Eduarda era una muchacha hecha de verano.

Regresó al cuarto con una charolita sobre la cual humeaba la cafetera. Una taza. Nada de azúcar. Y también la lata roja negra plateada de Coca-Cola.

Listo, mamá.

Los sentidos de María Inés rotaban sobre sí mismos, cerrar los ojos era peor porque la cama empezaba a hundirse en el piso movedizo, a oscilar como embarcación en un mar revuelto.

¿Cuándo vamos a viajar?, preguntó Eduarda.

Mis vacaciones del hospital empiezan el día dos. La gente espera hasta el último para viajar. Podemos salir el día siguiente. Es un lunes.

¿Cuanto tiempo nos vamos a quedar?

El tiempo que queramos. Un día, dos, diez, un mes.

¿O la vida entera?

La vida entera. ¿Quieres?

Tal vez.

Hay alguien a quien pretendo reencontrar allá, además de mi hermana.

Eduarda asintió con la cabeza y no arriesgó preguntas. María Inés estaba borracha y podría hacer confesiones indeseables. De cualquier forma, Eduarda necesitaba aquella distancia, una saludable distancia entre madre e hija. Cada una cuidando sus propios secretos. A su edad era comprensible, aunque no hubiese sido siempre de esa forma que, probablemente, nuevos modelos cambiarían en el futuro, cuando las décadas que separaban a madre e hija dejaran de ser décadas y se convirtieran en un número vago, apenas un pequeño dato en las identificaciones.

¿Un poco más de café?

María Inés aceptó. Después se levantó de la cama con un cuidado extremo, como una paciente post-cirugía, y sus gestos daban la impresión de que todo el cuerpo le dolía. Alisó el vestido y pasó los dedos por sus cabellos cortos, se talló los ojos frente al espejo y a causa de ese gesto pensó en Caperucita Roja, ¿para qué tienes esos ojos tan grandes, abuelita?

Para ver todas las palabras que no son dichas.

Regresó a la sala, y João Miguel le susurró que las personas ya estaban comenzando a preguntar dónde estaba.

María Inés le acarició suavemente la muñeca lastimada, tan suavemente que apenas lo sintió. Ala de insecto. Ala de insecto flojo. Ala de insecto flojo y manso.

Espero que sane pronto, le dijo, y enseguida fue hacia el aparato de sonido, donde lo hizo tocar una vez más el trío de Brahms. Corno, violín y piano. El adolescente rockero imberbe de cabellos largos y camiseta de Guns n' Roses le lanzó una mirada de franca desaprobación.

En el hospital de la red estatal en el que María Inés trabajaba había gente que nunca vería una raqueta de tenis en vivo, que no podía ni imaginar lo que eran los canales de Venecia y que reiría a carcajadas (ataque de nervios) si viera los precios del menú del Antiquarius. ¿Todo eso por un bistec? Doctora, está bromeando.

Allí María Inés era doctora. Aunque habían pasado casi dos décadas, tenía cierta dificultad en reconocerse en aquel trato que nunca llegó a mimarle el ego. No era una buena doctora, pero le gustaban las personas a las que atendía. Trabajaba en dermatología. Micosis. Acné. Lupus discoide, pénfigo. Dermatitis psoriásica. Piodermitis. Escabiasis, dermatitis acnítica, urticarias, hanseniasis. Carcinomas de la piel. Leishmaniasis cutánea.

Su jefe cierta vez la clasificó, injustamente, como una típica burguesa aburrida que hace un trabajito social entre la manicura y el té, como dando limosna a un mendigo mientras espera el verde en el semáforo, sin abrir de más el vidrio eléctrico de su carro importado para no correr el riesgo de ser asaltada. El mismo jefe fue despedido de su cargo un mes después, cuando su firma apareció en notas de compra de material quirúrgico sobrefacturado, procedimiento común que infelizmente, esa ocasión, acabó sabiendo la prensa. El jefe se cambió de sector.

Otacilia y Alfonso Olimpio ya estaban muertos cuando María Inés se diplomó por la Universidad Federal: clase de 1979. Entre los otros jóvenes con anillos de esmeralda (falsa o verdadera) en los dedos y pergaminos en las manos había un chico llamado Bernardo Aguas, que tenía una bella voz de barítono y acabó dejando la medicina por una carrera de cantante que se internacionalizó con rapidez. Música antigua. Recientemente fue consagrado en el selecto círculo mundial de los que aprecian el género al lanzar un disco junto con la soprano Emma Kirkby y el laudista Hopkinson Smith. Eran de Bernardo Aguas los brazos donde María Inés se lanzaba de cuando en cuando, tal vez una o dos veces por año. Cuando estaba en Río, Bernardo Aguas la llamaba y bebían ginebras con quina en algún bar con baranda al mar y escuchaban música en el carro y terminaban la tarde en el departamento que él mantenía en la ciudad, haciendo el amor cual performance que no tenía nada de amor y muy poco de amistad. Era como un ejercicio que significaba para cada uno una ganancia específica, o la ilusión de una ganancia específica. María Inés asociaba a Bernardo Aguas con tardes inundadas por la marea, traguitos de ginebras con quina y aquellas suavísimas canciones renacentistas y barrocas que él interpretaba tan bien, Monteverdi, John Dowland, Marc-Antonie Charpentier, Purcell, Gesualdo, Lully, aquellas canciones que parecían no combinar con su cuerpo amplio, la barba levemente grisácea y los cabellos amarrados en una colita de caballo, de manía donjuanesca. Doctor Jekyll y Mister Hyde. María Inés se sentía seducida por ambos, tal vez más aún por la aspereza de aquella relación, por su superficialidad tristona, por sus frases postizas y azucaradas.

Sabía que Bernardo Aguas tenía otras amantes eventuales en la ciudad, en otras ciudades, que le gustaba mantener su harem *world-wide*. No lo mantenía en secreto y alguna vez llegó a comentar, como un gallo refiriéndose a sus pollitas: ¿pensaste alguna vez que podría comprar un mapamundi y comenzar a marcar los lugares donde ya tuve alguna novia? Y empezó a enumerar: Río, São Paulo, Curitiba, Londres, Lovaina, París, Milán…

Imbécil, pensó María Inés, pero volvió a besarlo. Al lado de Bernardo Aguas se volvía una pollita. Una estadística. Una tachuela colorida en un mapamundi. Y no tener nombre era, a veces, confortable.

Había una esmeralda verdadera en su anillo de graduación, regalo de João Miguel, el primo segundo y ya entonces marido João Miguel, que nunca estuvo cien por ciento de acuerdo con aquella decisión, los estudios, el trabajo. No hay necesidad, le decía. María Inés lo necesitaba, pero era natural que João Miguel no comprendiera.

La madrugada del día veinticinco de diciembre, después de intercambiar los paquetitos coloridos y después de algunas dosis más de Coca-Cola con café alternadas con vino, María Inés se acostó a dormir y soñó con Bernardo Aguas: un sueño erotizado y sin importancia.

María Inés nunca soñaba con Tomás.

Al despertar la mañana siguiente, João Miguel no tenía una resaca como la de María Inés. Por puro olvido todavía no accionaba los dos mil quinientos wats. También él, João Miguel, fabricó sueños en la madrugada y todavía estaba envuelto en ellos, mariposa en su crisálida. Se sentaba en el sillón blanco y veía aquellas curiosas azucenas de acrílico, asumidamente falsas y de ramitas blancas, que se reunían dentro de un vaso retorcido. El calor de la mañana era grasoso y blando, João Miguel lo notaba en algún espacio anterior a su consciencia, pero ese aire hinchado llegaba a incomodarlo.

La vida: tan colorida y excitante. Como un plato de comida hindú o una vuelta en la montaña rusa. Como un corte de terciopelo bordado con lentejuelas y chaquiras. Como los brazos firmes de aquella Luciana recién descasada, que olían a talco y estaban salpicados con vellos dorados. João Miguel soñaba con ella y despertaba rígido como un adolescente. Hubiera podido estirar la mano y tocar el hombro semidesnudo de María Inés y tal vez buscar algún aliento en el cuerpo de ella, pero también podía mantener todo como estaba, acabó optando por la segunda alternativa y fue a re-soñar su sueño en la sala-horno.

En algún departamento aledaño un niño rico recibió de regalo de parte de su rico Santa Claus un juguete electrónico cuyos ruidos se podían escuchar discretamente. Fue eso lo que acabó aborreciendo João Miguel y arrancándolo de su ensueño. Frente al aparato de sonido estaba el trío de Brahms que él puso a tocar. Sintió que tal vez estaba usurpando alguna cosa de María Inés, profanando un santuario, soltando maldiciones en las lápidas de sus antepasados.

Eduarda apareció en la sala, se sentó en el piso, cerca de él, y comentó con un dejo de forzada impaciencia, caramba, desde ayer sólo se escucha esto en esta casa.

Comenzó a comer dátiles e higos y chabacanos secos que habían sobrado de la fiesta.

¿Estás segura de que no vienes?, preguntó él. En el viaje, conmigo. Todavía hay tiempo para conseguir un boleto, si cambias de idea.

Eduarda dijo estoy segura. Quiero visitar a la tía Clarice.

Y le lanzó una mirada de ligera provocación. Quería dejar claro que prefería a la tía Clarice que al abuelo Azzopardi. Agredirlo. Gratuitamente. Aquello también era (todavía) manía de la edad.

João Miguel alzó las cejas y los hombros en un gesto un poco prolijo.

¿Vas a tener clase de tenis mañana?, preguntó ella.

Creo que no, todavía me duele un poco.

El timbre de voz de él hizo a Eduarda pensar en chocolate con menta: un timbre suave, sofisticado, dulce en la medida exacta. *After eight*.

Eduarda puso en su boca algunos chabacanos secos más. Le parecía bonito el color. Sintió unas leves punzadas ácidas en la lengua. Brahms. Clases de tenis. Usaba una blusa corta que revelaba su ombligo, donde resaltaba una pequeña argolla de plata. João Miguel estiró el brazo hasta donde estaban las frutas secas y tomó un dátil.

La tarde está fresca y agradable. Los cipreses huelen bien y están llenos de las semillitas verdes que a los niños les gusta juntar. Es el momento exacto, delicado, en que el sol ya cruzó la frontera de las colinas pero todavía no ha terminado de recoger su luz.

Nueve años de edad y apenas otra manera de hacer promesas. La vida es un amplio bordado de momentos exactos y cada gesto, una infinidad. Las esperanzas son como la luneta que se arma frente al cielo nocturno y pleno, o como el microscopio que examina la gota de agua. ¡Cómo huelen bien los cipreses! Y ese cuerpo de niña, ¡cómo corre fluido y fácil! Todo es intenso. *Todo importa*, no existe residuo, no existe refugio. Todo es aprovechable, hasta las semillitas verdes de los cipreses: más tarde, los niños harán de ellas una moneda alternativa y negociarán:

¿Cuánto cuesta ese pastel de lodo con chispas de margaritas picadas?

Cinco semillitas de ciprés.

Una sonrisa, dos sonrisas, tres sonrisas. Un tigre, dos tigres, tres tristes tigres. Es una época en la que el tiempo *tiene olor*. Sería posible hacer un *perfume de tiempo*. Y claro que esta niña de nueve años ya pensó en eso.

Ella corre, solita y feliz —la felicidad más genuina, aquella que no necesita reconocerse—, entre los cipreses. Cada ciprés tiene un cuerpo y un rostro, cada uno tiene un alma, no lo dudaba ni tantito. Por eso les pide permiso cuando va a tomar él las semillitas verdes. El cielo es tan leve que al mirarlo es posible tener noción exacta del infinito. Pero el infinito puede morir en un segundo.

O: el infinito puede morir en un segundo que va a congelarse y durar para siempre, ese es el abismo del infinito y la finitud absoluta. Un momento capaz de aniquilar todos los momentos exactos con su punzante y trágica verdad. Un momento que agarra a la infancia por el cuello, inmovilizándola en el suelo con una llave al brazo, y aplasta sus pulmones delicados hasta que se sofoca. Un momento que arranca al feto del útero y le interrumpe la vida, que seca las raíces de los cipreses y pisotea los pasteles de lodo con chispas de margaritas picadas.

El corredor de la casa tiene olor a piso recién encerado. Camina de puntitas, cree que con eso ya está entrenando para bailarina, quiere ser bailarina cuando crezca y tiene una muñeca (regalo de su madrina) con tutú de encaje, zapatillas, red en los cabellos y una corona de pie-drecitas blancas que jura son diamantes genuinos, tienen que ser, la madrina es muy rica. Sus manos enconchadas cargan varias decenas de semillitas de ciprés. También ella es rica, tan rica como su madrina.

La puerta del cuarto está entreabierta. La puerta del cuarto no suele estar entreabierta. Ahí adentro alguna cosa se mueve, un monstruo purulento de un ojo, que babea y gruñe y rechina sus horribles mandíbulas. Un monstruo que devora infancias. ¿Será una ilusión óptica? La puerta entreabierta revela una escena que podría ser bellísima: aquel volumen pálido que la niña de nueve años todavía no conoce en su cuerpo. Un seno. Todo hecho en curvas, sin ningún ángulo agresivo, acompañado por un hombro tan redondo, por un brazo tan delgado y por un pedazo de abdomen liso como papel. Ella mira, fascinada, mien-tras una mano masculina se acerca a aquella anatomía tan delicada, mientras los dedos rígidos tocan la base del seno, después se escurren por aquel valle vertiginoso y alcanzan la punta temblorosa, que mantiene un instante entre el pulgar y el índice. Como si estuviera dándole cuerda a un reloj de pulso.

Ella mira. Después las semillitas de ciprés se le caen de las manos enconchadas. Quiere cerrar los ojos para regresar el tiempo. En aquel instante el sol comienza a recoger su luz, pero la noche que se engendra es diferente a todas las otras: una noche que nace muerta. Las semilli-tas ruedan por el suelo recién encerado y una lágrima de dolor y de miedo rueda por las facciones rígidas de la niña que ahora huye, todavía de puntitas. No sólo por entrenar para bailarina. Ahora quiere evitar que la oigan, no quiere que sepan que sabe.

Las semillitas de ciprés están regadas por el suelo.

Vivas rosas rojas

Cuando la primera mariposa de la mañana abrió sus alas y alzó el vuelo sobre la mina de piedra donde sus hijas tenían prohibido ir, Otacilia llevaba mucho tiempo levantada. Presenciaba el nacimiento del día y el lento disiparse de las sombras que cubrían el valle como un tapete. El espíritu de la madrugada. Las tres, cuatro horas de la mañana, el mundo era lechoso y vago, se transformaba en una especie de intervalo, las cosas todavía no eran o ya habían dejado de ser. Estar despierta, andar por la casa y por la baranda en aquel momento equivalía a suspenderse en el limbo, interrumpirse temporalmente, atestiguar la vida en el abismo, de la manera en que ella *no* podía ser. Con el sol, lo ficticio iba progresivamente deshaciéndose y el mundo se emplumaba y abría los ojos, y ella, Otacilia, lo lamentaba.

El matrimonio no era lo que imaginaba y la vida, en general, no era aquello que imaginaba. Otacilia tenía una forma particular de exasperarse y tal vez se vengara. Estaba encerrada bajo siete llaves. Hablaba poco, hacía poco, pero percibía mucho.

Aquella mañana de verano, caliente y húmeda, tenía un par de lágrimas sobre el rostro. Una decisión comenzaba a tomar cuerpo y era una decisión de paz, aunque fuera tardía. Aunque ahora ya no se pudiera saber si era útil, en algún nivel.

A eso de las siete y media Alfonso Olimpio se levantó y fue hacia la mesa, donde la empleada ya había colocado la leche grasosa ordeñada aquella misma mañana y el café y el azúcar, la arepa de maíz, el pan, la mantequilla, el queso añejo, el dulce de papaya verde. Entre los ruidos de la mañana se distinguían nítidos el canto del bienteveo y el del zorzal.

Él le dio los buenos días a Otacilia, que estaba inclinada en la ventana y tenía en las manos una taza con café donde secretamente derramó un chorrito de coñac, tal vez parcialmente responsable por su decisión de paz.

Ella se curvó sobre su propia seriedad y respondió buen día, Alfonso Olimpio.

Él tronó todos los huesos de todos los dedos de las manos en un único y fluido gesto, respiró profundo mientras estudiaba sin prisa la mesa.

Hoy sin duda vamos a vender el resto del frijol, los treinta sacos, dijo, satisfecho.

Continuaba tan parecido al Alfonso Olimpio que vino a encontrar a Otacilia soltera y desesperanzada en la casa de los papás de ella, el mismo hombre con quien se permitiría resucitar algunos sueños y con quien se casó el día más feliz y más irreal de su vida. Un hombre de Minas con tipo de hombre de Minas, palabras contadas y gestos exactos, simplicidad. Era muy fácil creer en Alfonso Olimpio y su aspecto manso y sus tranquilas tardes de domingo con un libro en las manos y una pipa en los labios. Tras cinco días o cinco años de convivencia, la impresión general era que no guardaba sorpresas bajo la manga. Y que hasta era un tanto mediocre y limitado. Alfonso Olimpio parecía estar hecho apenas de superficie y, sin duda, era esencialmente bueno, de un modo en que sólo los mansos pueden serlo. Era pequeño, delgado. Parecía poco. Parecía resumirse en aquel humo de olor dulzón que consumía lentamente. Actuaba como si tuviera la enfermedad de la normalidad.

Al siguiente día necesitaba ir al médico, recordó Otacilia, y él asintió con la cabeza, la llevaría en el auto que rara vez sacaban del garaje (echaba el motor a andar un poco cada dos días para que la batería no se descargara), iría a acompañarla y a ofrecerle el antebrazo. Sobre todo, habría de continuar haciendo lo posible para que nadie supiera. Sobre todo las niñas. En aquella casa regía una ley suprema según la cual las cosas podían existir, pero no podían ser nombradas. No podían ser tocadas. Y todos los códigos superficiales tenían que mantenerse, las apariencias, las sonrisas, aunque en otro nivel peligrosamente cercano todo fuera profanación.

Otacilia tomó aliento, bajó la voz y dijo, calmadamente, decidí mandar a Clarice a Río de Janeiro. A estudiar.

Alfonso Olimpio terminó de masticar el pedazo de arepa que había mordido. Después tomó un trago de café y se limpió las comisuras de la boca con una servilleta. No miraba a su mujer, casi nunca la veía a los ojos. Tenían códigos similares, a pesar de todo. Tosió una tos educada y contenida y cubrió su boca con la mano izquierda mientras la otra mano agarraba por el asa la taza de café. Allá afuera los bienteveos y los zorzales no se incomodaban y continuaban cantando ferozmente.

¿Cuál es el motivo de esa decisión?, preguntó, y era calmado como siempre, voz baja, palabras aterciopeladas.

Otacilia hizo un gesto vago con las manos y dijo es por el futuro de ella. Aquí no se puede estudiar. En Río de Janeiro puede estudiar ciencias, aprender francés o música.

Alfonso Olimpio continuaba asustadizamente pequeño. Dijo, no sé si es una buena idea.

Ya hablamos al respecto, ella y yo, mintió Otacilia. Ya también hablé con mi tía Berenice, que puede hospedarla, mintió de nuevo.

No perdiste tiempo, dijo él.

Otacilia se calló. Juntó las manos como hacía para rezar, cuando todavía creía en Dios y en la misa dominical en Jabuticabais no sólo porque era lo que socialmente se esperaba de ella.

Entonces ya hablaste de ello con tu hija, repitió Alfonso Olimpio y Otacilia asintió con la cabeza.

El silencio pesaba, estaba cargado de un millón de significados prohibidos. Otacilia tenía miedo y, en cierto sentido, Alfonso Olimpio también. Un miedo tan atroz como imperceptible para los bienteveos y los zorzales que cantaban afuera con sus voces claras y cristalinas. Otacilia notó que había olvidado darle cuerda al gran reloj de pie porque el péndulo se suspendía indolente y mudo.

Pidió permiso, se levantó y fue hasta el cuarto de Clarice. Giró la manija, la puerta nunca estaba cerrada porque en aquella casa las niñas tenían prohibido encerrarse en sus cuartos. No la encontró en la cama e inmediatamente adivinó. Caminó por el corredor y abrió la puerta del cuarto de María Inés y allá estaban, las dos dormidas en la misma cama, en posiciones invertidas para aprovechar mejor el espacio. María Inés estaba durmiendo con la boca abierta y de la orilla de sus labios colgaba un fino hilo de saliva hacia la almohada. Sobre la mesita de noche había un vaso de agua cubierto con un platito (María Inés tenía miedo de tragarse un mosquito ahogado durante la noche) y la muñeca bailarina que era su mayor tesoro. En el piso, junto a la cama, había dos pares de pantuflas de paño, amarillo el más grande, y el otro blanco y azul. Sobre la cómoda se arrastraba un escarabajo negro con las patas cubiertas de polvo. María Inés, al despertar, lo ayudaría limpiándolo y devolviéndolo al jardín, aunque en la noche repitiera sus impensadas y suicidas embestidas. Otacilia no llamó a Clarice, no dijo nada, retuvo en los ojos las lágrimas que aparecieron una vez más (por todo, por todas las afirmaciones, por todas las negativas, por el placer, por el placer imposible, por el dolor, por la ausencia y por la presencia impuesta) y volvió a cerrar la puerta.

En la sala pudo ver a Alfonso Olimpio de perfil ante la mesa del café. Estaba completamente mudo, vacío, y su rostro opaco no tenía significado. Ella se sentó nuevamente a la mesa, en silencio, para comer la mitad de un panecito con mantequilla aunque no tuviese hambre, sólo porque ese era su alimento de todas las mañanas.

Ya habían dado cuerda al reloj y ajustado sus manecillas oscuras y adornadas cuando Clarice apareció para el café. Siempre se levantaba antes que María Inés, invariablemente, y nunca aparecía despeinada como la hermana, en pijama, oliendo a sueño; se vestía completamente, trenzaba sus cabellos, se ponía zapatos.

Buenos días, dijo con su voz bajita, educada, y se fue a sentar, llenó la taza con leche, café y azúcar, cortó un pedazo de pan de maíz.

Después de algunos minutos casi en silencio (bienteveo, zorzal colorado), Alfonso Olimpio dijo: tu madre me ha contado que irás a estudiar a Río de Janeiro y que estás de acuerdo.

Clarice le lanzó una mirada de sorpresa a Otacilia, pidiéndole auxilio, pero éste no llegó. Y el canto de los pájaros sirvió apenas para agravar la soledad y el padre preguntó, ¿estás de acuerdo?

Ella miró la taza y fingió que seguía una nata con la cuchara mientras asentía indicando que sí con la cabeza, pasmada y llena de esperanza. Su corazón comenzó a agitarse como una locomotora sobre rieles viejos, un temblor que le bajaba por los brazos hasta las manos, delatándola.

En ese preciso momento llegó María Inés, *deus ex machina*, despeinada, en camisón, oliendo a sueño, refregándose los ojos con las manos cerradas. Y Otacilia quiso acabar con ese juego, darle un final rápido, por lo que le dijo, incluso antes de darle los buenos días, como si todo ya estuviese casi concretado: mira María Inés, qué buena noticia. Tu hermana va a Río de Janeiro a estudiar.

Un monstruo que vagaba por los rincones de la casa lanzó un fuerte gruñido que el padre, la madre y las dos hermanas oyeron. Pero para cada uno aquel monstruo tenía un rostro, una voz, un timbre diferente y secreto. Más tarde, Clarice y María Inés lloraron, por los motivos que les correspondían por derecho. Otacilia no volvió a hablar sobre aquel asunto durante el resto del día, y nadie supo que al final de la tarde mandó ensillar un caballo y se fue sola hasta Jabuticabais para llamar por teléfono a Berenice, su tía solterona de la gran ciudad, para hacerle una petición que no podía rechazar. Después de eso quedó cansada, agotada. Tenía fiebre, tomó un antipirético. Entonces encontró nuevamente aquella intuición consciente, dejarse pasar: *el tiempo es inmóvil, sin embargo las criaturas...*

Agarraban arcilla en la ribera del río. A Clarice le gustaba sentir los pequeños grumos entrando en sus uñas. Tenía tres amigos: Damião, un negrito de diez años que vivía en discordia con María Inés. Lina, negra y bonita, ignorante de su propia adolescencia y de las miradas que arrancaba a los hombres. Y Casimiro, que era rubiecito igual que un ángel barroco y tenía la barriga casi siempre inflada de lombrices. Lina iba a la escuela pero estaba muy atrasada, todavía leía mal. Casimiro y Damião no iban porque ayudaban en el campo. Eran amigos, pero Clarice no dijo nada sobre aquella historia que ella misma no comprendía. Río de Janeiro. Estudiar. ¿Estudiar qué? Pero debía callar.

Y sabía callar. Toda su vida fue entrenada para eso.

Lina, Damião y Casimiro la ayudaban a recoger arcilla a la vera del río, la arcilla que usaría después en las esculturas que interpretaban imposibles, que daban cuerpo a los sueños e intentaban purgar heridas, que buscaban exorcizar pesadillas y componer cosas dignas en las que creer. Las esculturas con las que intentaba salvarse. Sus pies estaban descalzos y bajo las gruesas plantas sentía las piedritas de la ribera. Los pies de Damião estaban llenos de niguas.

Después pasas a mi casa, Damião, me mandas llamar y te saco esos bichos.

Y el muchacho mostró unos ojos increíblemente negros e increíblemente blancos de gratitud disimulada. Muchas veces Clarice hacía aquello, con una aguja de costura esterilizada con fuego reventaba la bolsa donde el parásito se enquistaba y ponía los huevos bajo la piel. Removía aquella porquería purulenta y aplicaba yodo. Damião vivía agarrando niguas en el huerto de la casa. Siempre usaba unas chanclas medio rotas. Los zapatos cerrados que tenía eran unos botines muy viejos y grandes que algún patrón desechó y que él reservaba para ir a la iglesia.

Los cabellos de Lina estaban tan despeinados que le dolían. Aún no sabía que tenía senos de mujer adulta, vestía una blusa blanca muy pequeña y gastada por el uso. Parecía más un niño que el muchacho Damião. Clarice oía de vez en cuando alguna conversación en la que se discutía la suposición de que Lina era medio *retardada*. Pero, sin duda, estaba prohibido hablar de ello. Lina era adorable y le gustaba trenzar los cabellos de Clarice y sentar a María Inés en sus hombros como un bebé.

Algún día voy a tener una hija, decía, que se va a llamar María Inés Clarice por ustedes.

El padre de Lina vivía embriagándose y cayendo a las orillas de la carretera. Su madre, lavandera y planchadora, tenía siempre un montón grande de ropa mágicamente equilibrado sobre la cabeza. Casi nadie sabía que ocasionalmente se encontraba con un hombre más sobrio que el suyo y que por muy poco no era feliz.

Siéntate allí, Lina, en aquella piedra y quédate parada.

¿Para qué?

Voy a hacer una escultura con tu figura.

Mientras Clarice moldeaba la arcilla y la recomponía, la rehacía, Casimiro comía un poco de la misma arcilla, a escondidas. El día estaba claro, diáfano, y los moscardones zumbaban entre el azul dolorido del cielo y las libélulas tocaban la superficie del río con vuelos rasantes. Dos de ellas se apareaban.

Mira allí, apuntó Damião, malicioso, y todos encontraron cómica la cópula de los insectos, menos Clarice.

El de los perros es más gracioso, aseguró Casimiro, y Lina comentó que aún no habían visto al caballo.

Gente es lo que yo nunca he visto, suspiró Damião, pero Clarice interrumpió, ¡paremos esta plática ahorita mismo!

Todos se callaron. Ella se arrepintió del tono rudo y se disculpó diciendo estaba haciendo una escultura y ustedes me distraen con esas boberías. Pero sus palabras ya estaban teñidas de tristeza. Una nubecita extraviada manchó el cielo y sobre un cerro cercano comenzaron a volar buitres. En el suelo, junto a Clarice, apareció una garrapata inmensa que aplastó con el pie. Después intentó concentrarse en aquello que sus manos emprendían en la arcilla, el bonito cuerpo de Lina, la escultura debía indicar, en forma sensual sin saberlo, los caminos de niña a las formas de mujer.

En ese instante la nubecita extraviada que se venía equivocando por el cielo quedó delante del sol. Todo se convirtió en sombra y Clarice sintió un escalofrío porque por primera vez tuvo un pensamiento maduro y poco abstracto de la muerte. Más tarde, la escultura de Lina se apoderó de unos ojos profundos cuando Clarice intentaba terminarla a la luz de la vela, en su cuarto, y fue así que acabó titulándola Muerte. Sin saber que se trataba de un presagio.

Una semana después Otacilia la llamó durante la noche, ya pasadas las dos de la madrugada.

Te quiero mostrar la luna, Clarice. La luna acaba de nacer.

Las dos fueron al huerto descalzas, en silencio. Una luna gruesa y amarillenta crecía detrás del pinar y transformaba a los árboles en grandes esqueletos negros. El aire estaba inmóvil y caliente. Madre e hija no se dieron las manos. Había una lechuza ululando bien cerca, los murciélagos silbaban y volaban rápido entre los árboles, una senda negra de hormigas cruzaba el camino entre un arbusto y un hormiguero henchido. Otacilia y Clarice podían oír el gruñido del monstruo que no dormía.

Nos vamos a ver poco, dijo la madre, y Clarice sabía que se refería a Río y a su temporada de estudios.

Entre ellas no había confesiones, no había expresiones de cariño, pero sí muchos y largos silencios. Desde siempre. Sobre todo por eso es que Clarice se sorprendió por aquella iniciativa, mandarla a Río de Janeiro. Si todo era tan subterráneo, si todo era tan secreto.

Además, porque yo estoy enferma, concluyó Otacilia, rompiendo momentáneamente el protocolo, rompiendo su previo y mudo acuerdo con el marido.

¿Enferma de qué?

Aún no se sabe. No necesitas pensar en eso, tienes tus propios problemas. Y después agregó, no necesitas contarle a María Inés.

Aquella era una manera suave de puntualizar algo *prohibido*. Las dos no se miraban.

Va a ser bueno para ti, pero nos veremos poco.

¿Con quién voy a vivir?

Con mi tía Berenice. Tiene un apartamento en el barrio de Flamengo, cerca del mar.

Clarice se mordisqueaba los labios, esa manía incurable.

María Inés va a sentir nostalgia, dijo.

Boberías, María Inés tiene amigos aquí, y ese primo João Miguel viene todas las vacaciones. Ustedes pueden escribirse.

Tal vez ella pueda ir a visitarme de vez en cuando.

Otacilia suspiró largamente, parecía debilitada, hizo que por un instante Clarice pensara en la hoja seca que se une tan frágil a la rama del árbol y que cualquier viento, cualquier brisa separa y lanza a su suerte.

Tal vez, respondió Otacilia.

Clarice no despegaba los ojos de la luna.

Los americanos van a mandar hombres para allá, dijo apuntando, pero después recogió la mano porque Casimiro le advirtió que apuntar hacia la luna (¿o era hacia las estrellas?) hacía aparecer una verruga en la punta del dedo.

Otacilia movió la cabeza y dijo que no lo iban a conseguir.

Clarice cruzó los dedos e hizo una oración en silencio, *ellos lo tienen que conseguir*. Encontraba que aquello era muy importante, lanzarse al espacio, dejar el planeta, pisar suelo virgen donde aún no hubiese ninguna idea alojada, ningún deseo, ningún recuerdo. Sería como nacer otra vez. Después recordó que la medianoche ya había pasado y, por lo tanto, ya era su aniversario, cumplía quince años, esa edad en que las muchachas promovían lindos bailes durante los que sonreían ininterrumpidamente, metidas en amplios vestidos color de rosa y bailaban el *Danubio Azul* con su orgulloso papito. Ella no quería fiesta. Encontraba que los quince años eran una edad como cualquier otra, no tenían nada de especial, no había nada que conmemorar.

¿Qué enfermedad tienes, madre?

Ya te dije que no necesitas pensar en eso.

Clarice quería abrazarla. Quería arrullarla, acariciar sus cabellos y después sollozar toda la madrugada en su cuello. El monstruo insomne soltó un gemido de dolor y tropezó con una siembrita de cipreses que estaba botada en el corredor, ya habían barrido aquello hacía mucho, claro, y nadie jamás desconfió de lo que estaba siendo plantado por aquellas semillas muertas. Pero Clarice no tenía cómo barrerlas de la memoria y, tal vez, le dolerían más que a todo el resto.

Otacilia dijo: Dentro de algunos años, cuando María Inés sea un poco mayor, tal vez pueda ir a Río de Janeiro también. Quién sabe.

El corazón trémulo de Clarice se iluminó, pero quería repetir la pregunta *¿qué enfermedad tienes, madre?* Y la pregunta quedó vacilando en sus labios porque más importante que decirlo era no contrariar a Otacilia. Clarice tragó saliva con dificultad, tenía un sabor amargo y era casi sólida.

Ahora vamos a entrar. Quiero mandarte a la ciudad dentro de unos diez días, piénsalo y mañana me dices si está bien, dijo Otacilia.

Clarice obedeció y lo pensó durante una noche de completo insomnio, una noche en que oyó ininterrumpidamente al monstruo arañar la puerta de su cuarto. Estaba mutilado. Algunas veces gemía, otras gruñía o rugía. Y entonces Clarice deseó ir a Río de Janeiro, lo deseó mucho, en ese mismo instante, rápido, a pesar de todo, de María Inés, de la enfermedad de Otacilia (fuese lo que fuese), de Casimiro, Lina y Damião: a Río de Janeiro. Si fuese norteamericana, tal vez podría ir a la luna. Y respirar el universo inmenso y, finalmente, sentir que nada más tenía importancia, que todo se disipaba como polvo o como la noche serena mañana adentro, que todo se secaba como un charco bajo el sol.

El viento cambió de dirección y aquello significaba lluvia. Entre otras cosas. María Inés y el primo segundo João Miguel estaban armando un columpio con una cuerda y una llanta vieja en la rama más baja de un mango, Clarice podía verlos desde la ventana de su cuarto mientras, sola, colocaba toda su ropa y pertenencias sobre la cama. Ordenar las maletas. Dos maletas y un paquete separado para

los papeles. João Miguel y María Inés parecían tan pequeños, *eran* tan pequeños. María Inés tenía los cabellos
presos en dos largas trenzas que el viento agitaba y transformaba, por un instante, en dos serpientes encantadas.
El olor del aire no era agradable.

Clarice había tomado un baño después que su madre
y notó que un mechón de cabello había caído en la regadera, un mechón grande. El agua lo convirtió en un cairel
perfecto. Como hacía calor, Clarice quiso agua fría, pero
allí el agua fría venía de la fuente y era fría de veras, muy
fría, y le dejó los labios morados. Se vistió completamente en el baño y sintió con las manos que sus antebrazos
estaban helados, descubrió que el pequeño espejo le sonreía
y que unas avispas comenzaron a esculpir una nueva casa
en la ventana. Se puso sandalias. Y fue, en silencio y sola,
a arreglar las maletas porque viajaba al día siguiente.

Ahora elegía. Estaba vagamente alegre, como si hubiese recuperado alguna promesa, algún perfume de infancia, alguna certeza de que la realidad se consumaba *de
ese* modo y no *de aquel.* Encontró un vestido del que se
había olvidado completamente, ya era muy corto para ella.
Se lo podría dar a María Inés. Y aquel par de zapatos apre-
tados. El viento hizo golpear una ventana en algún lugar
de la casa. Después Clarice encontró el vestido blanco,
nuevo, que no usaba porque le parecía que no le quedaba
bien, María Inés se podría quedar con él también y esperar
a usarlo cuando fuese mayor.

María Inés lo usaría cuando fuese mayor. Y ensayará
pasos de baile delante del espejo. Y será observada por un
muchacho del edificio de enfrente.

Una muchacha que la memoria siempre vestía de
blanco y juventud.

Ante todo.

Ante casi todo.

Casi ante todo.

El olor del aire no era agradable.

Por la noche habría una cena de despedida (que, discretamente, venía a ser también una conmemoración de los quince años recién cumplidos de Clarice), a la que estaban invitados media docena de parientes que vivían en Jabuticabais más el vecino hacendado con su esposa e hijo. Un muchacho delgado llamado Ilton Xavier que tenía ese ridículo e incipiente bigotito de los adolescentes y a quien le gustaba fingir que se fijaba en las piernas y el trasero de todas las mujeres. Él se convertiría en el marido de Clarice y en su ex-marido. Después, mucho después, compraría una pickup roja y cara.

Clarice tenía algunos libros: *Pollyanna, Pollyanna crece, Las jovencitas ejemplares.* Y cosas de ese tipo, pretendía dejárselos a María Inés aunque ya supiese que no los leería. María Inés quería leer los libros *prohibidos.* Quería escalar canteras. Clarice llenó dos maletas e hizo un pequeño paquete con papel estraza. Y era todo. Habría quedado satisfecha llevando menos cosas, aún menos, dejar toda la piel muerta atrás, si fuera posible. Pero Otacilia mandó llenar dos maletas. Empaquetar separadamente los papeles (no se fueran a dañar con agua de colonia derramada).

Lina estaba en la cocina. Había venido a ayudar con los dulces. Y Otacilia, que dirigía, parecía debilitada, enjuta, y trabajaba sentada en una banca. Clarice apareció para ofrecer ayuda y descubrió que la cocina estaba transformada en una especie de fábrica mágica donde se mezclaban aromas poderosos y densos, donde se disponían todos los colores y donde las mujeres sudadas y manchadas con huevo y harina hacían, algunas veces, de hadas. El dulce de leche hervía en una vasija. Sobre la mesa había tres bonitas compoteras, una de ellas aún vacía, las otras dos, respectivamente: verde. Dulce de papaya verde. Anaranjada. Dulce de papaya con coco. Lina estaba pelando guayabas y comiéndose las cáscaras, tenía los cabellos amarrados con un pañuelo que perteneció a Otacilia mucho tiempo atrás, aún se veían en él vestigios de las rosas que un día fueron fulgurantes, vivas, tan rojas.

¿Ya terminaste mi escultura?, preguntó a Clarice, y agregó espontáneamente: ¿no me la vas a dar de regalo antes de que me vaya?

Las esculturas. Clarice las escondió todas en la cochera, en lo alto de un amplio y tosco armario que no se usaba sino para guardar vejestorios, desperdicios, cosas inútiles, utensilios dañados que no iban a ser reparados.

Sí, te la voy a dar de regalo si quieres, pero tú eres más bonita que ella.

Mañana por la mañanita vengo a decirte adiós y me das la escultura, dijo Lina riendo.

De acuerdo. Yo quiero que estudies mucho para que puedas escribirme cartas.

Lina hizo una mueca indolente, pero estuvo de acuerdo, voy a estudiar.

¿Lo prometes?

Y ella dijo que sí con la boca llena de cáscara de guayaba.

La noche llegó nublada y sucia, llena de polvo y pensamientos vagos en el aire. Mientras Ilton Xavier llegaba con un ramillete de flores, seductor precoz y bien vestido, Lina comía un plato de arroz con frijoles y lomo de puerco en la cocina. En el último pedazo comenzó a sollozar.

No te pongas así, Lina, dijo Clarice. Nosotras vamos a ser amigas siempre y voy a ser tu madrina de casamiento y también madrina de tu hija, María Inés Clarice.

Lina se tragó su llanto, pidió un sorbo de café y se despidió con los ojos llenos de lágrimas.

Vengo mañana por la mañana. Bien temprano.

Y te doy la escultura.

Se lavó la boca y las manos en la pileta de afuera, la pileta de cemento fechada y firmada por el albañil como si también fuese una escultura. Después se fue y mientras

Lina se alejaba Clarice observó su ropa blanca, el pañuelo que tenía remembranzas de vivas rosas rojas.

Durante la cena, todo le pareció a Clarice peligrosamente casual. Como siempre. Las sonrisas, las palabras, las miradas. Otacilia sonreía misteriosa, inquieta. Alfonso Olimpio sonreía, pequeño e intimidante. El reloj de péndulo sonreía detrás de una capa nueva de aceite de palo de rosa y marcaba los segundos como un metrónomo. Pero Clarice tuvo mucho miedo cuando encontró la mirada de María Inés. Ebria. Llameante.

Comían, bebían y hablaban. Un tío de Jabuticabais contó un chiste que Otacilia consideró impropio y recibió con el ceño fruncido. El tío cambió de tema y comenzó a hablar del precio de la arroba.

No lejos de allí estaba Lina, en la muda carretera, en el vientre de la noche sin luna.

E Ilton Xavier construía una frase en clave para Clarice. Estaba queriendo conquistarla, tal vez hasta robarle un beso con el que pudiese predecir el futuro.

Y María Inés decía un palíndromo para João Miguel sin saber que tenía aquel complicadísimo nombre: palíndromo.

Dábale arroz a la zorra el abad.

¿Qué hay con eso?

Es la misma cosa de atrás para delante.

Lina iba a casa, olía a sudor y sentía una tristeza nueva consumiéndole el corazón. Porque su amiga Clarice se iba ya. Estaba dispuesta a aprender a leer y escribir correctamente, así podrían intercambiar correspondencia. Por ahora, al menos tenía la escultura, al menos.

João Miguel tomó un papel para escribir la frase y ver si daba, de hecho, lo mismo de atrás para delante. Dábale arroz a la zorra el abad. daba le arroz al a zorra elabáD. Aquella noche cada niño tuvo derecho a tomar una taza de ponche. Pero no podrían tomar café, porque después no tendrían sueño.

El hombre salió del matorral, de atrás de un matorral de cipreses. Estaba esperándola. Sabía muchas cosas, aunque no fuese de allí. Sabía muchas y estaba esperándola a ella, a Lina, y salió como un asombro de atrás de un matorral de ciprés. La negra noche lo dejaba uniforme y oscuro, hasta el sombrero y los ojos. Bidimensional, como si no fuese una persona, sino un dibujo en una hoja de papel.

Lina no gritó porque el primer movimiento de él, rápido y calculado, fue taparle fuertemente la boca con una mano, exageradamente fuerte. Nadie necesitaba de una fuerza como aquella para tapar la boca de Lina, para impedirle gritar y subyugarla.

Aquello duró media hora y pareció muy poco. Media hora. Casi nada. Prácticamente nada. Sólo entonces llegó la lluvia, imparcial, impía, inclemente.

Cuchicheaban por la mañana del día siguiente:

Yo siempre imaginé que una desgracia de esas le iba a suceder a esa muchacha.

Ella no tenía muy buen juicio.

Medio *retardada*.

Tal vez ella provocó eso, ¿no se fijaron cómo andaba vestida?

Medio desgreñada.

Medio desvergonzada.

Clarice estaba muda y pálida. Tenía en las manos una escultura con el cuerpo de Lina y el rostro de la muerte. Tenía delante de sus ojos el cuerpo de Lina y el rostro de la muerte. Ya no llovía, pero estaban en febrero y en el verano todo era siempre muy intenso y rápido, durante la noche temporal y a la mañana siguiente un cielo escandalosamente azul, Lina comiendo un plato de arroz con frijoles y carne de puerco, a la mañana siguiente Lina.

Nadie imaginaba quién era el hombre. Alguien de fuera. Usó el cuerpo de Lina sin su consentimiento, lo tomó como si fuese un plato de comida. Después lo tiró. Sin aliento, sin vida.

Cada uno tenía algo que decir al respecto, pero luego Otacilia y Alfonso Olimpio decretaron que lo ocurrido quedaba rotulado como *prohibido*, y mandaron a María Inés y a João Miguel dentro de la casa y al chofer del taxi que esperaba a Clarice (para llevarla a la estación de Jabuticabais, donde tomaría el ómnibus a Friburgo y de allí a Río de Janeiro) a encender el carro.

Ella no dijo nada. Un vapor extraño, irreal, subía del suelo aún húmedo. Aquella mañana no admitía mucho, estaba desbordando. Sin consciencia de sus gestos, Clarice abrazó la escultura de Lina muerta y se plantó delante de sus padres. Se miraron detenidamente y por primera vez se dijeron la verdad con los ojos. Clarice y sus padres. Todo alrededor era tan confuso que parecía un Martes de Carnaval con sus cornetas estridentes, sus juerguistas enmascarados, sus lluvias de flores y serpentinas. Un carnaval al revés. En verdad ninguna broma. En verdad ningún disfraz. Y así se quedaron por una eternidad, triangulares, inexpresivos. Aún más triste era pensar que, en aquel momento, Lina muerta era sólo una coincidencia. Al menos tenía lugar esa mirada triplicada con la que Clarice, Alfonso Olimpio y Otacilia se decían: *terminó*.

Lina también había terminado, pero era sólo una coincidencia.

María Inés peleó con João Miguel porque no quería abandonarla: ¡muchacho, me dejas sola un minuto!, y salió corriendo perseguida por sus largas trenzas oscuras. Fue a mirar el carro que partía, que llevaba a Clarice a Río de Janeiro. Y en medio de tantas corrientes eléctricas que la recorrían encontró espacio para improvisar una especie de oración dirigida a Clarice. *Por favor, sobrevive.*

Clarice entró en el carro que roncaba despacio en medio de una multitud que iba y venía, que llegaba a caballo, que llegaba en carro, que contraía el rostro o que lloraba abiertamente. En algún lugar estaba Lina, que ya no era más Lina, que había sido despojada de aquello que la hacía ser Lina, y Clarice cerró los ojos con fuerza y fue asaltada por un recuerdo violento (que nada tenía que ver con Lina) de algo mucho peor que la muerte, y se dijo a sí misma, sin saberlo, *por favor, sobrevive.*

Lina había sido una amiga. Aquella tragedia en aquel momento específico, sin embargo, quería decir más. Quería decir además que *acabó.* Pero, ¿qué significa *acabar?* ¿Las ideas mutiladas volvieron a la normalidad? La infancia mutilada sufriría una revolución en la memoria y *¿volvería a la normalidad?* Los zorzales y los bienteveos seguían cantando. El carro comenzó a moverse lento y el chofer comenzó a decir algunas cosas sobre el crimen, pero a Clarice le sonaron todas apelmazadas, no consiguió distinguir ninguna palabra con sentido de aquella masa amorfa de sonidos.

No estaba pensando en Lina, no específicamente. Se sintió mareada y le pidió al chofer que por favor detuviera el carro un instante. Abrió la puerta y vomitó en el camino de tierra, en la misma carretera donde su amiga fuera violada y asesinada, esos eran los términos. Prohibidos. Allí en el suelo, lodoso a causa de la lluvia, estaba el pañuelo de Lina, el pañuelo en el que un día fue posible divisar vivas rosas rojas, fulgurantes, claras.

Después Clarice miró hacia atrás, a la casa, al pasado, y vio a la distancia el bulto enjuto y pequeño de su padre.

"Si ch'io vorrei morire..."

Siempre ella, siempre María Inés. Que fue capaz, mágicamente, de tatuarse, de marcarse como se marca a los bueyes, a hierro y fuego, en la existencia de Tomás. Y en la existencia de Clarice. Un arcoiris vacilante en el cielo después de la lluvia. La retina manchada a causa del sol. La cicatriz que quedó de la cirugía o la cicatriz del cuchillo Olfa. La humareda que queda en el aire a pesar de haberse extinguido el fósforo, el aroma de incienso que sobrevive al incensario. Un pañuelo desteñido.

En la noche calurosa de la hacienda, aquella noche de vísperas que traería a María Inés después de tantos años, mientras hacía arabescos con una navaja en un pedazo de madera, Clarice le dijo a Tomás: una vez tuve una amiga. Se llamaba Abrilina, para nosotros era sólo Lina.

Tomás acariciaba el pelo del cachorro, que vio despertarse cerca de él.

Ella murió hace más de treinta años, dijo Clarice, y contó la historia de Lina, de la bonita Lina que era sólo incidental, que era sólo una coincidencia, una muerte cruda y cotidiana que las personas olvidaron muy rápido.

En aquel episodio distante, la cena de despedida que era también conmemorativa de los quince años de Clarice, María Inés le lanzó aquella mirada enardecida. Esa mirada que Clarice nunca olvidó y la vio repetirse sólo una vez, lo bastante intensa como para que María Inés se eternizase.

Siempre ella, siempre María Inés. De un modo oblicuo. Inmune al tiempo, inmune a la distancia y a cualquier tentativa consciente o inconsciente de alejarla. María Inés que era el espejo tuerto capaz de revelar lo peor. Que Clarice y también Tomás jamás conseguirían agradecer lo suficiente por todo, por sus propias vidas. Que María Inés ofreciera, pero después mutilara. Mutilara, pero antes ofreciera. Siempre ella.

Cuando llegó a Río de Janeiro y tocó a la puerta de la tía abuela Berenice provista de sus maletas y del bulto hecho con papel estraza, Clarice tenía el corazón dividido en dos hemisferios. En uno de ellos golpeaba la tristeza por Lina y la urgencia de un compromiso, olvidar el resto, sosegar el pasado, porque su amiga estaba muerta. En el otro hemisferio, sin embargo, palpitaba lo paradójico, lo absurdo, lo imperdonable, y entre esos dos hemisferios ardían los ojos de María Inés y Clarice sabía que la historia aún no había llegado a su fin.

Cuando llegó a Río de Janeiro en 1965 y tocó a la puerta de la tía abuela Berenice provista de sus maletas y del bulto hecho con papel estraza, Clarice tenía el corazón dividido en dos hemisferios y el corazón envejecido como una esponja usada. La tía abuela Berenice no hizo preguntas y sólo la abrazó con cariño y sin melodramas. Después le mostró el cuarto que estaba preparado a la espera de ella, de Clarice, un cuarto muy diferente del que ocupaba en la hacienda. Que no abría las ventanas hacia el verde y las trenzas de María Inés en el columpio, pero sí hacia la calle asfaltada y algunos edificios de apartamentos vecinos y, a la izquierda, hacia la faja de árboles del Aterro y, más allá, el mar. Ella viviría por cinco años en ese cuarto de ciudad para después salir directamente a la pequeña iglesia de Jabuticabais, en la que mucha gente se empujaba para verla (la Novia) y en cuyo altar la esperaba Ilton Xavier.

El hijo de los vecinos hacendados, Ilton Xavier. La noche anterior, durante la cena, le arrancó a Clarice la promesa de escribirle. Y también un beso muy fugaz, en el corredor que separaba la sala de los cuartos, presionándola contra la pared rugosa como si fuera un *latin lover*. Por poco Clarice no se atragantó con el beso, los labios de él presionando los suyos con la ansiedad de la inexperiencia. Ahora se acordaba de aquello, y de Lina y su pañuelo desgastado, y de tantas cosas más, y de la larga avenida que la separaba de María Inés, Otacilia y Alfonso Olimpio. Físicamente.

Le dolían el estómago y la cabeza. Le pidió a la tía abuela Berenice y se asustó con su propia voz, como si hubiese estado en silencio por muchos años.

¿Tiene alguna medicina?

Acuéstate, quítate esa ropa calurosa y ponte una más cómoda, ya te traigo una medicina y una comidita.

Con un vaso de leche está bien.

Pero la tía abuela, que tenía un oído selectivo, decidió no escuchar aquella última frase y le llevó una bandeja con sopa, pan, mantequilla, limonada, budín. Y con su cremosa voz le habló a Clarice mientras ésta comía, enumerándole los paseos que podrían hacer la semana siguiente, había tantos lugares bonitos en Río de Janeiro. Y muchachos bonitos también (sonrisas).

Te vamos a matricular en un buen colegio. Y ¿qué más? ¿Encontrar una profesora de piano? ¿De francés? Hay tantas cosas que hacer cuando se tienen quince años.

Clarice la miró con ojos agradecidos, pero tristes. Y comió lo suficiente como para no ser poco delicada con la tía abuela Berenice, que después cerró las cortinas y salió diciendo "descansa".

Descansa en paz, concluyó mentalmente Clarice, pero pensó que eso es algo que se dice a los muertos. Como si los muertos pudiesen oír. Tal vez pueden, desde algún lugar. O tal vez el o lo que fuese responsable por el destino de ellos, los muertos.

Arrojó su cuerpo sobre la cama de blando colchón y sábanas limpias como si fuese un saco de compras lleno en exceso. Y allí, en ese momento exacto, sin saber, comenzó la tarea que la mantendría febrilmente ocupada durante los años siguientes: olvidar quién era Clarice. Moldear una Clarice nueva del mismo modo en que se moldean esculturas a partir de un trozo amorfo de arcilla.

Olvidar. Profundamente. Raspar el alma como una lámina finísima, con un bisturí de cirujano, *y olvidar*, ya que no sería posible modificar. Pero no: el misterio del dolor estaba impregnado en la piel con un sentido alterno, o sexto, o séptimo, un sentido más allá del tacto. Cuando Clarice rozó levemente los vellos de sus brazos con las manos, el contacto consigo misma le dolió un poco.

Olvidar. Profundamente. A través de las cortinas cerradas una claridad sepia, envejecida, homogenizaba el cuarto, una claridad precisa. Clarice se dio cuenta de que estaba a salvo, pero también se dio cuenta de que no lo estaría mientras perdurara el recuerdo.

Olvidar. Profundamente. Se levantó de la cama con esfuerzo, el movimiento costaba tanto. En una de las maletas (aún no las deshacía) había una pequeñísima trasgresión, la única: una porción de arcilla húmeda embalada en plástico y envuelta con un trozo de periódico (precaución extra). Sacó con cuidado la arcilla, estiró el periódico y lo puso sobre el suelo doblándolo en dos. Debería poder crear una escultura que encajara en uno de aquellos títulos que tenía en mente (algunas veces comenzaba las esculturas por el título, como un cuento, un poema o una canción):

El Olvido
El Olvido Profundo
El Olvido Profundo y Verdadero
El Olvido Definitivo, Verdadero y Profundo

Clarice no quería ensuciar el piso de la tía abuela Berenice (de suave voz) con la arcilla, y por eso limitó los movimientos de sus manos al área protegida por el periódico. Pero nada se proyectaba. No era porque Clarice estuviese carente de idea, sino porque era como si el olvido no tuviese ni rostro ni forma.

Olvidar. Profundamente. Clarice tenía miedo porque se sentía confundida con un pedazo de sí misma, sólo una parte, una parte de su historia. ¿Sería posible que le fuera usurpado el resto? Necesitaba aquel olvido. La arcilla quedó por allí, sobre el trozo de periódico doblado en dos, un poco confusa, manoseada, sin ninguna forma reconocible. Mientras, la luz del día dejaba sin prisa el cuarto.

Ahora los ojos de María Inés no llameaban. Se aplicaba rímel en las pestañas y pasaba rápidamente un cepillo sobre sus cortos cabellos que, a decir verdad, no necesitaban peinarse, el cepillo hasta los estropeó un poco porque les hizo perder su naturalidad. Jaló la palanca del inodoro y se quedó mirando cómo ese líquido azul bajaba junto con el agua formando un remolino. Después volvió a mirarse para ver si sus ojos estaban bien pintados, removió la mancha de rímel que le había quedado en un rincón del párpado izquierdo. En general las mujeres van al sanitario a retocarse los labios. María Inés siempre iba a retocar sus ojos. Le gustaba mucho pintarse los ojos de forma que se vieran profundos, inmersos en un largo túnel de pestañas cubiertas con rímel y párpados decorados con una leve capa de sombra marrón y un trazo de *kohl*. María Inés disimulaba las ojeras con corrector y un poquito de base. El resto del rostro no estaba pintado, no había rubor y la boca estaba áspera, opaca.

Se aseguró de haber cogido las llaves. Estaban allí, dentro de la bolsa, organizadas en el llavero de cuero con una plaquita metálica donde se inscribían dos iniciales cualquiera. Qué tontería. Un llavero con iniciales que no son las mías, pensó María Inés, y se imaginó una plaquita donde se grabara: *M. I. A.* Qué tontería, también.

Ya era hora de salir. Las maletas de João Miguel ya estaban en el auto, ella se había ofrecido a llevarlo al aeropuerto. Silenciosa, Eduarda apareció en la sala, se había puesto un par de tenis, estaba claro que también iría al aeropuerto, aunque pocas horas antes dijo indiferente que no.

Papá aún no está listo, dijo. Claro, no estaba listo porque había agendado una clase de tenis para el final de la tarde (la muñeca lastimada se había curado por completo) y después se demoró con el profesor tomando un *tequila sunrise* en el bar junto a la piscina. Ahora María Inés no se molestó, le parecía que las cosas estaban cambiando de dirección de forma inadvertida. Afortunadamente, tal vez.

No se molestó: media hora más tarde, sin embargo, mientras conducía, hizo sonar en el auto una cierta grabación de un cierto madrigal de Claudio Monteverdi. En el cual participaba un cierto barítono llamado Bernardo Aguas.

Si ch'io vorrei morire
ora ch'io baccio, amore,
la bella bocca del mio amato core.
(Sí, me gustaría morir
ahora que beso, amor,
la bella boca de mi amado corazón.)

Siguieron por la Laguna, que ya estaba oscura y en medio de la cual se erguía un pino de Navidad inmenso, todo lleno de luces. La ciudad entera estaba dominada por el vicio de las mínimas y múltiples luces *made in Taiwan*, árboles, fachadas de tiendas y edificios, canteras, ventanas, todo brillaba. Entraron en el túnel y desembocaron en San Cristóbal y después tomaron la Línea Roja donde la velocidad máxima permitida era noventa kilómetros por hora, pero donde todos los autos iban a cien, ciento veinte, y a veces llegaban a ciento cuarenta. Y en pocos minutos estaban atravesando la antípoda de la Laguna Rodrigo de Freitas, aquel manglar fétido donde conjuntos habitacionales pobres espiaban detrás de vallas que anunciaban teléfonos celulares. Y después, por fin, Ilha do Governador y el Aeropuerto Internacional.

María Inés sintió un pequeño escalofrío que significaba muy poco al recordar una ocasión en que había ido a encontrarse con Bernardo Aguas en el aeropuerto. Él llegaba para estar apenas una semana en Brasil, era algo relacionado con la visa en el pasaporte. Antes del gran éxito. Antes de la Línea Roja, también. Siguieron desde el aeropuerto hacia un motel en la Avenida Brasil.

No era particularmente agradable recordar aquello, pero tampoco llegaba a ser malo. Ahora María Inés buscaba sitio en el estacionamiento y dentro del auto ya no se escuchaba música. Pero ella todavía canturreaba *Si ch'io vorrei morire*, con una pronunciación mala y a pesar de que de la letra de esa canción solamente adivinaba las palabras más obvias, las más cercanas al portugués. Era un madrigal y las otras voces faltaban. Pero eso no tenía importancia, ella tampoco era gran cosa como cantante.

Y esa vida: tan distinta. ¿Dónde estaban los árboles de guayaba para subirse y morder las frutas, siempre con el temor de tragarse un insecto? Al día siguiente. ¿Dónde estaban las gallinas de Guinea y los gallos madrugadores? ¿Dónde estaban los sapos martillo? *Sapo cururú en la orilla del río. Cuando el sapo grita, hermanita, es que tiene frío.* Al día siguiente. Qué bueno sería si el recuerdo de la hacienda y de la infancia se compusiera de eso. De pequeños fetiches bucólicos, de cosas cantables con un violón y una voz no muy potente frente a una pequeña hoguera, fumando un porro, pero no.

Jugó con el llavero dentro de la cartera y volvió a pensar en el llavero con la placa de metal: *M. I. A.* La clase ejecutiva comenzó a abordar. En ese momento una multitud ya se acomodaba en la clase turista disputando, no siempre amablemente, la posesión de los compartimientos de equipaje. Aquí, João Miguel era pasajero de clase ejecutiva, escocés y *blinis de saumon*. Allá afuera sería el portador de un pasaporte verde que siempre despertaba sospechas en las policías aduaneras del Primer Mundo.

María Inés se sentía bien de no estar abordando. Feliz por no reencontrar al *vecchio* Azzopardi. No beber *chianti* en la mesa de su bella *villa*. No ser la (falsa) esposa-amante (que en un tiempo no había sido tan falsa) del próspero João Miguel, que en un tiempo no había sido tan próspero. Se despidieron en la misma puerta de embarque con un abrazo que podría significar tanto: perdóname, olvídame, no te perdono. Me equivoqué. Nos equivocamos. Quédate quieto, por favor, ¿sí? *Podemos comenzar de nuevo*. Mira, es mejor que te des prisa. Conduce con cuidado. Te llamo. Me llamas. No tienes que hacerlo. Vete ya de una vez.

Aquella noche sería la más larga de la historia. De regreso a Leblon y a su apartamento blanco, María Inés le dio las buenas noches a Eduarda y fue a preparar sus maletas con todas las indefiniciones que necesitaba llevarse con ella en ese viaje.

Una vez más, había resistido a la fiesta de fin de año, ocasión en que el apartamento blanco se volvía aún más blanco y las personas celebraban un bienestar obligatorio. A María Inés no le gustaban las fiestas. María Inés vivía rodeada de ellas. La manicurista le había pintado las uñas de blanco. Anuencia. María Inés había renunciado deliberadamente a contrariar. Ese año, sin embargo, era posible que estuviera sólo haciendo una última, delicada concesión, y llegaba a cuestionarse hasta qué punto sería indispensable. Tal vez el próximo año no estuviera allí y nadie lo notaría.

¿Dónde estaría el próximo treinta y uno de diciembre? Casi el final de la década. Casi el final del siglo. Casi el final del milenio. ¿Debería de alguna forma sentirse privilegiada?

Todo estaba tan equilibrado. Tan delicada y frágilmente equilibrado. Y todo podría extenderse a partir del nuevo milenio y durar dos, tres, cuatro décadas más. ¿Debería de alguna forma sentirse privilegiada? Porque el equilibrio venía a constituir un privilegio, sin duda. Y costaba caro. Era mercancía de delicatessen.

Ahora, sin embargo, quería el movimiento. El levísimo e inaudible revolotear de las alas de una mariposa multicolor que volaba tan pequeña sobre una cantera prohibida, y suavemente rozaba su cuerpo traslúcido sobre la idea de un árbol de dinero que nunca había brotado. Durante esa noche María Inés volvió a creer una vez más que tal vez fuera posible.

Eduarda veía televisión en su cuarto. María Inés reconoció el sonido frágil de la viñeta del canal donde pasaban esas series de humor inofensivo, *Friends*, *Mad about you*, *Seinfeld* y muchas más. Ya era más de media noche, pero ninguna de las dos parecía tener sueño ni prisa. Estaban encerradas en sus respectivas habitaciones porque necesitaban la paradoja de esa compañía solitaria. María Inés echó una bolsa de viaje sobre la cama y comenzó a abrir las gavetas del armario despacio, casi con curiosidad, casi como si no supiera lo que habría de encontrar allí.

El verano también es la estación de los mosquitos. Zancudos lentos y tontos, fáciles de matar, y los nerviosos mosquitos pólvora, pequeñitos y tan negros, que zumbaban en el oído. Tomás y Clarice encendieron una espiral de humo Duerma-Bien para espantarlos. Tomás aún sostenía su vaso vacío y la mirada de Clarice fue a dar allí, a las manos de él.

La espiral de humo se iba consumiendo muy despacio. Por primera vez Tomás le habló a Clarice, como quien confiesa un pequeño robo o un secreto risible: pensé en determinado cuadro la primera vez que vi a tu hermana.

Clarice lo miró con una curiosidad dispersa.

Y él dijo: un cuadro de Whistler, llamado *La muchacha de blanco* o *Sinfonía en blanco núm. 1*.

Palabras sagradas. Dignas de un santuario individual, erigido con alabanzas a un dios del cual él era el único seguidor, pensó Tomás. Aquel mito moría al salir de las fronteras de sus propios sueños, que ya no tenían ningún sentido y estaban como momificados y malditos, durmiendo bajo tierra.

Aparentemente no le interesaba ni siquiera a Clarice, cuyas palabras tenían algo de corriente: ¿tienes alguna reproducción de ese cuadro por aquí?

Él conocía el cuadro de memoria. El fondo era una especie de cortina pesada, blanca. El tapete de piel (parecía ser un lobo o un oso, la boca abierta y los dientes blancos y el hocico hacia arriba) bajo los pies invisibles de la muchacha. Un ramito de flores blancas caído allí, sobre el tapete. Y la chica con expresión reflexiva, el rostro emergiendo sólido del marco de sus cabellos oscuros. Pálida. Las manos casi tan blancas como el vestido largo. Los labios apenas ligeramente con color. Una flor delicada y blanca en la mano izquierda.

Respondió que no, que ya no guardaba ninguna reproducción del cuadro, y Clarice volvió a jugar a intentar sacar algún sonido del borde del vaso vacío (sin éxito: no era una pieza perfecta de cristal, sino un vaso ordinario de vidrio donde antes habían habitado doscientos quince gramos de jalea) mientras silbaba una melodía improvisada.

Clarice y Tomás se habían conocido más de veinte años atrás, durante el velorio de Alfonso Olimpio, y él había notado con alguna extrañeza, en esa ocasión, que ni ella ni María Inés lloraban la muerte de su padre. Parecían incluso un poco ajenas, como si estuviesen en un trance, o drogadas. Eso sucedió un poco antes de que Clarice le pidiera el divorcio a Ilton Xavier y muy poco antes de que María Inés aceptara la primera propuesta formal de matrimonio hecha por el primo segundo João Miguel Azzopardi. Que en ese particular se anticipó a Tomás, y el joven artista tuvo que sepultar su pasión así como un perro asustado entierra un hueso en el patio.

Minutos, horas, días y años.

Tomás dijo perdí la capacidad, y Clarice lo miró con curiosidad. Esa capacidad, prosiguió él, que tenía cuando estaba con María Inés. De ser flexible, maleable.

Y se acordó de cuando había estado haciendo yoga hacía algunos años y llegó a dominar algunas posiciones admirables. Ahora todo eso era imposible, se había convertido en un engranaje oxidado.

Si es que es una cuestión de capacidad, sugirió Clarice. Tal vez sea una cuestión de voluntad, tú sabes, todo eso, enamorarse, no enamorarse. Renunciar. O sobrevivir.

La voluntad casi siempre necesita someterse a la capacidad, recordó Tomás.

El perro tenía pesadillas y gruñía bajito. Clarice lo tocó suavemente varias veces con el pie para librarlo de la pesadilla y dijo: tal vez sea lo contrario.

Desde afuera se hicieron oír, al final, las primeras gotas gruesas de la lluvia que cuidadosamente se estaba preparando desde el final de la tarde.

Las versiones oficiales

Río de Janeiro era muy húmedo. Fue lo primero que Clarice notó tan pronto pudo asimilar el hecho de estar viviendo en esa ciudad-mito (sobre la cual había tejido mil fantasías: todas falsas). Comentó con la tía abuela Berenice, durante el primer paseo que dieron por las calles de Flamengo: a veces el mar tiene un olor fuerte, ¿no es cierto?

La tía abuela Berenice sonrió, suspiró profundo y cerró los ojos de placer. Sí, ¿no es estupendo?

Clarice no quería disentir de ella, por lo cual se retractó, arrepentida de sus palabras. Creo que aún no estoy acostumbrada. Debe ser eso. Este olor me deja un poco mareada. Sólo un poco.

Húmedo y caliente. Por debajo del vestido ligero y completamente pasado de moda que estaba usando, sentía el sudor brotándole en las axilas, en la curva de los senos. Fueron hasta el Largo do Machado, donde la tía abuela Berenice quiso comprar maíz para echarle a las palomas, y después tomaron helados, y de vuelta a casa tuvieron que apurar el paso porque, según la tía abuela Berenice, un mendigo borracho las estaba siguiendo. En la esquina de la calle Almirante Tamandaré consiguieron despistarlo.

De repente Clarice se echó a reír, encontraba todo eso muy divertido, un gesto de infancia vino a sorprender a sus quince años (que no eran un número cualquiera, a pesar de lo que ella creía). Miró hacia los edificios altos, le parecieron bonitos y las personas y los automóviles que transitaban por las calles le encantaron, incluso le gustó ese suave ruido constante que lo regía todo, lo opuesto al silencio de la hacienda, que podía, sin embargo, volverse también silencio a medida que los oídos se acostumbraban a él, como una frase afirmativa se convertía en una negativa, era tan bueno creer en eso. Clarice se rió y la tía abuela Berenice, mirándola, también se echó a reír.

Ahora Clarice tenía para sí una especie de modesto taller. La tía Berenice reservó un pequeño espacio de su inmensa área de trabajo (piso cubierto con pequeñas lozas hexagonales blancas) para que hiciera allí sus esculturas, y vació todo un estante en el cuarto de la empleada doméstica (esto que guardo aquí son años de inutilidades, querida) para que Clarice tuviera donde dejarlas secar y guardarlas.

Todavía faltaba esculpir El Olvido. Pero El Olvido no brotaba de las manos de Clarice, era como una nota aguda que una contralto no alcanza. Mientras esperaba, descubrió a los gatos de la tía abuela Berenice y comenzó a hacer una serie de esculturas inspiradas en ellos. Gatos somnolientos, sinuosos, que se transformaron en esculturas quietas y delicadas.

A veces ayudaba a la tía abuela Berenice en la cocina, como aquella tarde que descubrió la receta de las galletitas rellenas. *3 tazas de harina de trigo. 2 tazas de azúcar. 6 yemas. 3 claras. 1 cucharada (de té) de levadura.* Se acordó mucho de Lina al principio y un poco menos después. *Bata las claras a punto de nieve, mezcle las yemas y el azúcar, bata bien y finalmente mezcle la harina cernida con la levadura.*

En ocasiones el apartamento en Flamengo era barrido por un viento que no se parecía en nada a lo que Clarice hubiera conocido en la hacienda: el viento marino. Era habitual que los cristales de las ventanas perdieran el brillo con la marea. Y las cosas se oxidaban más rápido.

Vaya colocándolas poco a poco en la bandeja untada con mantequilla y póngalas en el horno. Después de horneadas, únalas de dos en dos con el relleno de su preferencia (dulce de leche, jalea, etc.). Haga un glaseado con 250 gr. de

azúcar y agua hasta formar una crema clara y sumerja las
galletitas, dejándolas secar enseguida.

En marzo llegaron las fuertes lluvias que ennegrecían las calles asfaltadas y hacían que los peatones anduvieran con mayor prisa. A Clarice le gustaba ver el desfile de paraguas por las aceras de la calle de Catete y de la calle Laranjeiras, pero le parecían singularmente tristes los charcos que dejaban en el piso de las tiendas, en el pasillo de los edificios y en el parqué de las iglesias.

Los domingos iban a misa, a veces a la iglesia de la Gloria, que era más cerca, a veces en el Outeiro, que se erguía delicado frente al rostro del mar.

Clarice continuaba teniendo los mismos sueños en la noche. Naturalmente. Continuaría teniéndolos durante largos años que pasaron muy despacio (en el futuro reformularía esa idea: durante largos años por los cuales pasé muy despacio, pues el tiempo es inmóvil, sin embargo…). Creció, celebró cumpleaños, hizo amigos, algunos, no muchos. Y tuvo un novio en 1966, con el cual compartía bailes y abrazos y besos bastante restringidos. Se llamaba Almir y nadie en la familia, excepto su tía abuela Berenice, se enteró de su existencia.

Durante el primer año estuvo en la hacienda dos veces y descubrió sin sorpresa que ahí ya no se hablaba de Lina. La casa estuvo llena en las ocasiones de sus visitas, siempre llena, y siempre insistentemente frecuentada por Ilton Xavier, el hijo de los hacendados vecinos.

Cuando se reencontraron, en julio, él le preguntó: y entonces, ¿te acuerdas?

Ella se acordaba. Del beso en la pared rugosa que le lastimaba la espalda con sus ondulaciones. Ahora la luna era un hilito, una sonrisa, una exclamación brillante suspendida en el cielo mientras Clarice e Ilton Xavier se sentaban en la baranda, tan cerca del vocerío de los adultos, en la sala, y tomaban chocolate caliente.

Él sujetó las manos de ella y escuchó la censura en un susurro, ¡aquí no!

¿Dónde, entonces?, pero en ese momento el tío de Jabuticabais (que una vez contó un chiste que Otacilia consideró inapropiado) apareció en la baranda abastecido con su catalejo y perseguido por un séquito de niños, entre ellos María Inés. La noche está perfecta para observar las estrellas, decía él. (Montaron el catalejo en una pequeña elevación del terreno, un poco adelante, y María Inés quedó maravillada al descubrir que una única estrella visible a simple vista podría multiplicarse por decenas de otras. Y al descubrir que Saturno tenía anillos de verdad.)

El tiempo de Clarice e Ilton Xavier fue extraño, distendido. Incompleto. Pero estaban las cartas, y las cartas funcionaron para hacer creer que las principales lagunas se cerraban, que los principales lazos se establecían, que delicadamente se vestía de concreción una tosca impresión de convivencia. Las cartas produjeron y alimentaron fantasías. Y también maquillaron la fealdad de algunas verdades. En las cartas había caligrafía, había poemas que se copiaban (a veces sin dar el debido crédito) y otros, inmaduros y sinceros, que se componían de sólo un aliento, había gotas de perfume y pétalos secos. A veces una foto, a veces un recorte de revista.

Ser novios por correspondencia es bueno, dijo cierta vez la tía abuela Berenice, con un poco de melancolía respingando su voz. Después, en tono bromista, se corrigió: es más, ¡ser novios *siempre* es bueno! Y agregó, que lo digan los jóvenes.

En esa ocasión ambas estaban en la cocina y preparaban un pastel de ciruelas para las amigas de la tía abuela Berenice, que vendrían a jugar bridge al final de la tarde. *Ponga las ciruelas al fuego con bastante agua,* comenzó a leer Clarice, *déjelas cocinar y retírelas del agua, que debe llenar un vaso.* Dos gatos estaban al acecho, sentados frente a la puerta de la cocina, con la esperanza de que en lugar de pasteles dulces alguien decidiera preparar sardinas, tal vez, o salmón, de tener esa suerte.

Noviazgos por correspondencia. Cuando Clarice se dio cuenta, ella e Ilton Xavier ya eran novios, oficialmente. Por correspondencia. Y un poco después ya estaban hablando de compromiso. Además, ya casi todos estaban hablando tanto del compromiso entre ellos, que parecía algo tan obvio, el curso natural de las cosas.

Mientras tanto, entre los veranos en compañía del primo João Miguel, durante largos años en que la ausencia de su hermana al mismo tiempo le dolía y la tranquilizaba, María Inés estaba creciendo.

Junto con ella crecían árboles y arbustos alrededor de la casa y matorrales salvajes en lugares adonde nadie iba. Solamente el pasto podado por el ganado quedaba siempre raso como un cabello bien peinado. El ipê violeta donde ella y João Miguel jugaban con el columpio fabricado con una llanta y un pedazo de cuerda llegó a su edad madura. De las ramas más altas comenzaron a colgar barbas de viejo. Una bromelia fue a ocupar el tronco de un árbol de mango y produjo una única flor exuberante, tan roja como tal vez excéntrica. Las buganvillas que quedaban cerca de la puerta de la cocina se convirtieron en una maraña de ramas retorcidas y flores de colores adoloridos. Las sansevierias y las costillas de Adán se multiplicaron en la cuesta del barranco a un lado de la casa y, en el vergel, los árboles de jabuticaba hacían sombra y los papayos delgados explotaban de frutas. Un pie de carambola había crecido sin que nadie le diera importancia y ahora en sus ramas colgaban frutas amarillas, enceradas.

Sólo el árbol de dinero plantado por María Inés y João Miguel nunca se decidió a brotar. Pero los primos, naturalmente, ya no pensaban en eso. Tenían otras urgencias fluyéndoles por el cuerpo, por el torrente sanguíneo.

No, João Miguel no lo *sabía*. João Miguel nunca lo sabría. Pero se daba cuenta de que María Inés no era exactamente bienvenida en su propia casa, una situación que los años parecían pulir y afilar, explicitar sin ningún pudor.

Ella también se quería marchar. Sí, a Río de Janeiro, ciudad grande y mítica, y no sabía que allá la esperaba cierto admirador de Whistler, lleno de imágenes vagas ondulando en su joven vida.

No era tan fácil, sin embargo, deducir qué cosas decidían Otacilia y Alfonso Olimpio. Qué verdades y qué inverdades dibujaban en el futuro de ella. De hecho, María Inés los exasperaba a ambos. Su falsa insubordinación exasperaba, sus ojos disimulados y tantas veces hostiles exasperaban, y su facilidad de mentira. Una actitud de cartas bajo la manga. María Inés estaba siempre metiéndose donde no debía, diciendo lo que no se le había enseñado a decir (como en la ocasión en que el padre de Jabuticabais fue a la hacienda a dar su bendición anual y ella preguntó, después de besarle la mano delgada y fría: ¿usted nunca conoció a una mujer, una mujer en verdad?), apareciendo a horas indebidas y escuchando demasiado, leyendo a escondidas. Le gustaba cabalgar (tres veces se cayó del caballo, en una de ellas se fracturó el brazo) y darse baños de río bajo la lluvia fría, al caer la tarde, cuando el cielo quedaba indefinido. Le gustaba agarrar sapos y escarabajos con la mano.

Pero, por encima de todo, existía el recuerdo de ciertas semillas de ciprés. Encontradas en el piso del corredor, miserablemente desperdigadas. Y ante esto los pasos eran cautelosos, vacilaban en la oscuridad.

A María Inés le gustaba subir a la cantera prohibida. Sola, la mayor parte de las veces. Durante el verano, con João Miguel.

Mira la Hacienda de los Ipês, le mostraba.

Ya vas a empezar de nuevo con esa historia.

Entonces ella se callaba, pero en sus oídos parecían resonar los gritos de la mujer muerta, en su imaginación se reflejaban los ojos brillantes del marido (como dos canicas) y su boca espumajeando rabia. Ahora también se dibujaba la imagen aterrorizada del amante, su desnudez impotente, su sexo marchito, miserable en medio de las piernas, sus pantalones y zapatos tirados en el piso del cuarto y sus manos aún calientes con el perfume de ella. El sudor frío en la frente. El grito abortado en la garganta.

João Miguel y María Inés comenzaron a tener en común algo más que poseer dos nombres. La delicada complicidad de quien tal vez adivina el futuro, aun cuando el futuro adivinado desentone un poco del futuro real.

Todo debería seguir algún rumbo, sin embargo. María Inés crecía sin pedir permiso, ya era una promesa nítida de mujer. A los quince años. Dos años antes que Tomás. Ese invierno puso en práctica un plan formidable, si bien todo ni siquiera había rozado los bordes de su voluntad consciente.

Recibieron la noticia de la muerte de la madre de João Miguel, finalmente resignada, durante una noche fría y poco usual, de esas henchidas de expectativa y que guardan secretos en la punta de la lengua. Monedas, como los muertos. Noches que son como ritos de paso. Alguien apareció a caballo para dar la noticia. Y después ese alguien se fue y todo continuó igual y el único comentario que María Inés escuchó de su madre fue, pobrecita, ahora va a descansar. Y Alfonso Olimpio le dijo a Clarice, ve al entierro en nombre de la familia.

María Inés fue a la quinta. Estaba sola. Era habitual que João Miguel fuera a pasar sus vacaciones de julio allí, pero ese año algo se lo había impedido. Como una suave premonición de alguien que no creía en premoniciones. Dentro de la casa el reloj de péndulo aburría el silencio y formaba una polirritmia discreta con el vaivén oxidado de la mecedora donde Alfonso Olimpio leía un libro encuadernado en cuero y con letras doradas en el lomo que decían *El romance de Amadís. Reconstituido por Alfonso Lopes Vieira*. En la misma sala, no muy cerca de su marido pero tampoco muy lejos de él, Otacilia bordaba una camisita corta para el bebé de la prima, que nacería dentro de poco. Afuera el mundo decía cosas diversas, susurraba. Y tenía muchas, muchas voces.

Esa noche María Inés hizo una hoguera con algunos trozos de leña, lejos de la vista de los demás. A María Inés le gustaba el fuego. Después tomó unas hojas viejas de periódico y fabricó varias gallinas negras que subían hinchadas e incandescentes contra la noche y caían adelante, animadas por el viento. Una de esas gallinas negras de papel fue impulsada más lejos y cayó junto al bosque de bambúes, exactamente donde comenzaba el pasto que bordeaba la casa. El fuego nació muy despacio, pero todo era tan propicio, el viento, la sequía, y en un parpadeo había alegres llamaradas anaranjadas consumiendo el bambú, que estallaba, hipnotizando a María Inés. Ella continuó sentada donde estaba, mirando. Mirando, solamente. Y escuchando los secretos que, a otro nivel, humedecían la noche.

Cuando Alfonso Olimpio y Otacilia fueron despertados de aquella su amplia nada, que los acogía y fingía reconfortar, un bambú particularmente alto ya había caído sobre el pasto, en llamas.

Sólo consiguieron controlar el fuego bien entrada la madrugada —diez hombres trabajaron sin parar— y lo que quedó del pasto fue una larga lengua negra que demoraría demasiado tiempo en reponerse. Fue probablemente esa la madrugada que Otacilia se volvió al marido y dijo, siempre esquivando la mirada: sabes que eso fue a propósito. Al igual que todas esas cosas que ella hace. Pero Alfonso Olimpio no respondió. Otacilia dijo es hora de enviarla también. Pero Alfonso Olimpio no respondió.

Entonces las cosas hicieron una breve pausa. Contuvieron la respiración y se sumergieron en el sueño. Los meses que siguieron a ese invierno fueron más largos y mucho más tristes. João Miguel comenzó a acompañar a su padre en sus viajes porque eso formaba parte del entrenamiento que le estaba deparado y que aceptaba sin grandes respuestas. Estaba claro que había un abogado en su futuro, un abogado dueño de un apartamento blanco en el Alto Leblon, al que le gustaba ir a Venecia y jugar tenis por otros motivos además de los más obvios.

Seis meses. Un año. Y alrededor de María Inés había una soledad viscosa que le quitaba el aliento, pero estaba aprendiendo a esperar.

Cuando María Inés y el primo segundo volvieron a encontrarse, él estaba cultivando un ridículo bigote que afortunadamente duró poco. Y parecía mucho mayor.

Fue en la iglesia de Jabuticabais, mientras un Ilton Xavier temblando como una hoja esperaba a Clarice, su prometida, en el altar, un bello traje oscuro y un clavel blanco en la solapa, una perla en el nudo (muy bien confeccionado) de la corbata gris.

María Inés le preguntó a João Miguel cómo le iba. Bien. Estoy estudiando.

Ella sabía que esos estudios eran de meses, sabía que eran preparatorios para la carrera de Derecho. Vestía un traje y la ropa le quedaba más naturalmente de lo que María Inés habría imaginado. Y ella usaba un vestido horroroso, verde aguacate, que moría abruptamente y sin ninguna sutileza en las rodillas, que tenía mangas bufantes y le dejaba los hombros muy inelegantes.

Hacia algo de frío al final de esa tarde, aun bien entrado el mes de octubre. Un frío poroso, poco intenso, un frío primaveral. La pequeña iglesia de Jabuticabais tenía paredes interiores azules con ornamentos en volutas que en un tiempo habían sido doradas. En una esquina había una visible filtración, que ennegrecía de moho un pedazo del techo. Los vitrales de las ventanas eran bastante discretos, mosaicos no muy elaborados que mostraban una paloma aquí, un sol radiante allí y después una cruz, en la pared opuesta se repetían los dibujos en colores diferentes.

Todos los largos bancos de madera envejecida y casi negra estaban decorados con margaritas blancas y uno que otro lirio. En el altar había un arreglo grande de flores blancas y amarillas. Las señoras presentes iban casi todas exageradamente arregladas.

Clarice estaba exageradamente arreglada. El vestido de novia le daba un aire irónico de martes de Carnaval, parecía una broma, un chiste. Pero estaba muy seria dentro de esa sonrisa, detrás del lápiz labial, del rubor y la sombra azulada, detrás de la guirnalda de flores de paño, detrás de la magnífica gargantilla de rubíes que pertenecía a la familia de Ilton Xavier y del vestido bordado, dentro de los zapatos de tacón que le producían dolor en los pies.

Participó en la ceremonia como si fuera el matrimonio de otra persona. Recibió con calma la alianza de las manos ansiosas de Ilton Xavier e intentó recordar, paso a paso, cómo había ido a dar allí. No lo logró. Sus padres, suegros y padrinos estaban dentro del campo de su visión periférica, alegres manchas rojas, azules, amarillas y negras. Jugó a prestarles atención mientras sus ojos se adherían al padre sin mirarlo. No escuchó ninguna palabra del sermón. Pero sí escuchó al organista y al violinista tocando a J. S. Bach. El *Aria de la cuarta cuerda*. Un poco desafinados, era verdad, pero ¿qué importancia tenía? Después una tía de Ilton Xavier, con su pelo rubio recogido en un moño y unos aretes pesados que le estiraban los lóbulos de las orejas, cantó el *Ave María* de Gounod.

Eso hizo feliz a Clarice. Y continuó feliz cuando el padre le dio permiso a Ilton Xavier para besar a la novia (aunque ya podía prescindir del permiso), imaginó que ahora sí las cosas tal vez podrían ser diferentes. Cerró los ojos para recibir el beso como había visto a las chicas hacerlo en los matrimonios de las películas americanas. Pero en el instante que sintió el contacto ya relativamente familiar de Ilton Xavier entreabrió los ojos. ¿Miedo? Primero vio los vitrales de la pequeña iglesia, después notó cómo estaba abarrotada de gente, después miró a Otacilia y Alfonso Olimpio y le parecieron inusitadamente grandes. Volvió a cerrar los ojos, esta vez con fuerza. ¿Miedo?

Cuando se tiene miedo, ¿cuál es la actitud más sabia? ¿La más conveniente? ¿La más eficaz? ¿Cerrar los ojos o abrirlos? ¿Abandonar, perder el control, volver la espalda? ¿Correr? ¿O agarrar, reivindicar, examinar, controlar?

Ahora Clarice estaba casada. Creía que eso haría la diferencia. Entonces bajó del altar y siguió sobre la alfombra rojo gastado: ni grande, ni pequeña. La cantidad de gente que se amontonaba a ambos lados, adondequiera que mirara, la hizo sentir más o menos la proa de un barco que va cortando el océano. Clarice estaba cortando la iglesia a la mitad como un cuchillo sobre una barra de mantequilla.

Clarice estaba cortando su vida a la mitad, deliberadamente. Quería reconocerse a sí misma en la división. Antes y Después. Y el Cristo pagano allí a su lado, él, Ilton Xavier. El Salvador. Que la amaba porque ella no tenía secretos.

En la noche, terminada la fiesta, Otacilia y María Inés se encontraron en la cocina de casa. Era más de medianoche y el silencio escribía preguntas invisibles en el aire. No fue sorprendente cuando la madre le dijo a la hija ahora es hora de hablar sobre ti.

Hablar sobre María Inés. No sería posible hablar sobre María Inés. Ella dijo quiero ir a Río de Janeiro, ¿será posible que la tía abuela Berenice me reciba?

Sin duda que sí. Pues si recibió a Clarice…

(Naturalmente, la tía abuela Berenice habría de darle prestigio al matrimonio. Con su ropa y hábitos de gran ciudad. Con sus manías de solterona. Con su alergia a las picaduras de insectos. Había llevado una valija decorada con flores en tonos pastel, un obsequio sofisticado que ella planeaba que fuera inolvidable: imaginaba a Clarice y su marido, décadas después, mostrándoles la plata Christofle a sus nietos, diciéndoles esto fue un regalo de la querida tía abuela Berenice, miren cuán maravilloso es. Y lo era. Maravilloso.)

Otacilia hablaba sin mirar a María Inés mientras se servía un vaso de agua en el filtro de barro (no necesitarían el filtro, porque el agua del grifo venía de naciente. Aquel era solamente un exceso de cuidado que se aplicaba en la situación equivocada, con el objetivo equivocado, con resultados completamente prescindibles, completamente accesorios).

María Inés aprovechó la ocasión y sugirió que tal vez si se fuese en noviembre.

Otacilia negó con la cabeza y dijo en diciembre es mejor.

No explicó por qué. María Inés no quiso preguntar. No le gustaba dar su brazo a torcer. Ni pedir, ni preguntar. Ni someterse. Otacilia se quedó esperando que María Inés quisiera saber por qué en diciembre, pero la pregunta no llegó, por lo cual también se calló la respuesta. Por un instante las miradas de madre e hija se encontraron, entre la nevera y la pila de la cocina, y formaron un arco elástico de tensión que ambas sostuvieron como un desafío. Unas vencidas.

Diciembre, entonces, María Inés confirmó, y su voz tenía el color de un contrato formal. Tenía olor a notaría, sellos y firmas reconocidas. Después quiso preguntar sobre el estado de salud de Otacilia, pero la pregunta quedó estacionada en unas ganas sin gesto y sólo observó a su madre que se alejaba, pequeña, frágil, enferma, mortecina, inútil. La Otacilia de verdad. Que ahora tendría que enfrentar la soledad de la compañía de Alfonso Olimpio. El marido que había escogido a los veintiocho años de edad, el día más feliz e irreal de su vida.

Minutos después llegó João Miguel, sin el saco, sin la corbata, los dos primeros botones de la camisa abiertos.

¿Y bien?

Era una pregunta que no preguntaba nada. María Inés se comía las uñas y observaba una pequeña lagartija que dibujaba un sendero irregular en el techo.

Tu madre no se ve bien. Debería ir a consultar un médico en Río, dijo João Miguel, genuinamente interesado.

Sí, coincidió María Inés con displicencia. Como si estuviera genuinamente desinteresada.

Después buscó un banco de tres patas y fue hasta la despensa y volvió trayendo una botella de licor llena hasta la mitad. Comentó, victoriosa, ellos creen que no sé donde guardan esto.

Llenó la taza. Licor casero de naranja. ¿Quieres un poco? João Miguel dijo que no, ya había bebido suficiente durante la fiesta. Nadie controló sus cantidades, era casi un hombre adulto. En ese lugar, en esa familia, las cosas visibles eran regidas por leyes muy estrictas, definitivas (al tiempo que las cosas invisibles eran dirigidas por sí mismas, y se imponían, se rehacían y se perpetuaban). Un-individuo-del-sexo-masculino a los diecisiete años era una realidad que podía incluir, por ejemplo, bebidas durante las fiestas.

Después de vaciar su taza de licor María Inés dijo me voy en diciembre.

¿A Río?

Sí, a Río. (*¡Claro! ¿A dónde más?*)

João Miguel se puso feliz como un niño. ¡Eso es pronto! ¡Pero qué bueno!

Y comenzó a hablar sobre los lugares que podrían conocer, las películas que podrían ver, las playas que podrían frecuentar, los clubes adonde podrían ir a bailar y las heladerías donde podrían probar el helado de pistache o de avellana (manjares de Capital).

Estaba claro que él no previó a Tomás. Tampoco previó varias otras cosas que sucederían en la vida de María Inés y en su propia vida, y en la vida en común que los dos habrían de iniciar de ahí a algunos años, como marido y mujer. Realidades furtivas, a veces coloreadas como banderitas de San Juan, a veces frágiles como un pájaro en la lluvia, que acariciaban un poco y después pisoteaban, que machucaban, que excitaban como una rueda de la fortuna, que corroían como óxido. Y que callaban como un ángel somnoliento y tristón.

El matrimonio de Clarice duró seis lentos años. Sin embargo, esa noche de octubre, la noche de bodas, ella temblaba con las perspectivas en que aún creía. Se perfumó y se puso la camisola rosa salmón con encaje de guipure. Y se quedó examinando sus uñas, pensando que era gracioso haberlas pintado de color vino y llevarlas largas como las actrices de cine. Cuando Ilton Xavier llegó, sin embargo, acostándose a su lado, y comenzó lentamente a tomar posesión del territorio cuya propiedad le había sido concedida por la ley y por la Santa Iglesia Católica, Apostólica y Romana, Clarice adivinó que las cosas no serían así, tan mágicas. Tan fáciles, tan volátiles.

Sabía que ya pendía una especie de sentencia sobre ella. Algo como una enfermedad incurable. Algo definitivo, irreversible.

Pero fue sumisa y obediente como siempre.

Después de que Ilton Xavier (el delicado, el apasionado Ilton Xavier) terminó su no muy ambiciosa labor y se acurrucó dormido como un niño, en posición fetal, abrazado a la almohada, jaló el cobertor y se cubrió hasta los hombros. Era una madrugada fría e Ilton Xavier cerró los ojos y fingió dormirse, pero estaba pensando.

Pensando y repensando. La pregunta que no tenía el valor de hacerle. ¿Había existido *otro* hombre en su vida? Él mismo no tenía mucha experiencia. Pero había aprendido, a través de lecturas y conversaciones *masculinas*, cómo solía ser la primera vez de una mujer. Todas las dificultades, dolor, sangrado, esas cosas. Pensaba y repensaba. No había sido exactamente así con Clarice. Pero terminó por decidir olvidarse del asunto. Esa era una elección posible para Ilton Xavier, *olvidarse del asunto*. Y ser feliz-con-su-adorada-esposa. Y se olvidó del asunto y fue sumamente feliz-con-su-adorada-esposa hasta el día en que ella lo abandonó sin ningún aviso previo, ninguna carta, nada.

Clarice volvió a vestir su camisón de bodas y encima un suéter de lana azul marino. Se calzó aquellos zapatitos de lana, tejidos a mano, que estaban en el fondo de la maleta. Y salió del cuarto.

La casa de los padres de Ilton Xavier no se parecía a la casa de sus padres. En primer lugar era muy antigua, tenía un siglo de existencia. Las paredes habían sido levantadas por esclavos con el dinero del cultivo del café. Un barón había dejado sus pasos resueltos por el piso de madera y su rostro en algunos retratos amarillentos de marcos ovalados. Francisco Miranda, 1875, Clarice leyó en uno de los retratos. Era también muy grande, la casa tenía diez cuartos y no solamente cuatro. Tenía una pequeña capilla con imágenes de la Virgen con Cristo en brazos, de San José y de San Judas Tadeo, y un reclinatorio forrado de terciopelo color verde viejo. Tenía múltiples salitas entre las cuales Clarice creía que podría perderse. En una de ellas, que se llamaba Sala de Lectura (todas tenían nombres: Sala de Lectura, Sala de Música, Sala de Almuerzo, Sala de Juegos, Sala de Cena, Sala de Estar), había un gavilán y una cría de cocodrilo disecados, de los que a ella le hubiera gustado deshacerse o al menos esconderlos en el estante más alto de un armario. Había trofeos y medallas. Y había tantos rostros en fotografías antiguas que imaginaba que aún viviendo allí, nunca sería capaz de asociar los nombres correctos.

Abrió una rendija de la alta ventana de la Sala de Lectura y el aposento fue cortado por un espíritu bajo el reflejo de la luna. El pequeño reloj de péndulo indicaba: tres y diez. Hora nocturna que casi siempre se perdía en el anonimato del sueño. Después se apoyó en el muro de la ventana y vio que el valle estaba inundado de la luz agradable de aquella luna inmensa, llena, amarilla como la mantequilla. El río corría muy cerca. No se alcanzaba a ver, pero el murmullo de la corriente llegaba nítido a los oídos. Más allá del río había una gran área verde. Después la carretera. Y después el cerro que, a la luz de la luna, parecía vivo, un animal al acecho, atrás del cual estaba la casa de sus padres (otro animal al acecho).

Alejarse, pero no mucho.

Clarice deambuló un poco por las otras salas, luego fue hasta la cocina para espiar a los gatos. Había un montón de ellos, todos enroscados al pie de la chimenea que aún mantenía algo de calor. Como el cuerpo de un amante entrada la noche.

Como el cuerpo de Ilton Xavier. Inocentemente feliz en su estado de inercia. Ella volvió al cuarto, inaudible dentro de sus zapatitos de lana. Ilton Xavier se había movido en la cama y descubierto la mitad del cuerpo: la pierna izquierda, el pubis y el vientre estaban expuestos sin pudor ni culpa. Clarice volvió a acomodar las sábanas y cubrió de nuevo a su marido hasta los hombros. Luego notó que aun en las penumbras los cabellos de él eran sorprendentemente claros, herencia de su ascendencia europea. De la colonia suiza de Nueva Friburgo. Ilton Xavier sabía hablar alemán, había aprendido en casa. Le había enseñado a Clarice los números hasta diez y, alguno que otro sustantivo: *die Blume. Die Schwazrkirsche* para jabuticaba, la cereza negra. *Der Wald. Der Stern. Die Liebe.*

Die Liebe.

El amor.

Y los secretos.

Clarice se recostó en la cama sobre el cobertor, sin sacar los pies de los zapatitos de lana y sin quitarse el suéter. Por detrás de los párpados cerrados, se quedó esperando el brillo del día y al primer gallo que vendría a cantar bajo su ventana.

Sinfonía en blanco

Una mujer que la memoria siempre vestía de blanco y de juventud.

En aquella época, el departamento en Flamengo era un caos muy atractivo. El olor de tinta aún se superponía al de las frituras que Tomás emprendía de vez en cuando, los días que intentaba, casi siempre sin éxito, probar sus dotes de cocinero. La mayoría de las veces comía en la calle, un sándwich, un platillo hecho en alguna fonda. Estaba sin dinero, claro. Veinte años de edad.

La poesía visual. El cielo estaba nublado aquella mañana en que Tomás se despertó y se dio cuenta de que tenía veinte años de edad. Una mañana misteriosa, llena de falsas promesas. Tenía expectativas tan grandiosas como desordenadas, y aún no se daba cuenta de que necesitaba adiestrar su propio talento. Civilizarlo. Hacerlo capaz de convertirse en algún hecho, en algún ipso facto, en alguna marca reconocible en el mundo, no sólo en los sueños y en la fantasía. Veía los cuadros, los bocetos, los estudios, los diseños, los materiales metido en una camisa de vestir muy usada que era su uniforme de trabajo y estaba desgastada junto al cuello y miserablemente manchada por todas partes. Pensaba en James Abbott McNeill Whistler, que en 1862 había pintado aquel cuadro. Y en la muchacha pálida (de facciones pálidas, sobre un fondo pálido, vistiendo un vestido pálido) que ahora venía a reencarnar en una joven que se asomaba al balcón del departamento vecino. Imposible disociar arte y pasión. Tomás tenía cuadernos de dibujo donde volcaba toda su furia. Aquel momento de su vida se llamaba: *antes de todo*.

Y ella, la joven de blanco, oía una música de ballet. Tchaikovsky. Los fortíssimos llegaban hasta la ventana de Tomás, que tenía veinte años, y los ojos y oídos finos como agujas. Los cabellos gruesos y desaliñados de la niña de blanco eran pesados y casi no se movían, pero ella balanceaba el cuerpo con suavidad hacia un lado y hacia otro. Aquel momento de la vida ya no se llamaba *antes de todo*, pero sin duda precedía a algunos acontecimientos radicales, cosas que habían sido plantadas en el pasado a la rebeldía de ella y que nunca darían monedas como frutos.

Tomás veía a la muchacha, ella aún no lo veía. Por lo tanto, con naturalidad ella dejó el balcón y volvió a la penumbra del cuarto, se inclinó delante del tocador, observó de un modo cómico su rostro ovalado en el espejo ovalado. Después tomó los bordes del vestido blanco que había pertenecido a su hermana mayor y se volvió bailarina, compuso movimientos (un poco perezosos) con los brazos y las piernas. Tomás miraba hipnotizado, no porque aquella joven fuese particularmente bonita, sino porque *era* una pintura de Whistler.

Y ahora ella vendría. Ella, María Inés, aquella mañana tan impetuosamente real. María Inés. La marca dejada por un cuadro removido luego de años de vida sobre una misma pared. Ella, María Inés. La vida de Tomás que terminó antes de comenzar.

Cuando tenía veinte años (*antes de todo*), Tomás estaba obsesionado por dibujar a la vecina a la que le gustaba ensayar pasos de ballet delante del espejo del tocador, secundada por los cabellos oscuros y gruesos, largos, que eran como un espíritu. Dibujarla, capturarla, retenerla. Amarla. Preparó los mejores papeles, los mejores lápices y carboncillos y gises pastel, y comenzó a aventurarse en aquella empresa: conocer a María Inés. Que estaba destinada a no llegar al final.

A aquella primera visión que la asociaba con tanto asombro a la joven de Whistler se sucedieron varias otras. Algunas coloridas y terribles, con gestos cubistas, evocando tal vez a *Dora Maar*, de Picasso. Otras graciosas, como la *Mlle. Georgette Charpentier*, de Renoir, y otras aún positivamente *blasées*, como las muchachas de Jean-Honoré Fragonard. Pero ninguna tan sincera o tan convincente.

Blanco y juventud. En aquella época, María Inés tenía apenas diecisiete años. Desde el interior le llegaban cartas de Clarice: ahora estamos separadas nuevamente por una gran distancia, es curioso que sólo hayamos cambiado de lugar. Tú en la ciudad, en mi lugar, en el cuarto que yo misma ocupé en la casa de la tía abuela, y yo de vuelta a este paisaje tan familiar, los mismos cerros, los mismos ciclos, los mismos rostros. En verdad, creo que es más justo así.

Y la desesperación de Clarice estaba guardada como un par de aretes en una cajita de joyas, y en su mano izquierda ahora había un anillo de oro en cuya cara interior se inscribía el nombre Ilton Xavier.

Las cartas que las dos hermanas intercambiaban no eran muchas. Insuficientes en forma, contenido y frecuencia. De Río de Janeiro, la capital (donde había aeropuerto y aviones en vuelos tan bajos), María Inés contaba que cumplía satisfactoriamente sus estudios. El bachillerato, las clases de piano y francés. Lo que no era totalmente cierto. Y contaba que le parecía agradable vivir en aquel departamento amplio cerca del mar. Le gustaba el gran espejo sobre el tocador de su cuarto, que la transformaba en bailarina. De la hacienda, Clarice contaba que cumplía satisfactoriamente su matrimonio y que le parecía agradable vivir con Ilton Xavier y sus padres en aquella antigua casona de paredes altísimas y ventanas azules.

Lo que era totalmente falso. Tenía la mitad de una cama sólo para ella, un armario y también un tocador. Pero no acostumbraba convertirse en bailarina, aún prefería el contacto frío e intenso de la arcilla y de la piedra mientras transformaba sueños y pesadillas en esculturas. Las tierras de los padres de Ilton Xavier eran vecinas a las de Otacilia y Alfonso Olimpio.

Alejarse.

Pero no mucho.

Y estaban aquellas palabras en carne viva que María Inés y Clarice nunca intercambiaban. Sus padres les habían enseñado el silencio y el secreto. Determinadas realidades no eran mencionadas. Ni siquiera imaginables. Allí las cosas eran regidas por un mecanismo muy particular, capaz de tomar la infelicidad en su recorrido entre vísceras y arterias, y fabricarle una máscara de piedra. María Inés seguía guardando aquellas palabras sangrientas y cuidando que dolieran lo menos posible.

Bailaba ballet, aun sabiendo que ya había pasado la edad de ser profesional. Era bailarina para el espejo. Terminaba el bachillerato y tenía clases de piano sin motivo alguno. Detestaba tener que estudiar pasajes de pulgar con métodos aburridos. Como aquel Hanon. Detestaba escalas y arpegios. Pero era perseverante, aquello era sólido y nuevo.

Al menos tres veces por semana, su primo lejano João Miguel las visitaba a ella y a su tía abuela. Siempre traía flores o chocolates. "Él está muy interesado en ti", decía la tía abuela Berenice con su voz reconfortante, una voz educada por décadas de conversación con perros, gatos, canarios y otros animales domésticos.

María Inés lo sabía. Él está muy interesado en mí. "Creo que terminará proponiéndote matrimonio", comentaba la tía abuela Berenice.

Y María Inés sólo sonreía en silencio.

Pero no tardó en percibir que cierto morador de un edificio vecino gastaba tiempo considerable mirando por la ventana, muchas veces con un bloc en las manos, al parecer dibujando: ¿La miraba a ella, María Inés? Especuló: podía ser que estuviera copiando el *edificio*, las ventanas, la fachada. Decían que era un bonito ejemplar del estilo art-déco (la primera vez que había dado con el término, María Inés lo había pronunciado así, en crudo, *arrt-déco*, hasta que le corrigieron, ¡eso es francés hija, *ar-decó!*). Ar-decó. Vivía con la tía abuela Berenice en un edificio ar-decó. Construido en la década del veinte. Tal vez el muchacho del edificio vecino (que no era ar-decó) estudiara arquitectura. Las especulaciones se fueron sucediendo, hasta el día que él resolvió hacerle un gesto y María Inés hizo un gesto también, sin saber si era secundaria o protagonista en aquella historia. Pero él rápidamente dilucidó todo y dijo hola, muchacha del quinto piso, y ella respondió, divertida y un poco infantil, hola, sujeto del… ¿sexto piso?

Él gesticulaba. Hice algunos dibujos. ¿Quieres ver?

María Inés pensó un poco y terminó preguntando, como si eso le pudiera proporcionar un certificado de buenos antecedentes, o como si realmente estuviera preocupada: ¿cómo te llamas?

Tomás, respondió él, y ella asintió con la cabeza, como si él hubiera dado una respuesta correcta en un concurso de algún programa de variedades y ahora pudiera recibir su premio.

La gente se encuentra en el vestíbulo, autorizó ella.

¿De mi edificio?

No. Del mío.

Desde aquel momento, ya estaba claro que ella dictaría las reglas.

En la sala de entrada del edificio art-déco había dos espejos que se observaban y reproducían el infinito y, bajo los espejos, dos bancos idénticos. María Inés escogió uno de ellos, se sentó allí. Luego vio a Tomás acercarse y percibió sus ojos transparentes antes de notar que las esquinas de sus uñas estaban sucias de tinta. Era ella, en los dibujos. En la mayoría estaba vestida de blanco.

Como un cuadro de Whistler, explicó él, pero ella aún no conocía a Whistler. ¿Me das uno?

El que escojas.

Entonces ella comenzó a sentirse un poco confundida y tímida, casi por obligación, porque a fin de cuentas él era un desconocido y estaban en aquella ciudad en que un campo magnético se mantiene sobre la piel del cuerpo como un perfume.

Y se apresuró a decir está bien, gracias, ven cualquier día de estos a conocer a mi tía abuela, fue un placer, hasta pronto.

Hizo muchos ademanes de despedida mientras se apartaba en dirección a los elevadores. Tomás aún pudo verla por un instante, capturada entre los dos espejos y multiplicada al infinito.

De manera adolescente, el dibujo de Tomás ganó espacio en la pared del cuarto de María Inés junto a la cabecera. La tía abuela Berenice y su ropa llena de pelos de gato fueron a fisgonear, sin malas intenciones, y emitieron un suspiro lleno de presagios. Este desacuerdo miserable, pensó la tía abuela, entre el cuerpo y la mente. Se sintió vieja. Físicamente vieja. Parecía no haber más palabras para comprender. Ya no había interlocutores, su mundo estaba quieto. Cuando comenzaba a ponerse así de melodramática, la tía abuela Berenice aseguraba sentirse aún más vieja y completaba entonces un círculo vicioso, pero tenía una fuerza poco común para dar la espalda a determinados pensamientos e ir a cosechar otros matices en el cielo. Se acercó a la ventana y vio al muchacho del sexto piso que estaba al otro lado de la calle. Parecía bonito, pero a esa edad todos parecían bonitos. Los cabellos rizados, oscuros. Gesticuló con la timidez abolida de las tías abuelas y las pesadas pulseras entrechocaron en su pulso gordo. Las carnes de su brazo se sacudieron bajo la manga de la blusa de seda color caramelo.

Tomás recordaba perfectamente la sonrisa en bajorrelieve de la tía abuela Berenice y los hoyuelos en sus mejillas regordetas.

El tiempo es inmóvil, sin embargo las criaturas pasan.

Y aquellas pulseras llenas de dijes. Y los hoyuelos en sus codos que eran como los de un bebé. Recordaba el nerviosismo que giraba en los ojos de ella cuando él finalmente fue recibido en el departamento. Y la manera ávida y delicada en que ella fingía *no desconfiar de nada.*

El tiempo es inmóvil, sin embargo las criaturas pasan.

Tomás entró en el mundo de María Inés. Se encontraron por la tarde con el objetivo de huir de los otros. Como si fueran animales emprendiendo una migración de dos. Acompañaban la orilla del mar de Flamengo con los pasos y con los ojos, sorprendiéndose todo el tiempo con la capacidad del mar de ser idéntico a sí mismo y renovarse simultáneamente. Buscaban y encontraban identidades. Conversaban en clave y se reían de los transeúntes, que no definían con ese término muy de diccionario, *transeúntes.* Revelaban infinitas posibilidades de vida en simples miradas intercambiadas: todo era posible. Tomás realmente creía en ello.

Tenían prisa, pero gastaban el tiempo. Gastadores. Jóvenes. La realidad asumía contornos especiales y sólo ellos dos tenían la clave. De esa forma, para Tomás, era posible anticiparse a todo. Para María Inés era posible olvidar y postergar todo. Y se volvieron infinitos y renovados como el mar, y misteriosos, tan misteriosos.

Sin duda, estaba también la piel y el aroma que emanaba de la piel, y fue así que cierta tarde de génesis, inflamada de gestos incontenidos, los labios de Tomás y los labios de María Inés se tocaron con avidez, pero sin sorpresa. De esa forma, el joven artista se anticipó al primo

João Miguel, que, sin embargo, formaba parte de la vida de María Inés desde mucho antes, de otra manera (seguiría yendo, por la noche, perfumado y arreglado y lleno de rosas y chocolates).

En el departamento había, además del olor de las tintas, un piano desafinado y con un re cuarto mudo. Aquella tarde, Tomás giró la llave en la cerradura e hizo un gesto para que María Inés entrara. Fue a la cocina a preparar café, mientras su corazón latía de ansiedad. Sobre el piano había una pequeña y divertida escultura, un diablito tocando guitarra, o tal vez sería un sátiro, y había también un metrónomo con forma de pirámide. María Inés se sentó ante el teclado y deslizó sus dedos suaves por las teclas blancas. Después comenzó a tocar las piezas simples que había aprendido en sus pocas clases de piano. Tomás volvió de la cocina y tendría que confesar que el café se había acabado, pero ella estaba tocando, y entonces él se sentó con las piernas cruzadas en el piso de madera para oír. Lo que quisiera. Cualquier cosa. Cualquier cosa, buena o mala, bien o mal tocada, siempre que fuera ella, el cuerpo de ella, los dedos de ella. La música de María Inés. Pequeñas piezas iniciales del *Microcosmos* de Bela Bartók, simples y bonitas.

Sería posible. Tendría que ser posible. Aquello que corría por el corazón de María Inés seguiría siendo opaco y misterioso, pero el abrazo se formó en el arco del deseo de Tomás. Las espaldas de ella y los brazos curvos, el cuerpo oscilando mientras tocaba y la cabeza hacia la derecha e izquierda acompañando a las manos. Más tarde ella diría: "por favor Tomás no te enamores de mí", y él preguntaría: "¿por qué?", a lo cual ella respondería: "porque no estoy enamorada de ti". Pero, en aquel momento y después de la revelación de la no-pasión, Tomás se aseguraba: sería posible. Tendría que ser posible. Porque el amor de él tal vez sería suficiente para dos, como un plato abundante en un restaurante. Suficiente para alimentar a dos personas, un deseo doble capaz de llevar el peso de dos destinos, inclusive hasta hermanarlos.

A partir de ahí, imaginar la vida sin María Inés equivaldría a vivirla al revés. Dejar de vivirla. Fue en el momento exacto en que él se sentó al piano bajo el signo de un diablito (o sería un sátiro) que tocaba guitarra. En aquel momento el amor llegó, y a partir de ese momento, lo que ella pudiera decir o hacer significaría mucho para Tomás. Porque a veces el amor se alimenta de su improbabilidad. Porque a veces el vértigo del otro es demasiado grande, y la única manera de abarcarlo e intentar organizarlo es a través del amor desmedido. A la manera de un ebrio que toma un traguito de agua por la mañana con el objetivo de curar la cruda del día anterior.

Amar y creer que sea posible. Todo contenido en el arco incontenido del abrazo que Tomás deseó, ganando las espaldas de ella y sus cabellos despeinados que oscilaban mientras la cabeza oscilaba con el movimiento de los brazos con el movimiento de las manos sobre el negro y blanco del teclado, Bela Bartók. La pirámide silenciosa del metrónomo. Tendría que ser posible.

Tomás cerró las cortinas con delicada precaución. Todo era muy fácil y transparente, la suavidad de la tarde de casi invierno, la húmeda presencia del mar, el tacto, las palabras, era fuerte la impresión de que finalmente siempre había sido de esa manera entre ellos. Tomás era flaco, bastante flaco, pero a María Inés le pareció agradable correr los dedos por su espalda así como había hecho sobre el torso incompleto de un dibujo, y no sentía sorpresa o cualquier emoción que excediera la simplicidad. Resonaban truenos en el cielo, habría lluvia. Pero ahora era como si Tomás compusiera dibujos de María Inés sin lápiz, sin papeles, aun sin la obligatoriedad de los silencios. Confeccionaba dibujos como tatuajes directamente sobre la piel de ella, sensibilizada. Todo era muy fácil y siguió siendo fácil, la palidez de María Inés y la delgadez de Tomás expuestas sin rituales y sin dolor, divididas, y Tomás era ahora finalmente el cuerpo adulto de María Inés.

Después él dijo, hace algún tiempo que estaba pensando en eso. Y entonces todo quedó claro, él sonrió y creyó ver en ella el espejo de su propia sonrisa: marino, infinito. Renovado.

Fue así que Tomás ingresó en el mundo de María Inés. Un mundo de alegrías tristes, frágil como dulce de pastel. Ahora ella adquiriría un cuerpo de mujer, cien por ciento (lo había conquistado, lo había construido), pero aún era una niña. Claro. Y tenía miedo de los fantasmas porque los conocía de mucho tiempo. Tomás ya no temía a nada y se consagraba a su primera pasión, con la visión enérgica y distorsionada de los veinte años. Era el emperador de sí mismo, y sus dominios no conocían límites. Por amor pasaba noches enteras intentando recomponer con su lápiz a aquella niña de blanco que ahora tenía tres dimensiones, voz, olor y sabor. Por amor obedecía a algunos ímpetus, como subir montañas para, desde la cima, contemplar la finitud del mundo que no abarcaba, no podría abarcar, la infinitud de un simple contacto: las puntas de sus dedos, la piel crispada de María Inés. Por amor, ahora estaba entregado a poemas que se adivinaban en todo, en los autobuses sucios, en la basura desbordada de un cesto, en el grupo que jugaba fútbol frente a la playa y, claro, en las predilecciones de los enamorados, la puesta de sol, un botón de flor, la ola del mar, el horizonte que era la ilusión del equilibrio y la embriaguez que era lo opuesto, la renuncia, la entrega. Por amor quería a María Inés casi con desesperación, así estuviera lejos de ella o dentro del arco de sus brazos, porque ni su presencia corpórea e integral apaciguaba la gigantesca *idea* de ella. Por amor precisaba estar siempre febrilmente persiguiendo palabras y siempre frustrándose con el poder limitado de ellas. Escribía "te amo" en un verso y aquello le sonaba prosaico e incompleto. Porque Tomás sabía, sin duda, que ningún ser humano amaba como él amaba, todos los otros enamorados sólo *se creían* enamorados. Sobre aquella negación de María Inés, en la primera tarde de ellos: por favor, Tomás, no te enamores de mí: él estaba seguro de que eran palabras huecas, sin sustancia. Pensaba en varios motivos posibles para que María Inés las hubiera dicho: inseguridad, seguridad exagerada, inexperiencia, miedo. O sólo el hecho de que la convivencia de ellos aún no había madurado. No era necesario volver a pensar aquello. Finalmente, *tenía* que ser posible.

Tomás recordaba el cuerpo de María Inés todo el tiempo, la blancura del seno, la pequeña cicatriz en la parte alta del muslo derecho que era recuerdo de alguna travesura de infancia (claro que no podía adivinar la futura cicatriz de la cesárea y la de la cirugía de apendicitis), los pequeños mechones de la nuca que era tan besable, y las otras sinuosidades que se repetían y renovaban. La mirada de él ahora podía escalar las piernas, los muslos, y no iría a tropezar en los límites de la minifalda o de la costura de un leotardo, y podía continuar, proseguir, libre, autorizado. Tomás ingresó en el mundo y en el cuerpo de María Inés (mar, brisa marina, sirena) y los minutos se transformaron en horas, días, años.

Pero de hecho él no tendría a María Inés.

Antes de las siete, ella estaba de pie, lo que no era del todo extraño, ya que su sueño menguaba en proporción inversa a aquella con la que los años venían a imponerse. Fue realmente sorprendente que también su hija ya estuviera despierta, y aún más que eso, que se hubiera bañado y vestido con ropa de algodón sobre el cuerpo liviano, sandalias de cuero en lugar de los pies eternamente descalzos. Un anillito de plata en un dedo del pie, para miradas minuciosas. Un aroma de colonia infantil.

El departamento blanco estaba entrando en hibernación. No había empleadas examinando sus arterias detrás de un vaso sucio o de una tela de araña, extendiendo colchas, disponiendo cubiertos norteamericanos sobre la mesa del comedor, buscando vestigios de palomitas de maíz delante de la televisión. Los aparatos estaban todos mudos, a excepción de la cafetera eléctrica que vaporizaba discretamente en la cocina. No estaba João Miguel que, probablemente, dormía en su sillón a diez mil metros del piso.

Eduarda tenía una mochila de viaje peruana con pequeñas figuritas bordadas, hombrecitos y mujeres de sombrero, animales que debían ser llamas. *Recuerdo* de su viaje a Machu Picchu. María Inés tenía una bolsa de viaje en que se multiplicaban las mismas iniciales del llavero (que no eran *M. I. A.*). El equipaje de ambas era de un minimalismo saludable, estaba claro que no había necesidad de excesos, de *gelée exfoliante*. Mejor era sustraer, retirar, como un escultor ante el bloque de piedra. Mejor era ser menos, empequeñecerse, ser lo mínimo posible y reivindicar el silencio, la desnudez y la libertad. Mejor era tener las manos vacías. De otro modo, toda aquella empresa perdería el sentido.

Sin ningún motivo especial, siguieron por la playa. Era el camino más largo y el más bonito también.

En la acera de la orilla proliferaban peatones que no se dirigían a ningún lugar, que iban y venían siempre con mucha prisa, sudados y multicolores en sus ropas de gimnasia y tenis importados. Bicicletas se desplazaban en la ciclovía, y algunos pares de patines también. Nanas de uniformes blancos paseaban con los bebés recién nacidos de sus patronas (que estarían ante el escritorio usando trajecitos modernos y lentes con armazones modernos y accesorios discretos). Iban, venían, iban, volvían. Los turistas eran reconocibles a la distancia, por ser siempre más altos y mucho más rojos, a veces con curiosas cejas muy rubias. Las prostitutas se identificaban por sus vestidos cortos y ajustados, sus tacones altos y sus expresiones de espera, aun tomando cerveza con el último cliente a la sombra de una plaza. Para ellas, la noche no había llegado a su fin, lo que venía a constituir una anacronía poéticamente ruda, delicadamente mordaz.

Cuando el carro paró en un semáforo en rojo, una niña vino a pedir dinero, golpeó con la mano abierta en el cristal cerrado y María Inés hizo que no (¿No tenía dinero? ¿No quería dar? ¿No se sentía personalmente responsable por las miserias sociales e intentaba cambiar las cosas votando por políticos correctos, etcétera?). La niña continuó allí, los ojos vacíos, y María Inés vio un grupo apoyado en el rincón de la acera: una mujer, dos niños y un bebé recostado que jugaba con una bolsa de papel. Estaban todos uniformemente pardos de suciedad y miseria. La madre parecía joven. Entonces María Inés prestó atención al bebé, cinco, seis meses. Tal vez menos. Estaba recostado sobre un pedazo de periódico y se movía hacia un lado y hacia otro. El bebé no tenía piernas y usaba pañales que se ajustaban mal porque los pañales no fueron hechos para bebés sin piernas. En lugar de la pierna derecha agitaba suavemente un muñón, del otro lado ni eso había.

¿Aquel es tu hermano?

Sí.

¿No tiene las piernas?

No, y en una mano tiene cinco dedos y en la otra sólo tiene tres.

El bebé jugaba con una bolsa de papel recostado sobre un pedazo de periódico en la acera de la avenida.

La niña le explicó "Mi mamá fue a orinar un día y ahí mi hermano nació, él nació antes de tiempo. Por eso es que tiene esos defectos".

Bicicletas se desplazaban en la ciclovía. El semáforo cambió y por el espejo retrovisor, María Inés vio una Grand Cherokee negra zigzaguear ágilmente en un intento de atropellar a una paloma incauta que había resuelto venir a posarse en el asfalto. No la atropelló.

La niña pidió señora, me da dinero. Los cabellos enredados sujetos con horquillas rojas. Después dijo señora, me compra un chicle.

La paloma huyó de la embestida de la Grand Cherokee y fue a posarse en el borde de una ventana, donde una muchacha tenía dos tercios del cuerpo afuera mientras limpiaba los vidrios. Y después el tránsito comenzó a tocar el claxon porque todos estaban demorados para el trabajo o sólo porque realmente eran histéricos y no podían evitar usar el claxon. Nadie más miró al bebé cuya existencia era tal vez sólo una estadística, algo para mirar de reojo y decir "que horror". Y los carros, los semáforos y las calles que se sucedían.

Más tarde María Inés y Eduarda llegaron al puente que atravesaba la bahía y donde el tráfico estaba levemente congestionado un poco antes de las casetas de cobro. Eduarda se enroscó en su propio silencio como un feto, se puso de lado en el asiento y de espaldas hacia María Inés.

A medida que el carro avanzó y transcurrió la primera hora de viaje, comenzaron a desfilar pastizales y bueyes no particularmente vistosos. De vez en cuando, una construcción precaria a la orilla de la carretera, donde se vendían pasteles, jugo de caña, pan con longaniza. Y plátano pasa. Cuando atravesaban las cercanías de alguna pequeña ciudad, el carro temblaba sobre topes que siempre se estaban multiplicando porque las ciudades crecían, y crecían absorbiendo la carretera. Después cambiaban la carretera, y nuevas ciudades comenzaban a surgir en torno a ella, y en pocos años los topes estaban ahí otra vez. Camiones paquidérmicos pasaban llevando cajas de embalajes, bolsas de cemento o jaulas con pollos vivos.

Eduarda parecía adormecida, su cuerpo se agitaba según el ritmo de la carretera. María Inés estaba escuchando música, ahora no más Monteverdi ni Brahms, sino aquel comodín, la banda sonora de *Mente indomable* que pertenecía a su hija y que hacía que ella se sintiera un poco más joven. João Miguel estaba volando y soñando, María Inés sabía cuál era el sueño de João Miguel y casi podía asistir así como había asistido a *Mente indomable* en el cine. Tenía que ver con Venecia.

Y (ahora María Inés podía unir los extremos) pensaba también en Clarice (de las muñecas abiertas con un cuchillo Olfa) y en Tomás (que le gustaba un cierto cuadro de Whistler). Los desconocía en la misma proporción en que había dejado de reconocer una parte de sí misma, pero una y otra aserción eran sólo verdades a medias, en el fondo todo se resumía brevemente a un drama (en el sentido teatral del término) donde desfilaban varias mujeres, todas ellas con el nombre de María Inés y más o menos el mismo rostro.

Estaba colocando las piezas de un mosaico. Había un lugar específico para Venecia. Para un joven llamado Paolo. Para un profesor de tenis y una ex-mujer (Luciana) de un primo que trabajaba en cine. Para João Miguel. Para el *vecchio* Azzopardi. Para botellas de *chianti*, para un barítono llamado Bernardo Aguas, para madrigales de Monteverdi (y para la banda sonora de *Mente indomable*), para una hija, para dobles cicatrices del cuchillo Olfa y una cicatriz de cesárea. Necesitaba ordenar todo. Y encontrar un lugar adecuado para aquel grito.

Para aquella maldita y adorable mariposa multicolor.

Los minutos, las horas, los días y los años (de juventud, de yoga...) que Tomás pasó al lado de María Inés tenían olor a vainilla o lirios o vasos de leche, cualquier cosa blanca y adorable. En aquella época, él aún no *sabía*. Era una especie de Adán antes de la manzana. Antes del peor pecado: antes de la verdad. Una verdad que no era suya, que no le pertenecía, pero que dolía del mismo modo.

O un conjunto de verdades. Hechas de la misma sustancia que forraba las paredes de aquella Hacienda de los Ipês sobre la cual María Inés le contó durante uno de sus primeros encuentros, ella parecía un poco obsesionada por aquello, la mujer adúltera, el marido celoso, el cuchillo, sobre todo el linchamiento: claro que está prohibido hablar sobre eso en la casa de mis padres. Pero sé todo porque se comenta en todas partes, hasta hoy. ¿Te imaginas? Un sujeto que por celos es capaz de acuchillar a su propia mujer. ¿Realmente amaba a esa mujer? ¿Estaría loco? ¿Loco de amor?

Tomás estaba buscando las manos de María Inés y creía muy inadecuada aquella historia de la Hacienda de los Ipês. Pero regresó, la misma historia, meses después, mientras él diseñaba un garabato con tinta china sobre las nalgas desnudas de María Inés y ella ya cabía en un epíteto más avanzado. ¿Novia? ¿Amante?

Ella dijo me quedo imaginando exactamente cómo fue linchado ese sujeto. Momento por momento. ¿Sería que cuando se avivó el fuego él ya estaba muerto? ¿O tal vez estaba casi muerto? La peor muerte debe ser en el fuego. Peor que ahogamiento, disparo o accidente de carro. Peor que el hambre o el frío o…

Olvídalo, María Inés.

No lo consigo. No puedo olvidar eso.

Y ella jaló una almohada. Estaban en la cama de los padres de Tomás, que volvía a ser útil y parecía casi feliz por eso, de nuevo perfumada y viva.

Hay una gran cantera en la hacienda, continuó. En el cerro que está detrás de la casa de mis padres. Mi padre prohibió que fuéramos hasta allá porque del otro lado es fácil caer, aunque hasta el día de hoy nadie ha caído. La cantera termina de repente, como si subieras una escalera y de pronto se terminaran los escalones. Es muy alto. Desde allá arriba es posible ver la Hacienda de los Ipês.

Alguien debe estar viviendo ahí, ahora.

María Inés dijo que no con la cabeza mientras mordisqueaba como un bebé la punta de la almohada. Y dijo la hija de ellos heredó las tierras, pero dejó todo abandonado y desapareció. Se llamaba Lindaflor. Pobre.

La punta de la almohada quedó húmeda con su saliva. Tomás comenzó a contar que conversó con sus padres por teléfono en la tarde, que estaban bien, que les habló sobre ella y que en Santiago de Chile estaba nevando.

Me gustaría ver nieve, dijo él, infantil, y María Inés sugirió ¿por qué no los vas a visitar?, lo que entristeció un poco a Tomás: ¿y estar lejos de ti?

Veinte años es también la edad en que se subvierte la dimensión real de las cosas. En que el mundo es observado con lentes que distorsionan y todo es semejante a imágenes en los espejos de los parques de diversiones.

María Inés dejó que la sonrisa se formara en sus labios sin dejar de morder la punta de la almohada, lo que venía a ser un suavísimo gesto más o menos calculado de seducción. Y Tomás comprendió, se acercó a ella con un abrazo. Notó que la nuca estaba un poco sudada, allí en aquel lugar sagrado donde los pequeños mechones nacían como brotes de plantas. Los besos se condimentaron con la sal del sudor y la superficie del cuerpo de él se pegó a la superficie del cuerpo de ella.

Pero en el fondo de su corazón María Inés aún no había adormecido del todo aquel recuerdo sombrío de la Hacienda de los Ipês vista desde lo alto de la cantera prohibida. Las tejas ennegrecidas por el tiempo eran como el esqueleto de un animal muerto, y allá adentro, bajo las tejas, entre las paredes agrietadas y ásperas, aullaban fantasmas. María Inés creía en fantasmas. Alguna idea parecía estar generándose ahí, en aquel útero silencioso, en compañía del recuerdo de un crimen seguido de otro crimen en compañía del dolor. María Inés creía en el dolor.

Y mientras su voz liberaba gemidos que se enredaban con unas pocas palabras de Tomás, y mientras su cuerpo conversaba con el cuerpo de él, una María Inés más profunda y tenebrosa continuaba sangrando.

Florian

El tiempo feliz que María Inés y Tomás pasaron juntos fue considerablemente largo, pero las infelicidades estaban todas ahí, rondando como los espacios en blanco entre las palabras de un texto. Como un tigre en las fronteras peligrosas del sueño. Ella faltaba a muchas clases de piano y francés para encontrarse con Tomás en el departamento de él o para caminar de la mano con él por la ciudad, encontrando una redención genuina en el asfalto y en los paralelepípedos que brotaban del piso y mataban la tierra y el matorral que hasta entonces habían sido básicamente todo lo que ella conocía. El asfalto era más firme bajo los pies. Y además no ensuciaba los zapatos.

Tomás no era totalmente clandestino. Muchas veces aparecía para visitas oficiales de domingo por la tarde en la casa de la tía abuela Berenice. Después decía a María Inés cuando estaban a solas: a veces creo que tu tía abuela sabe lo que hay entre nosotros, adivina todo y sólo se hace la tonta, pero a veces creo que ella es realmente ingenua.

Y María Inés sacudía la cabeza diciendo con su gesto: ni una cosa ni la otra.

Ella y la tía abuela Berenice no conversaban mucho, María Inés no era muy abierta para las confesiones y no le gustaba pedir consejos. Y apreciaba tener un novio con quien tenía sexo sin que nadie lo supiera, contra todas las directrices morales que su educación le había impuesto, contra todas las directrices morales que las muchachas de la época obedecían (Río de Janeiro no era San Francisco).

Se sentía casi vengada, casi. El momento en que podría vengarse totalmente aún estaba un poco lejos, pero el embrión de ese deseo (de esa necesidad) radical ya había comenzado a germinar dentro de ella, a la manera de un pequeñito y delgado huracán.

A veces Tomás, a veces João Miguel. La naturaleza de sus relaciones con el primo lejano era distinta, pero tal vez fuera más íntima, lo cual no llegaba a constituir una paradoja. Flores y chocolates. Nada de encuentros clandestinos. Daba la impresión que al cuerpo grande de João Miguel le sobraba, como si estuviera holgado, una camisa un número mayor que la de él. Y allí adentro su alma estaba a la deriva. Fuerte-débil, débil-fuerte. Por eso, él jamás podría saberlo.

Del mismo modo, años antes, allí en la misma ciudad y hospedada en aquel mismo cuarto, Clarice había iniciado su empresa personal (que se convertiría en fracaso), ahora también María Inés comenzaba a poner en práctica su propio proyecto: construir una vida estable sobre un sustento sólido, palpable, visible, nombrable. Era necesario seguir con cuidado, paso a paso, suficientemente cerca y satisfactoriamente lejos de sí misma.

La primera de sus decisiones fue ingresar a la Facultad de Medicina, aún siendo consciente de que nunca pasaría de ser una profesional mediocre porque no estaba interesada en la medicina. Pero necesitaba la solidez de aquella posición. Tenía la impresión de que uniendo clasificaciones y posiciones se estaría fortaleciendo a sí misma y eso sería más seguro que intentar saber quién sería, de hecho, María Inés.

Era necesario organizar, construir, creer. Porque ya habían sido vistas y vividas demasiadas cosas.

Tomás venía a ser una especie de oasis. En cierta forma, María Inés sabía que él no sería para siempre, o que tal vez valoraba todo lo que, en aquel momento, representaba. Tomás era su cuerpo de mujer adulta. Era aquella alienación integral y placentera que materializaba lo inalcanzable (aunque lo inalcanzable permaneciera inalcanzable). Tomás era bueno y simple. Una amplia sonrisa y un escalofrío intenso. Si ella resolviera mostrarle un escarabajo o un sapo, seguramente se divertiría mucho.

Un poco antes del feriado de Pascuas, María Inés agarró un útil resfriado que le proporcionó un motivo para no viajar a la hacienda. El resfrío pasó rápido y el viernes por la noche João Miguel apareció en su visita regular, esta vez con un ramo de flores de campo. La tía abuela Berenice le ofreció un licor que tenía un bonito color rojo y la tarde del sábado de gloria le ofreció a Tomás el mismo licor acompañado de unas galletas de nata que había terminado de cocinar y aún estaban levemente blandas. María Inés comió las galletas mojándolas una a una en una taza de café. En la hacienda se había acostumbrado a tomar café desde niña, y aquel era el remedio que la cocinera le recetaba para los dolores de cabeza, cólicos y otras molestias. Después de las galletas, del café y del licor que la dejaban confortablemente lenta, María Inés se levantó del sillón y dijo bien, ahora Tomás y yo iremos al cine a encontrarnos con unos amigos.

Él estaba acostumbrado a las mentiras improvisadas de ella, de manera que ni levantó los ojos de la copa de cristal que estaba observando y en cuyo fondo quedaba un delicado círculo rojizo. La tía abuela Berenice sonrió y dos hoyuelos aparecieron en sus mejillas. Su mano derecha estaba acariciando un viejo gato siamés y parecía casi separada del cuerpo, evadiéndose pálida de los plisados que adornaban el puño de la blusa azul turquesa. Ella no quería permitir que sus pensamientos especularan mucho, y por eso había desarrollado aquella manía de creer en lo que le era oficialmente dicho. Era capaz, por ejemplo, de leer los periódicos y creer en cada coma. De acuerdo con el mismo principio, esbozó una sonrisa grande para María Inés en aquel momento, acompañó a Tomás y a ella hasta la puerta, y le envió un besito al aire mientras ellos esperaban el elevador. ¡Diviértanse! Después cerró la pesada puerta de madera maciza, cuyas bisagras rechinaban un poco, se apoyó en ella y comenzó a pensar, pero se distrajo con una pareja de gorriones que llegaban a su ventana. Caminó lentamente hacia ellos, lo más lento que pudo, y minimizó el ruido que sus chanclas acolchadas producían contra los bloques del piso. Pero los gorriones percibieron el movimiento y volaron. Lejos. La tía abuela Berenice se quedó parada en medio de la sala, sintiéndose casi vacía.

Ella era la hermana más joven de la madre de Otacilia y la única que vivía en Río de Janeiro. Había nacido en el último año del siglo pasado, lo que le traía una discreta sensación de estar fuera de época, casi como si no formara parte de aquellos tiempos. Era molesto, por ejemplo, completar un documento y en el lugar de la fecha de nacimiento tener que encontrarse con el siglo diecinueve delante de empleadas frescas y rosadas que parecían siempre estar recién salidas del jardín de niños.

La tía abuela Berenice había tenido un gran amor en la década del veinte: un músico. Pianista. Que era amigo de Heitor Villa-Lobos y de Mario de Andrade, y que había participado de la Semana de Arte Moderno en São Paulo. En Río, enseñaba en el Conservatorio Nacional y daba bonitos conciertos de Beethoven y Schubert. Y Villa-Lobos, naturalmente. Un compositor que a la tía abuela Berenice no le gustaba, así como no le gustaba lo que los modernistas hubieran hecho, pero tenía vergüenza de confesarlo. Se enamoró del pianista a pesar de esa su vertiente estilística, existían Beethoven y Schubert para redimirlo (tal vez Beethoven y Schubert sean capaces de redimir a cualquiera, pensaba).

Se llamaba Juan Carlos y era argentino radicado en Brasil, dos años mayor que Berenice y esplendorosamente alto. A ella le gustaba reposar la cabeza en el hombro de Juan Carlos, que parecía hecho con ese exclusivo propósito, un hombro en el cual recostarse, con la altura y la musculatura correctas.

Salieron correctamente durante dos años y medio, luego se pusieron de novios. Berenice comenzó a mostrar en el dedo anular de la mano derecha una preciosidad de oro y diamantes y una única e inolvidable perla mientras se deleitaba con Beethoven y Schubert y soportaba a Villa-Lobos. En diciembre del año siguiente, cuando ella acababa de tejerle un suéter blanco, Juan Carlos tuvo que irse a Buenos Aires a tratar unos asuntos personales. Calculaba que demoraría un mes, como máximo dos.

Demoró treinta años y dejó a Berenice atónita con su anillo de compromiso y aquella sensación insólita de un vacío en la garganta. Ella siempre creía que Juan Carlos estaba por llegar y así, irremediablemente, excedió la edad correcta para casarse, y cuando lo reencontró en 1956 en el centro de la ciudad, él era apenas un turista alto y canoso, y estaba acompañado por una bonita hija argentina que ni siquiera hablaba portugués. Berenice ya se había convertido en tía abuela.

En el elevador, María Inés y Tomás se estaban besando como amantes experimentados.

Hoy no podemos, le dijo ella.

Entonces, ¿por qué inventaste esa historia del cine?

No sé. Para salir un poco.

Cuando llegaron a la planta baja y la puerta plegadiza se abrió, María Inés le dijo: tal vez podríamos ir realmente al cine, ¿qué te parece?

La carta de Clarice llegó diez días después. Ella escribía en un papel que tenía su nombre y apellido impresos, y que combinaba con el sobre, algo sofisticado, regalo de Ilton Xavier, que la amaba porque ella no tenía secretos. La carta era formal y bien estructurada como las demás, con los asuntos divididos en párrafos y noticias superficiales de todos. De todos. Abundaba levemente en asuntos de plantación y cosecha, cabezas de ganado, litros de leche, pero cambiaba de objeto antes de ponerse fastidiosa como un informe técnico, y hablaba del clima, de las lluvias, de una cierta prima que había dado a luz a trillizos, de un vestido nuevo, de algunas esculturas. Fue solamente en el párrafo dedicado a Otacilia que Clarice rompió aquel ritmo de canción de cuna y se extendió un poco más, porque la enfermedad ahora ya no era más un secreto, la enfermedad cuyo nombre los médicos no adivinaban y con la que iban experimentando como si estuvieran tanteando en la oscuridad. Otacilia estaba con el humor quebrantado. Se quejaba de dolores en las articulaciones, de mucho cansancio, continuaba adelgazando y, a veces, tenía temperatura baja, pero no se disponía ni siquiera a consultar a un médico en Río de Janeiro sino que permanecía con los antiguos doctores de la familia que vivían en Jabuticabais o en las cercanías, y que practicaban una medicina basada en vitaminas, fortificantes e instrucciones para reposo casi absoluto.

María Inés nunca sería una buena médica. Pero tendría la curiosidad suficiente para descubrir, cuando ya no fuera necesario, el lupus eritematoso sistémico que torturó a Otacilia durante más de diez años antes de matarla.

La carta de Clarice finalizaba con saludos cordiales y le sugería a María Inés que una visita suya sería bienvenida. En las estrellas palpitaba la memoria de una sonrisa distorsionada.

El preludio.

Ahora ya no faltaba mucho.

Ahora ya no faltaba mucho.

Dos horas y media, tres horas de carretera. Eduarda había despertado.

Madre, ¿podríamos parar un poco?

En la subida de la sierra hay una cafetería.

La Parada Predilecta.

La Parada Predilecta. María Inés sonrió. Cuando su hija era niña, João Miguel y ella tenían la costumbre de llevarla a la hacienda una o dos veces por año, aunque eso a María Inés le pareciera una incoherencia. Fuera de época. Visitaban a la tía Clarice, figura *extraña*, llena de misterios. Cierta vez, Eduarda había oído vagamente que ella acababa de salir de una clínica de *de-sin-to-si... de-sin-to-xi-ca-ción (¡uff!).*

Mamá, ¿Qué clínica es esa de la que salió la tía Clarice?

Es una clínica... una clínica de belleza. Fue a hacer unos tratamientos para la piel. ¿Viste que está más bonita?

A Eduarda, con siete años de edad, le parecía aburrido visitar a la tía Clarice porque ella vivía con una mirada triste, pero en la hacienda había muchos animales divertidos: caballos, bueyes y vacas, gallinas con pintitas amarillas (una vez ahogó media docena en el modesto intento de enseñarles a zambullirse), perros, gatos, puerquitos, borregos, una cabra. Y había personas muy especiales, como aquella vieja cocinera que contaba historias de terror por la noche junto a la fogata. Una vez contó que había asistido a una batalla de San Jorge y un diablo, en lo alto de un cerro. También dijo que había osamentas de animales sueltas en el corazón de las plantaciones de bambú y que los viernes en la noche esas osamentas cobraban vida y vagaban por los pastos, llorando de nostalgia. Y garantizó que cuando un grupo de caballeros atravesaba un portón, *Saci-Pererê* montaba en ancas del último de ellos. Ese era un travieso niño mulato, cojo, con hoyos en las palmas de las manos, que fuma pipa y tiene un gorro mágico rojo que le permite desaparecer. Esas historias obsesionaban a Eduarda, siempre pedía oírlas aunque más tarde le quitaran el sueño. A medida que los años pasaban, las cosas iban cambiando. Un día, la cocinera que contaba historias de terror estaba cortando leña con un hacha y una astilla grande de madera saltó a su ojo, lo penetró, ella quedó tuerta y tuvo que dejar de trabajar. Los animales iban desapareciendo, morían y no eran reemplazados por otros. Un viejo malestar comenzó a crecer en María Inés, reacción tardía a hechos que ya estaban empeorando. En su momento, simplemente habían dejado de hacer viajes a la hacienda. María Inés coincidió con el deseo de Clarice de vender gran parte de las tierras porque el dinero puesto en el banco daba más ganancia que el alquiler. Y las cosas parecían asumir un equilibrio definitivo.

El aire ya tenía un olor y había una temperatura diferente allí en La Parada Predilecta. Tal vez por la hora del día de la semana, no había autobuses en el estacionamiento y gente ensuciando con servilletas y popotes usados el piso de la cafetería. Un niño descalzo con la nariz escurriendo pidió tomar la orden de su carro. María Inés y Eduarda tomaron los papelitos que registrarían su consumo, no sería un gran consumo.

En otra época, Eduarda habría pedido llevar algunas cosas, un dulce de leche, un frasco de dulce de yema, una cáscara de guayaba. Aquella mañana no pidió nada y siguió silenciosa. Fueron al baño, María Inés salió primero y le avisó a Eduarda por encima de las puertas de las pequeñas cabinas te espero allá afuera, voy a tomar un café.

En la pared, al lado de la vieja máquina de café, había colgado un pequeño retrato con el rostro de John Lennon y la letra traducida de *Imagine*. María Inés apretó los ojos y comenzó a leer. *Imagina que no hay países. Es fácil si lo intentas.* Al lado, alguien había pegado con cinta adhesiva una hoja de papel oficio con la oración de San Francisco en manuscrita. *Señor, haz de mí instrumento de Tu paz.* María Inés tomó la cafetera de aluminio, ya medio golpeada y llenó la taza de cerámica. El café estaba un poco suave. A ella le gustaba el café fuerte. Corto. Como en Italia.

La ventana lateral de La Parada Predilecta se abría hacia un riachuelo de aguas color caramelo. María Inés pensó en Italia, en Venecia y sus canales que no huelen bien.

Un hombre alto-bajo, gordo-flaco, sentado-de pie.

Eduarda se acercó y pidió una taza de té. La mesera puso agua hirviendo en una tetera y colocó dentro un saquito anónimo, que podría ser una infusión de anís o hierba melisa.

Al lado de La Parada Predilecta corría un riachuelo de aguas color caramelo.

Los canales de Venecia. El Florian donde había un muchacho llamado Paolo.

La escena fue vista por María Inés en su totalidad. Tal vez la estuviera visitando de nuevo con algún nuevo objetivo, como el autor que toma el poema escrito hace diez o quince años y mueve una coma, encuentra un sinónimo (que en vano procurara en aquel entonces), agrega un punto, reemplaza o incluso destruye la rima. Una revisión.

Ahora recordaba el color exacto del suéter que estaba usando, era de lana, hacía bastante frío ese día. Recordaba el sabor del coctel que tomaba, y sobre todo, del mal aroma que se impregnaba al final de la tarde. Aquel sueño: Venecia. No era un viaje de luna de miel, ella y João Miguel se habían casado hacía cuatro años, pero era una de las cosas más sofisticadas que él quería incluir en su vida, junto con los trajes bien cortados y el whisky de doce años.

Venecia. Viajes, Italia, muchachas bonitas, muchachos guapos.

La pequeña Eduarda, con dos años y medio, se había quedado en Brasil al cuidado de una prima. María Inés había comprado para ella una máscara de carnaval y unos bichitos de Murano. Estaba feliz y resolvió comprar postales. Enviar postales, ¿por qué no?, contando que estaba en la mesa de un café anteriormente frecuentado por Casanova, Wagner y Proust. ¿Por qué no? Se levantó alegre y multicolor, y con las manos alineó sus cabellos largos, tenía consciencia de su cuerpo, ahora la temperatura era agradable dentro del suéter de lana. Su sonrisa era agradable. Atravesó la Plaza de San Marcos en medio de la multitud de palomas, fue hasta el *negozio* que vendía postales y volvió casi saltarina, muy satisfecha con aquella fotografía que estaba encima de la pila (un canal de aguas verde-oscuras, un edificio de ventanas moriscas, un árbol de ramas secas yaciendo sobre un muro vacío).

Una punzada de dolor. Sólo eso.

Había alguien con João Miguel. Un joven muy apuesto. Conversaban. María Inés se acercó y fue debidamente presentada, *questa è mia moglie*, María Inés, este es Paolo.

Paolo abrió una sonrisa que era una obra de arte. Dijo dos o tres frases amables que João Miguel tradujo, después finalizó todo con un *ciao* que era pura música. Perfecto. Pero María Inés capturó la mirada que la excluía: la mirada entre Paolo y João Miguel. Y, sin ser más explícito, aquel roce de manos que duró un segundo más que el necesario, y fue un milímetro más intenso que el roce casual de manos.

Una punzada de dolor, sólo eso.

Todo había comenzado mucho antes: mozas y varones jóvenes y bonitos. Ella sola lo descubrió allí, en aquella tarde agradable en la Plaza de San Marcos. Y se sintió parcialmente culpable. Tal vez João Miguel habría sabido de ella. Y Tomás. Pero ella y Tomás ya habían dejado de verse. Tal vez João Miguel sólo estaría *vengándose.* Tal vez. Después María Inés tuvo dolor de cabeza. João Miguel la dejó descansando en el cuarto del Hotel Danieli. No dijeron (nunca dijeron) nada respecto del bello Paolo, pero María Inés sabía que el marido se encontraría con él cuando avisó daré unas vueltas por ahí, la noche está agradable.

Es mi culpa, pensó.

Diecisiete años después, percibió que sus manos ya no se estremecían tanto sobre el volante del carro. Comenzó a tararear cualquier cosa con voz triste, pero decidida, Eduarda la miró extrañada porque otra música estaba sonando en el carro y aquello causaba un efecto inusitado. María Inés lo percibió pero terminó su canción, luego preguntó ¿has oído hablar de un compositor llamado Charles Ives? Eduarda hizo que no con la cabeza y volvió su mirada hacia la revista, donde sin dudas estaba leyendo algo que consideraba más interesante que Charles Ives. María Inés no se sintió ofendida. Al contrario. Ahora estaba experimentando una soledad de otra naturaleza, con otra tonalidad y otro sabor. Una soledad delicada, mitad fiebre y mitad amor, donde vengaba sus mejores dudas. Después de diecisiete años.

Vio los árboles pasando rápido a los dos lados de la carretera, sabía que si apagaba el aire acondicionado y abría la ventana, podría oír el ronco zumbar de las cigarras. Entonces pensó en Tomás.

Él llegó a la hacienda después de todo. Otacilia ya estaba muerta. Alfonso Olimpio ya estaba muerto. Los dos eran solamente nombres poco elocuentes inscritos en una lápida en el cementerio de Jabuticabais. Las muñecas de Clarice ya habían sido abiertas y cerradas. María Inés ya era médica graduada y había dado a luz a su hija, y esa hija ya había crecido considerablemente. Todas las cosas ya ocupaban lugares específicos que parecían definitivos, el polvo se estaba acumulando, el fango estaba creciendo y en torno a todo eso, el silencio permanecía como una sentencia. El mismo Tomás ya había hecho las paces con aquella mediocre carrera de artista plástico que era lo contrario de las galerías de arte sofisticadas, de las bienales, de las muestras, de los panoramas, de las retrospectivas. Sus padres ya no estaban: habían vuelto a Chile con la Apertura y muerto con calma y sin sueños varios años después. Vivieron lo suficiente para luchar por las "Directas-ya", y lo sufi-

ciente para por fin votar para presidente en 1989. Aún
eran comunistas. Murieron comunistas. Y Tomás, que
nunca se había comprometido en la lucha, se había sor-
prendido votando al candidato del PCB aquel quince de
noviembre. Recordaba eso ahora.

Después rompió el contrato de alquiler del pequeño
departamento donde vivía en ese momento, en Lapa,
cerquita de una escalinata que conducía hacia Santa Tere-
sa. Y vinieron los viajes.

Los viajes. Nunca fueron suficientes para conocer
Brasil por completo. En autobús o pidiendo un aventón
a camioneros que transitaban por carreteras increíbles,
llenas de baches, corroídas por el tiempo y por el poco
cuidado. Durmiendo en pensiones baratas, a veces bucó-
licas y acogedoras, pero casi siempre sucias, hostiles o in-
diferentes, o acampando. Pintando unos cuadros aquí o
allá para costear los siguientes kilómetros. Haciendo retratos de los turistas risueños con tiza color pastel. Aprendiendo el timbre de los insectos de los bosques, de los
mangues y de los igarapés. Hundiendo los pies en la arena
cristalina de las playas. Investigando grandes ciudades que
eran una selva al revés, y tal vez aún más peligrosas, con
sus versiones específicas de insectos venenosos que con un
piquete podrían acabar con un hombre, o los bichos car-
nívoros que saltan al pescuezo y revientan la yugular. Pero,
poco a poco, el interés se fue deshaciendo como un músculo cansado. O tal vez Tomás estuviese envejeciendo.
Pensó en parar, en apoyarse y desconectar las máquinas,
hacerse pequeño (lo más posible). Vendió el departamento de los padres muy barato porque quería venderlo rápido y negoció con Clarice la compra de aquella casa rústi-
ca de peones que no veía un morador en largos años.
Podría haber sido en otro lugar, hasta en otro estado. Una
playa en Río Grande del Norte, Santana do Deserto. La
sierra gaucha. Mato do Tição. Goiás Velho. La región de
Minas Gerais. Pero no fue en otro lugar.

Era muy común conversar sobre los viajes con Clarice, a ella le gustaban las historias. Durante aquella noche, mientras esperaban a María Inés, cuando se despidieron pasadas las dos, le habló de la Chapada dos Veadeiros, del río Araguaia y también de la Sierra de Ibitipoca, en cuyo Parque Estatal había aquellos nombres sugerentes, Cascada del Hada, Ventana del Cielo, Gruta de las Bromelias, de las Moreras, de los Fugitivos. Después comentó sobre los seis meses que vivió en Fernando de Noronha, en una casa en Vila dos Remédios, donde alguna vez se hospedó la bióloga que había venido de afuera a estudiar a los delfines. El también salió con la bióloga que vino a estudiar a los delfines, y después nunca más se vieron, ni se hablaron ni se escribieron. Pero en la memoria de Tomás vagaban unas mañanas que comenzaban muy temprano, antes del sol, cuando la bióloga lo llevaba para observar el movimiento de los delfines en la bahía.

Durante todos esos años, casi veinte, que se interpusieron entre la muerte de Alfonso Olimpio, cuando se conocieron, y el momento en que se convirtieron en vecinos, Clarice y Tomás no llegaron a perder el contacto, tenían a María Inés en común. Siempre ella. Y, además, Tomás *sabía*, Tomás conocía el vértigo del vuelo de una mariposa sobre una cantera prohibida.

Tuvo algunas mujeres después de María Inés, no muchas. Ninguna de ellas se parecía a un cuadro de Whistler, o de quien quiera que fuera, ni llegaban a parecerse a los retratos que alguna que otra vez pintaba de ellas. Como la bióloga que estudiaba a los delfines en Noronha.

Me parece extraño que nunca te hayas casado, dijo Clarice una vez, y después se explicó porque creía que aquello necesitaba una explicación: tú sabes, es difícil llegar a los cuarenta sin haberse casado ni una sola vez.

Viví durante un tiempo con una mujer, unos dos años. ¿Eso es casamiento?

Clarice se encogió de hombros. Creo que sí.

¿Sientes la falta de hijos?, preguntó él.

La siento. Pero creo que los hijos que no tuve fueron personas con suerte. Discúlpame si eso parece una paradoja. Yo no sería gran cosa como madre.

Ahora Tomás estaba de pie, eran ocho y las gallinas de Guinea de Jorgina, la cocinera, pasaban en desfile bajo la ventana del cuarto, haciendo el ruido habitual. Jorgina vivía a unos pocos minutos de Tomás, en un antiguo almacén que se había transformado en un hogar genuino, con imágenes de santos pegadas con cinta adhesiva en la pared, paños bordados sobre los muebles, una cama separada del resto por una cortina y la eventual visita de nietos. No tenía cocina, pero Jorgina pasaba la mayor parte del día en la cocina de Tomás. Antes no había baño, Jorgina jamás había vivido en una casa con baño. Había mandado hacer aquella casita arriba del riachuelo, era su baño, tenía paredes de bambú, techo de paja, no tenía piso y la letrina se resumía a su propio riachuelo. A Tomás no le parecía que todo aquello fuera absurdo, ya había visto cosas peores, pero había mandado construir un baño para Jorgina y ella había quedado agradecida a tal punto que sus ojos se llenaron de lágrimas. A los sesenta años de edad, por primera vez tomó un baño caliente con una ducha eléctrica.

Aquella mañana hizo el café dulce como todos los días y preparó la mesa para Tomás como todos los días, una jarrita limpia, la cafetera, la lechera, un platito con mantequilla y una tabla con arepa de maíz. Y se quedó observando la manera en que él se sentó, estaba diferente, quizás enfermo, con dolor de cabeza o habría tenido malos sueños. Él tomó un poco de café sin leche y después encendió un cigarro, fumó sin prisa, se levantó, calzó sus zapatos y salió.

Tal vez Tomás ya había envejecido, tal vez había alcanzado aquella especie de altiplano donde se van extinguiendo las formaciones geográficas más extensas, tal vez sólo podría testimoniar el paisaje con sus ojos trasparentes y pensar en todo como pasado. Todo.

O casi todo.

Era posible que Eduarda supiera más cosas de lo que aparentaba saber. Que imaginara, por ejemplo, por qué João Miguel tenía clases de tenis tan frecuentemente. Fue lo que María Inés pensó cuando ella lanzó la pregunta expresada en un tono casi casual, mientras pasaba las páginas de su revista y distraídamente levantaba la mirada hacia el paisaje de la carretera: entonces, ¿tú y mi papá se van a separar cuando volvamos?

María Inés no se sorprendió. Vio un perro atropellado que yacía en la cuneta, el vientre negro con la sangre coagulada, las vísceras expuestas, y pensó que alguien debería retirar el animal de allí, enterrarlo.

Después respondió con calma: sí, tal vez.

Eduarda cerró la revista, suspiró. ¿Sabes?, eso no me pone tan triste. Es extraño. Creo que ustedes no han vivido muy bien. Es claro que hay gente que está viviendo mucho peor. Quiero decir, ustedes no pelean, no discuten. Pero eso no es suficiente, ¿verdad?

María Inés apenas repitió que tal vez la gente se separa. Aún no lo sé. No sé lo que João Miguel piensa de todo eso.

Después pensó una vez más, explícitamente, en Tomás.

Nueve horas (en el horario brasileño de verano)

Muerte en Venecia continuaba en el mismo lugar y todo lo que Clarice sabía sobre el libro, era aquella descripción inicial (la Prinzregentenstrasse y el resto). Ahora recordaba una postal que María Inés le había enviado de Venecia en el ¿ochenta?, ¿ochenta y dos? Las fechas ya no eran tan importantes (como en *Muerte en Venecia*: 19…). La postal tampoco era cara, probablemente Clarice la había tirado con las tantas cosas que tiraba.

Alguien caminaba por la carretera, un hombre. Parecía Tomás, debía ser Tomás. Había cigarras zumbando en los árboles. Clarice recordó la fábula y cómo, en la infancia, se identificaba desesperadamente con la hormiga, y cómo, hoy, había pasado a identificarse con la cigarra. Dejar que los inviernos vinieran. Morir de hambre, si fuera inevitable. Pero antes pasar un verano entero, ese verano inédito, cantando con la sinceridad de las cigarras y de los locos.

El sol de las ocho (el reloj marcaba las nueve: horario de verano brasileño) estaba derramándose sobre el cerro atrás del cual aún quedaba la casa de Ilton Xavier (donde las múltiples salas aún tenían nombres) y de su madre viuda: ahora, él era el hombre de la casa. La voz de la autoridad. La semana pasada, Clarice había pasado cerca, había saludado cordialmente a Roseana, la segunda y definitiva esposa que venía por la carretera de la mano con su hija pequeña. Y había notado que la casa estaba siendo pintada: siempre los colores originales. Después supo que un grupo de investigadores universitarios estaba preparando un libro sobre las haciendas cafetaleras coloniales de aquella región, y tomaría fotos de las propiedades de Ilton Xavier aunque no hubiese ningún arbusto de café allí.

Clarice oyó el ruido de cajones abriendo y cerrándose, era probable que Fátima estuviera guardando las cosas que tienen que ser guardadas, que normalmente andaban desordenadas cuando no era día de limpieza.

Ella había pasado el resto de la noche recordando su casamiento con Ilton Xavier, aunque eso significara tan poco o, tal vez por ese exacto motivo. Cuando Fátima llegó para la limpieza, por la mañana temprano, la encontró en el jardín con aire ausente, buscando hojas que habían caído de un plátano.

Entonces hoy es el gran día, dijo, imaginando que Clarice debía estar muy contenta con la llegada de la hermana, luego de todos aquellos años.

El cabello de Fátima estaba decorado con trenzas postizas que requería cerca de ocho horas aplicar y que costaban caro pero que una amiga peluquera de Friburgo le hacía gratis. Ella vestía su uniforme de trabajo: shorts muy cortos de algodón grueso que dejaban ver sus piernas fuertes, oscuras, bien hechas y descuidadas. Sandalias hawaianas azules mostrando uñas pintadas de color rojo (esmalte Risqué *rebu*), el mismo color que se descascaraba en las uñas de las manos. Cortitas, desgastadas. Camiseta de malla ancha en los bordes y en las mangas, que revela un pasado grisáceo bajo manchas de blanqueador de ropa y exhibe al frente las palabras *Boston, Massachusetts*. Fátima no desconfiaba de que se referían a un lugar, un lugar en el mundo, donde las personas (tal vez un poco más ricas) también hacían limpieza y esperaban la llegada de una hermana buscando hojas secas caídas de un plátano.

Clarice sonrió y se acomodó tras de la oreja un mechón de cabello que caía sobre sus ojos. No usaba la misma vieja camiseta Hering blanca, tamaño XL, sucia de arcilla, sino un vestido azul oscuro con flores azul claro que la situaba en un modo suave, delicado. Tanto que Fátima se sentía sinceramente inclinada a sentarse un poco allí, en el jardín, sobre una piedra y conversar. Sobre las muchas cosas que no eran dichas, sobre las versiones extraoficiales de los silencios que Clarice cultivaba con tanto esmero: los silencios limpios, floridos, de apariencia honesta. Pero había trabajo, mucho trabajo. Dejar la casa brillando para que María Inés y su hija no desviaran la mirada ante el pasado y las garras rudas de la naturaleza que regía las cosas por allí. Fátima quería eliminar todas las arañas, acabar con el olor a moho que adormecía en algunos ambientes y armarios, dejar todas las maderas brillantes, remover todos los cadáveres de insectos de los cantos donde se depositaban y las reuniones de arañas en las lámparas de noche, destruir hormigas y hormigueros, impregnar los baños con eucalipto y la cocina con Veja Multiuso, dejar los cristales de las ventanas tan transparentes que se pudiera ver a través de ellos. Las conversaciones tendrían que esperar, aun las de fantasía.

Ahora María Inés estaba en camino. Clarice se sorprendió intentando adivinar cuál sería el carro de ella. Hipótesis tras hipótesis, terminó quedándose con la de un lujoso importado recién matriculado, con dirección hidráulica, todo eléctrico, *air-bags* y todos los otros aditamentos que desconocía. Después se avergonzó un poco por su mala voluntad y quiso encontrar algún sentimiento muy antiguo que pudiera hacerla realmente feliz con la llegada de la hermana. Tan feliz como se sentiría una hermana con la llegada de otra hermana, un reencuentro luego de muchos años. Cosas fáciles, de franca superficialidad, cosas visibles, audibles y palpables, cosas con rostro de sol de mediodía, de grillos verdeando en las malezas y de cigarras chocando en los árboles.

El hombre que parecía Tomás desapareció junto con la carretera después de una curva.

El sol de enero era integral, aun a las ocho (nueve: horario brasileño de verano) y casi lastimaba la piel de Clarice cuando dejaba el amparo de las sombras de los árboles. Felizmente, alrededor de la casa, estaban ellos, los árboles. Algunos habían dejado con rapidez sorprendente el estatus de semillas germinando y eran ahora un milagro en tronco y hojas transparentes. Eran como espíritus y estaban allí para acompañar a Clarice, para darle sombra, para observar su soledad con amor y sin interferencia, para protegerla.

Ahora sólo tenía que esperar. Que el tiempo (inmóvil) trajera a María Inés (de pasada): organizar sus propios pensamientos de esa manera le daba la tranquilidad que suponía, por ejemplo, en una anciana. Que ya perdonó la vida y olvidó las diferencias entre lo útil y lo vano.

Sus cabellos estaban llenos de hilos blancos que él teñía con henna indiana. Estaba envejecida. Era seguramente la impresión que le causaría a María Inés. Estaba llegando al tiempo de decir sus últimas palabras y el momento correspondiente tal vez estuviera llegando a su fin. Ahora, lo esencial ya estaba cumplido, todos los pasos y todos los dolores. La herencia: dos cicatrices gemelas en las muñecas y una colección desorganizada de recuerdos feroces.

Cuarenta y ocho. No era una edad como cualquier otra. Requerían silencio. Clarice tenía su edad impresa en el corazón como un número de documento. O el número de un preso en la cárcel. Ella *era* aquel número: cuarenta y ocho.

Pero en un mes llegaría febrero. Febrero de carnaval y cumpleaños. Cuarenta y nueve. ¿Sería posible improvisar algunos instantes más de actuación, ya que aún estaba en escena? ¿Finalmente, sería posible inventarse un verano?

Ahora, a los cuarenta y ocho, había conseguido aniquilar prácticamente las expectativas. Empequeñecerse, restringirse como el bicho que hiberna. Aquel estado de casi paz debía necesariamente, por motivos obvios, excluir a María Inés.

Y María Inés vendría. ¿Para qué? ¿Con qué propósito?

Tal vez necesitara verificar si cierto árbol de dinero habría brotado. No por el dinero, claro.

Las cartas escritas en las bellas hojas de papel personaliza-das (presente de Ilton Xavier) comenzaron a expandirse hasta el límite de la insistencia. Estaba fuera de duda nom-brar abiertamente la situación (*mamá está muriendo, ven ya*), pero, hasta donde permitía la gran censura que reves-tía sus palabras como cápsulas (o graciosos zapatitos de lana cobijando piececitos pálidos en una madrugada fría), Clarice estaba siendo insistente. Muy insistente.

Creo que tendré que ir hasta allá, le dijo María Inés a Tomás mientras su índice flaco y con una uña comida dibujaba una medialuna magra en la espalda delgada.

Ella había comenzado a vestirse, se había colocado la pantaleta y la minifalda, pero después se recostó de nuevo en la cama, al lado de él. Tomás había encendido incienso (pachuli) y estaba comiendo una barra de choco-late mientras dibujaba un elefantito con lapicero Bic en un bloc de notas rayado. Usaba un anillo de plata en la mano derecha. Regalo de María Inés, con una serie de significados que él mismo eligió.

Ella giró con la barriga hacia arriba y Tomás se que-dó mirando cómo los senos pequeños subían y bajaban al ritmo de la respiración, suaves olas oceánicas en mañanas tranquilas. El amor apretó su pecho como un torniquete. María Inés estaba llena de collares, pulseras y anillos, bus-cando un cierto estilo hippie en su manera de vestir. Oían un disco de los Mutantes. La colilla de un cigarro de ma-rihuana fumado más temprano reposaba amarillenta sobre un platito, aquellas pequeñas cosas sin importancia.

Claro que tendrás que ir, es tu madre, dijo él.

No me gusta, dijo María Inés, sabiendo que aquellas palabras no eran verdaderas, que estaban un poco más allá o más acá de la verdad.

Pero ella te necesita. Está enferma. No seas egoísta.

El tono de él tenía la benevolencia forzada de una profesora de primaria cansada e insatisfecha con su sueldo. A María Inés no le gustó.

No me hables de esa manera.

Pero Tomás estaba tranquilo, sólo sonrió y tomó la mano de ella para besar el dedo índice con la uña roída.

El mes era octubre. Clarice e Ilton Xavier estaban festejando su aniversario de bodas: cuatro años. Aún no había ningún heredero en camino, para desilusión general.

Inicialmente, los sábados eran el día de almuerzo con los padres de ella. Conforme Otacilia se iba sintiendo más débil, cansada e indispuesta, el almuerzo semanal pasó a ser quincenal, y después mensual.

Otacilia y Alfonso Olimpio iban quedando, poco a poco, confinados a la casa y ya asumían un cierto aire de mobiliario, tanto que nadie creía que pudieran morir algún día, a pesar de la enfermedad de Otacilia, sin nombre, y de sus suplementos de hierro y vitaminas. Parecía natural el pronóstico de que los años pasarían, y luego las décadas y en consecuencia los siglos, sin que Otacilia y Alfonso Olimpio cambiaran mucho. Tal vez sólo llegaran a adquirir un tono ligeramente cobrizo de madera. O una capa cenicienta de polvoriento desuso. Pero continuarían allí, respirando poco, consumiendo poco aire y poco alimento, sin sueño y sin sonrisas. Otacilia agudizaría los oídos para escuchar la voz del bienteveo y del zorzal, que sin embargo no revelarían nada nuevo. Y Alfonso Olimpio miraría sin apetito la abundante mesa del desayuno y haría crujir los dedos.

Serían como enemigos que, al final de la vida, se reconcilian en la infelicidad.

Pero la verdad era que Otacilia estaba muriendo y lo sabía. Muriendo rápido. Ahora había lesiones en su piel, pequeñas lastimaduras color rosa bebé (que le recordaban sus tiempos de niña que corría por los patios y se llevaba golpes). La falta de aire era a veces atroz y le mordía las palabras en la garganta, volviendo su silencio habitual aún más profundo y, de cierta forma, más cruel. Era un silencio que utilizaba sus frases ocultas y blancas para explicitar todo el tiempo ese círculo: culparse, culparlo. A él, Alfonso Olimpio, su marido y padre de sus dos hijas. A sí misma. Tal vez ambos tuvieran la culpa, aun cuando la realidad se hubiera modificado después y tomado rumbos aparentemente satisfactorios. Porque las cosas detenidas eran como un volcán y ni siquiera ella, Otacilia, o su marido, o sus hijas, podrían esperar, con sinceridad, que aquello fuera definitivo. En el estómago de la tierra, la lava burbujeante y mal digerida se revolvía. Ella lo sabía.

María Inés también lo sabía. Con sus ojos encendidos y su libertad sexual. Con su novio Tomás, que ahora le decía: en verdad creo que debes ir. Tu madre te necesita.

Ella se contuvo y no respondió yo la necesité, mi hermana la necesitó demasiado, y qué.

Eran cosas no dichas que Tomás comprendería en el futuro.

María Inés se iría. El próximo viernes. Para atestiguar la muerte de Otacilia. Para verla morir.

En la cocina, Clarice, con su argolla dorada brillante, hacía las galletitas rellenas que aprendiera con la tía abuela Berenice. *3 tazas de harina de trigo. 2 tazas de azúcar. 6 yemas. 3 claras. 1 cucharada (de té) de levadura.* Se acordó un poco de Lina al inicio y menos después. *Bata las claras a punto de nieve, mezcle las yemas con el azúcar, bata bien y finalmente mezcle la harina cernida con la levadura.*

El taxi llegó tan pronto se terminaron de hornear las galletitas. Todavía faltaba rellenarlas y ponerles el glaseado, pero eso tendría que esperar, era más importante ir a recibir el taxi y a su ilustre pasajera, que venía desde la estación de autobuses de Jabuticabais. La pequeña estación gris con estacionamiento para dos autobuses y baños públicos con pequeños paneles de cartón improvisados en los cuales se escribía *caja de empleados, gracias,* y con garabatos de bolígrafo en las puertas, por el lado de adentro, *Mónica y Fabio, Alejandra y Adriano, Sólo Jesucristo Salva.* También había una taberna desde donde se descolgaban unas pocas miradas ebrias e inofensivas al rededor de las cuales rondaban siempre media docena de perros hambrientos, esperando ganarse un hueso de pollo. Y había un puesto de periódicos. La nueva alcaldía había cercado la estación con buganvillas color teja, rosadas, amarillas, volviéndola casi acogedora.

María Inés bajó de la estación de mal humor, pero le había mejorado un poco ahora que salía del taxi y sacaba de su bolso hippie una cartera hippie (*made in India*), y de ahí el pago para el chofer. Ese semestre había comenzado a dar clases particulares de repaso de ciencias para niños y preadolescentes con problemas en la escuela: era su dinero el que estaba pagando el taxi. Y la propina.

Clarice sonrió, feliz, y después dio las explicaciones que estaba acostumbrada a dar aunque no se las pidieran: Ilton Xavier está en casa, atendiendo al veterinario que vino a vacunar a las vacas. Decidí venir a esperarte y preparar las galletas. Mamá está durmiendo.

No mencionó a Alfonso Olimpio. Ambas se dieron un largo abrazo que expresaba más que esas palabras. Mucho más. Desafortunadamente.

A María Inés le habría encantado constatar que la vida allí se restringía a la superficie, pero no.

¿Cómo está ella?

Mal.

¿Y papá?

Se queda por ahí, trabajando como siempre, las empleadas comentan que anda bebiendo un poco.

¿Salió?

Clarice asintió con la cabeza mientras jugaba pasando su argolla matrimonial del dedo anular al medio y después al índice, donde le quedaba apretada.

Temprano en la mañana. A una reunión en la cooperativa, dijo ella.

María Inés dejó su maleta y su bolso hippie en el cuarto. Clarice se fijó cómo estaba llena de anillos y collares y pulseras. Después las dos fueron juntas a la cocina, a terminar las galletitas rellenas. Y a beber un poco de guaraná.

Otacilia estaba despierta cuando, media hora después, la puerta de su cuarto se abrió casi sin hacer ruido y sus hijas entraron, silenciosas como hadas. Ya eran más de las tres y la tarde de octubre estaba resfriada, entrecortada por suaves y monótonos periodos de lluvia fina. Del lado de afuera de su ventana cerrada, las semillas se abrían paso y los brotes crecían ferozmente y mariposas multicolores morían y eran cargadas por hormigas.

El cuarto olía a té de menta. Otacilia estaba sólo esperando, los ojos abiertos (aguamarinas azules de brillo devastador, medio febril) fijos en el techo arrugado. Las hijas no vieron cuando la consciencia de ella saltó ligeramente del cuerpo y fue a posarse en el techo, dejándola cruda y simple como un recién nacido. Después regresó.

El proceso estaba en plena deflagración. La batalla final de esa larga guerra silenciosa.

María Inés tomó las manos de Otacilia entre las suyas y vio la sombra de la muerte posada como un beso amoroso sobre la piel donde ya había algunas manchas seniles. Otacilia tenía cincuenta y seis años de edad que parecían estar allí multiplicados por alguna matemática perversa.

Detrás de la cama matrimonial de jacaranda maciza colgaba un crucifijo de madera. Y una pintura al óleo donde se veía un niño y un perrito. Una cuija vivía allí atrás y, durante la noche, ajena a todo lo demás, devoraba mosquitos y otros insectos pequeños.

Otacilia dijo que le gustaría darse un baño y arreglarse un poco. Como un condenado que tiene derecho a escoger el menú de su última cena y pide un montón de manjares y vino de buena calidad y café recién colado y licor importado. María Inés y Clarice la ayudaron a caminar hasta el baño y a desvestirse. Su cuerpo estaba tan delgado, los músculos medio atrofiados debido al poco uso: los senos heredados por María Inés (no por Clarice). Otacilia no tenía cicatrices de cesáreas, de apendicitis o de desesperación (en las muñecas, con cuchillo Olfa). Pero tenía varias lesiones en la piel que María Inés le notó con espanto.

Se sentaron en el banco de plástico que ahora estaba bajo la ducha. Otacilia no podía darse el baño sola, ni estar mucho tiempo de pie. Cuando el agua buena, tibia, descendió sobre sus cabellos grises y finos, Otacilia huyó de sí misma por segunda vez. Esta vez duró más y creyó firmemente que estaba en San Lorenzo. Donde había pasado su luna de miel. Una época en que aún creía en muchas cosas, incluso en sí misma. Y sonrió con una sonrisa feliz (vino de buena calidad, café recién molido).

María Inés y Clarice no se miraron mientras enjabonaban a Otacilia y lavaban su cabello con champú. Pero intercambiaron frases falsas.

Apuesto a que esas galletas quedaron deliciosas.

Es una receta muy buena. La aprendí con la tía abuela Berenice, cuando viví con ella.

Ah.

Creo que voy a preparar té. O un chocolate caliente. ¿Qué te parece?

Estupendo. Vamos a preparar una merienda de esas de hacienda de lujo. Voy a hacer jugo y pan de minuto.

Clarice comenzó entonces a enumerar: tenemos miel, tenemos jalea de guayaba, tenemos mantequilla. Y galletitas rellenas, claro. Y pastelito *amor-en-pedazos* que Narcisa hizo ayer.

Vamos todas a sentarnos en la mesa.

Y a esperar a papá.

Y esperar a papá.

Felices.

Felices.

Perfumadas.

Perfumadas.

Peinadas.

Peinadas.

Parecían estar hablando como niñas. Pero eso no hacía ninguna diferencia, porque Otacilia no las escuchaba.

Algo muy secreto y malo pasó por el baño como un espíritu. Y dejó el baño, como el espíritu de un espíritu.

No era un auto importado el que traía a María Inés y a Eduarda. Pero tenía aire acondicionado. Sin *air-bags* o comandos electrónicos. Con un *CD player* donde María Inés podía escuchar a Bernardo Aguas cantando Monteverdi, o la banda sonora de *Mente indomable* que había tomado prestada de Eduarda.

Habían subido la sierra y llegado a Friburgo con los oídos tapados. María Inés le enseñó una vez más a su hija la maniobra destapa-oídos: te aprietas la nariz y soplas con fuerza.

Eduarda obedeció y una vez más se frustró: no funciona, eso sólo hace que se me tape más el oído.

Ahora traga.

Eduarda tragó una vez, dos. No sirve de nada, es mejor bostezar. Y bostezó varias veces. El oído izquierdo se destapó, pero el derecho le siguió molestando.

Conversaron poco durante el resto del viaje. El auto trepidó sobre los muchos lomos de burro que había a la salida de Friburgo. A la izquierda, en el acotamiento, en las márgenes del río que por allí pasaba menguado y sucio, había camiones estacionados vendiendo sandías, naranjas y mandarinas. A la derecha había mueblerías. Llanteras feas y oscuras. Panaderías. Una construcción inmensa y moderna que no estaba allí cuando, diez años antes, María Inés recorriera ese camino por última vez.

Después de Friburgo un poco de aire fresco de la sierra fue quedando atrás. Pero María Inés y Eduarda no lo podrían saber, el aire acondicionado estaba funcionando bien. El auto era una burbuja móvil proveniente del clima europeo circulando por el interior del estado de Río de Janeiro en pleno verano.

El oído de Eduarda se destapó de pronto, como un chasquido.

¡Ay, por fin!

Y ella se retrajo una vez más. Para inventar o recordar un sueño. Para intentar unificar al mundo. Para querer, tal vez, que las cosas fueran radicalmente diferentes. Para sentir en la boca el sabor de la sandía, la mandarina y la naranja que no se había comido. Para escuchar la música que sonaba y recordar la película que le había gustado. Para ser íntimamente Eduarda, sin culpa por ser Eduarda, vida pequeña y móvil. Y alimentar una sospecha que palpitaba en su cuerpo. Que aumentaba. Dejándola casi nerviosa, como si tuviera que leer un escrito en voz alta.

Otacilia merendó con sus dos hijas.

Le dio las buenas tardes al marido, cuando llegó, y le preguntó cómo había estado la reunión en la cooperativa, pero cuando él terminó de responder ya no se acordaba de lo que le había preguntado.

Se colocó dos gotas de su precioso Chanel Número 5, una detrás de cada oreja, antes de acostarse a descansar de nuevo.

Cuando esa tranquilidad inédita penetró en el cuarto, semi iluminado por una lámpara blanca, supo que se estaba muriendo.

Escuchó las voces de sus hijas conversando en el cuarto de al lado, el cuarto de María Inés. Después escuchó un poco menos, y sintió un vértigo que la hizo pensar en un barco en alta mar en medio de una tempestad. Después el vértigo también pasó, y abrió los ojos, y sonrió porque, en verdad, todo era tan sencillo.

Hora extra

Para los funerales de Otacilia, su tía Berenice llegó corriendo de Río de Janeiro, sintiéndose incómoda por ese desaguisado: la sobrina que se muere antes que la tía. Era extraño cuando las generaciones subvertían el tiempo de esa forma, desordenándolo. Y eso podía suceder de tan diversas formas.

Fue sólo después del entierro que María Inés llamó a Tomás y le avisó mi madre murió.

Él protestó. ¡Debiste haberme avisado *ayer*! Habría ido hasta allá.

Pero ella lo interrumpió y le dijo que no hacía falta.

No hacía falta. João Miguel estaba allí. El primo en segundo grado y ojos rojos sinceros. Con flores pero, por las circunstancias, sin chocolates.

En el pequeño cementerio de Jabuticabais, Alfonso Olimpio vio al mundo rodando sobre su cabeza. Dentro de su cabeza. Había ojeras profundas en la piel morena del rostro y dos surcos bordeándole la boca. Estaba despeinado. El traje oscuro le quedaba mal, aunque en otras ocasiones le quedara tan bien, su traje de fino paño inglés hecho a la medida. María Inés estaba de pie a su lado como un desafío. No lloraba. Clarice lloraba mucho en brazos de Ilton Xavier, un poco apartada.

Él. Alfonso Olimpio, el marido, el viudo. El padre.

Había bebido, María Inés lo sabía y Clarice también. Él, Alfonso Olimpio, que un día había sido amado con sinceridad. Y ahora estaba al lado de sus hijas enemigas. Enterrando a la esposa enemiga.

Cuando volvió a casa al terminar la tarde, conduciendo su Rural Willys tan bien conservada, notó que el cielo sangraba. Había un rosario de madera descolgado en el retrovisor y el pequeño crucifijo saltaba al vaivén de las oscilaciones de la tierra. Sujeto al humor de los hoyos, de los surcos excavados por la lluvia, de las piedras y los pedruscos.

La llave giró en la cerradura con intimidad, después de tantos años de un matrimonio sin perturbaciones. Dentro de la casa, sin embargo, había un inquilino nuevo: ese silencio insomne que llegó con su equipaje, sin pedir permiso, y se instaló para quedarse.

Alfonso Olimpio penetró en el purgatorio. Visitó cada una de las cómodas, lobo desconfiado que busca trampas. Aguzó el olfato y sintió el olor del perfume de Otacilia, que por largo tiempo la sobreviviría. No encendió las luces, fue hasta el baño y orinó y se lavó las manos y el rostro en la penumbra. Se estaba sintiendo como un desierto cuyo suelo arenoso y blanco es aplanado por el viento. Estéril, uniformemente vacío. En el gran armario de las copas (madera pintada de azul con flores subiendo por las laterales de los cristales y enroscándose en los pomos de las gavetas), agarró un vaso. Después fue a la vitrina de la sala, donde guardaba, bajo llave, algunas botellas de bebidas fuertes.

Tenía whisky, allí. Y aguardiente. El mejor aguardiente artesanal de Minas Gerais. Traído de Barbacena. Llenó el vaso y se preparó para enfrentar la noche.

Tuvo la impresión de que otro, que no era él, un doble, se sentó a la mesa para cenar la sopa de legumbres preparada por Narcisa, donde picó queso amarillo y que comió intercalando cucharadas con pedazos de pan y mantequilla. Y tragos de aguardiente. Narcisa vio que él bebía, él no se molestó.

Él nunca se molestaba. Y si ahora estaba miserable y desierto, era simplemente porque las cosas no estaban como habían estado diez, doce años antes. Otacilia había sido su enemiga y cómplice. Diez, doce años antes, Alfonso Olimpio era feliz y casi joven; sabía cómo curar eso que la edad comenzaba a imponer. Sabía cómo ir a buscar la juventud en la mismísima fuente.

Al mismo tiempo, creía que *podía haberse molestado*. Si Otacilia, cómplice y enemiga, hubiese hecho lo que le correspondía hacer y que prefirió guardar como un as bajo la manga podrido en el corazón.

Todo comenzaba en Otacilia y todo desembocaba en ella. Ella era la crítica muda y la odiosa convivencia. La mano que no agrede ni acaricia, sino que sólo reposa inerte sobre el tiempo y existe de forma tan indispensable como incómoda. Otacilia era la vida y la muerte. El permiso y la negativa. Y las palabras que habían intercambiado durante veintiocho años en común estaban respirando en la sala, entumecidas, silenciosas, imposibles, invertidas, dispuestas a sobrevivir para siempre.

Las mismas palabras que Clarice tendría la impresión de casi poder oír, después de todo.

El recuerdo de Otacilia terminó siendo, para Alfonso Olimpio, una versión más amarga y más viva de la propia Otacilia. Un perro medio muerto de hambre que se sentaba al pie de la mesa y, con dos ojos indescifrables (aguamarinas azules), lo obligaba a enfrentarse a sí mismo.

La comida le caía mal en el estómago, pero comía de todas maneras. Porque no había otra opción. Las opciones estaban todas flotando en el pasado. Si mirara sobre los hombres todavía podría verlas alejándose, de espaldas, ya medio inmersas en la sombra.

Una idea le vino a la mente, de pronto, y la pronunció en voz alta:

¿En qué plano de la existencia quedan las cosas que *no* hicimos? ¿Que *podríamos haber hecho, pero no hicimos*?

Observaba el rostro de todas esas cosas. Pero no tenía la seguridad de amarlas. Eran como un hijo desconocido que un día aparece, con veinte años de edad, barba en el rostro y tarjeta de identidad en el bolsillo.

No había remordimientos en Alfonso Olimpio, así como no había una convicción sustentable acerca de la forma en que había actuado. Ahora, ese silencio penetraba por sus oídos y le comprimía el cerebro, y cada vez más las palabras se le escapaban. Se sirvió un poco de dulce de calabaza, pero lo dejó sin tocar en el plato para postres. Tomó un sorbo frío de café. Y se fue a sentar en la baranda, con el vaso de licor en la mano. El cielo ya no sangraba, pero la opacidad de la noche sin estrellas hacía pensar en sangre coagulada.

Súbitamente, comprendió. Un respingo de miedo le recorrió el cuerpo. Sí había un plano de la existencia donde quedaban depositadas (como dinero en una cuenta bancaria) las cosas que no había hecho. Que podría haber hecho. Que debería haber hecho. Y en su memoria se produjo la visión de una niña de doce años cuyos senos comenzaban a despuntar como dos pequeñas peras bajo la delicada blusa tejida de algodón.

Después de los funerales de Otacilia y de la secreta llamada a Tomás, María Inés le pidió a João Miguel que la llevara en su auto.

No voy a casa ahora. No sé adónde voy, dijo ella. Y agregó, sin amargura, neutral como un trago de agua: ni sé dónde es mi casa. ¿Es la casa de la tía abuela Berenice, en Río? ¿Es la casa de mi padre, en la hacienda? ¿Es la casa de mi hermana, con su marido y su suegro y suegra?

Cruzaron la pequeña Jabuticabais de punta a punta en pocos minutos y huyeron de la ciudad por la puerta de atrás. Los ojos de María Inés estaban secos y João Miguel no comprendía por qué.

João Miguel no lo sabía.

¿Adónde quieres ir?

No lo sé. Pero después se acordó de que a unos diez kilómetros de ahí había una entrada a la derecha y dijo ve para allá.

Su primo segundo y futuro marido obedeció.

Ella preguntó en seguida, casi casual: ¿Y tu padre?

Viajando. Haciendo negocios.

Como siempre.

Como casi siempre.

¿Cuándo vuelve?

No sé. Dentro de una semana, diez días.

Ella miró a la entrada distorsionada por la caída del sol. Pensó en Alfonso Olimpio y una bola de fuego le corrió por la garganta y le quemó el estómago.

El auto viró a la derecha en el lugar indicado.

¿Y ahora?, preguntó João Miguel.

Cerca de aquí hay un puente. Justo después del puente, el río se abre en un pequeño lago muy bonito.

No era tan bonito. Hacía años que ella no visitaba ese lugar, su infancia lo había registrado como paradisíaco pero ahora podía comprobar que no era nada especial. Dejaron el auto estacionado junto a un bosque de bambúes y siguieron a pie por un pequeño camino descendente e incómodo. A la distancia, los bambúes oscurecidos parecían enormes insectos peludos. Arañas cangrejeras gigantes. João Miguel se resbaló, cayó sentado, a María Inés le pareció gracioso. Se le ensució el pantalón por la parte de atrás. Después llegaron a la margen del lago de agua color melado, barrosa, quemada por el caer de la tarde.

Los sapos martillo martillaban por todas partes y un grupo de patos se reunía en la orilla, a algunos metros de ahí. Había libélulas zumbando sobre la superficie y el canto de los pájaros nocturnos se mezclaba al de algunos pájaros diurnos tardíos que probablemente estaban cumpliendo una jornada nocturna. Horas extra.

María Inés dijo hubo un tiempo en que me gustaba agarrar sapos para asustarte.

Escarabajos también, agregó João Miguel, pero no sonreían como dos jóvenes adultos que recuerdan cariñosamente las bromas de la infancia.

Dos adultos jóvenes. Tenían casi la misma edad. Él acababa de cumplir veintidós. Ella cumpliría veintiuno dentro de poco. Dos adultos jóvenes.

Con jóvenes posibilidades adultas multiplicándose en sus dos adultos corazones jóvenes. Como el beso que no tomó a João Miguel por sorpresa. Y las subsecuentes caricias que no tomaron a María Inés por sorpresa.

Estaban sentados en una piedra baja entre un grupo de piedras más altas. Un árbol de mango inmenso se recortaba contra el cielo. Volaban murciélagos de un árbol a otro, amigables, delicados, como impresiones no muy profundas o definitivas acerca de un lugar o de alguien. María Inés pensó en Tomás y en el apartamento desarreglado oliendo a tinta e imaginó que tal vez fuera esa una de las adultas posibilidades jóvenes de libertad. El amor. ¿Cuando quisiera y con quien quisiera?

João Miguel no le preguntó quién había sido su primer hombre. Ni cuántos hombres había tenido. María Inés ya (aún) era una mujer de veintiún años casi cumplidos, y no sabía exactamente qué posición tomar ante aquello: si de temor o de respeto, si de admiración o duda o simplemente amor. Según avanzaba, se iba dando cuenta de que el cuerpo de ella no era en absoluto ignorante. Los celos que entraron en él como un espíritu sufrieron mutaciones mientras migraban por su torrente sanguíneo y le llegaron al corazón como un sentimiento un poco más confuso que los celos. Un poco más posesivo, tal vez un poco más destructivo. Pero no habría cómo saber eso, por el momento.

Allí podrían tal vez haberlo previsto todo. Venecia. Florian. Bernardo Aguas. Eduarda. El apartamento blanco en el Alto Leblon. El profesor de tenis. Las noches de Navidad. La profusión de mármoles. Pero eran solamente adultos jóvenes más jóvenes que adultos.

María Inés no había planeado eso. Y João Miguel creyó, equivocadamente, que ese atardecer en que hicieron el amor sobre una piedra incómoda a la orilla de un lago color miel se debía apenas a alguna confusión emocional de ella, causada por la muerte de su madre.

La muerte de Otacilia no le causaba confusión emocional a María Inés. Otras cosas sí. Otras cosas peores que la muerte.

María Inés estaba experimentando la libertad. Sin saber que la libertad no era exactamente aquello. Se quedó acostada sobre el pecho de João Miguel, que tenía músculos y vellos, al contrario del pecho de Tomás. Guardaron silencio y esperaron a que las primeras estrellas aparecieran, pero no aparecieron porque las nubes se estaban reuniendo y poniéndose más espesas. María Inés creyó que el cielo opaco parecía una herida gigantesca. De pronto João Miguel le hizo la pregunta más improbable, quiso saber si había *sido bueno para ella*, esa pregunta que nunca había salido de la boca de Tomás porque Tomás prefería *sentir* si había *sido bueno para ella*, y cuando por casualidad creyera que no, tomar medidas con la meticulosidad de un artesano, con la pasión integral de un poeta. María Inés no quiso responder porque ella misma no lo sabía. Tal vez sí, tal vez hubiera *sido bueno. Diferente*, pensó. Pero él era otro hombre. No dijo nada y sólo le dio una sonrisa un poco confusa y dos besos a João Miguel: uno sobre el ojo izquierdo. Otro sobre el ojo derecho.

Sólo volverían a encontrarse de esa manera dentro de un año, porque el padre de él, que comenzaba a merecer dicho epíteto, *vecchio*, quiso enviarlo a una temporada más larga en Italia. Estudios de postgrado. Ese beso doble, sin embargo (ojo izquierdo, ojo derecho) contenía más promesas de lo que podría parecer.

Estaban inconscientemente comprometidos. *I promessi sposi.*

Cuando María Inés finalmente llegó a casa (no era su casa) el reloj de pared marcaba las nueve con diez minutos. No había ninguna luz encendida. Alfonso Olimpio estaba en el cuarto, despierto y borracho, y desde allá escuchó los pasos de ella (la mayor enemiga) resonando por la casa como una amenaza.

Los pasos de María Inés hacían ruido, ahora. Era a propósito. Sin embargo, ya no había más semillas de ciprés para recoger.

La mañana siguiente se las arregló para partir incluso antes de salir del cuarto para ir al baño a lavarse. Llegó al comedor con su bolso de viaje en bandolera, pero no encontró a Alfonso Olimpio.

Narcisa avisó, mientras servía pan y leche caliente: su padre me pidió que le dijera que salió temprano. Fue a ver algo de las vacas.

Después salió, restregándose los ojos que aún estaban llorosos debido a la muerte de su patrona.

María Inés tomó el pan y recordó que, en una época en que el buen humor era cotidiano y fácil, le gustaba llamar *pan diminuto* al pan de minuto. Se subrayó a sí misma el hecho de encontrarse sola. Rara vez se había quedado sola en esa casa. Le habría gustado encontrarse con João Miguel, conversar en silencio mirando la abeja que había entrado por la ventana y ejecutaba una lenta danza aérea sobre la mesa colorida y perfumada. Escuchar al bienteveo y al zorzal colorado que se ocupaban de cuestiones específicas de sus vidas e ignoraban completamente el drama que se desarrollaba allí. João Miguel, sin embargo, se había marchado la víspera. Al volante de su auto, con la carretera nocturna contorsionándose ante sus ojos y el olor de una prima segunda revolviéndosele en las manos como un pequeño pájaro manso. Se estacionó durante diez minutos frente a una cierta Parada Predilecta medio anestesiado por la noche para beber café cargado. Por precaución. No tenía sueño y continuó así al llegar a Río de Janeiro, a la una y media de la madrugada.

La abeja examinó la mesa con aparente meticulosidad, pero terminó encontrando su camino lejos de allí. Hacía sol en el jardín, a pesar de las nubes de la víspera, y afuera las cosas parecían más invitadoras. El ipê violeta salpicaba el suelo con parches irregulares de sombras. Insectos rebanaban el aire velozmente, zumbando con su timbre de bajo barítono. Había flores amoratadas y blancas en el jazmín y otras de un rosado vibrante en el huerto trasero de verdolaga que había brotado, crecido y se esparcía por cuenta propia, flores delicadas que se abrían por la mañana y morían con la tarde. Había flores breves también en el hibisco, pero éstas eran enormes y anaranjadas, con el centro oscuro. María Inés salió de casa con su bolso de viaje y los cabellos gruesos (de una chica de Whistler) amarrados en una cola de caballo con un pañuelo lila. Los avispones construían meticulosamente una casa nueva bajo el tejado de la baranda, tarde o temprano Narcisa destruiría su trabajo con un cirio de fuego como hiciera todas las otras veces, y carbonizaría sus huevos y larvas.

María Inés se sentó en el suelo de la baranda, con la espalda apoyada en la pared. Sacó de su bolso de viaje un cuaderno de notas y un lápiz para escribir la nota. *Papá, me marcho.* Le habría encantado agregar cosas como *si necesitas cualquier cosa llámame o escríbeme, regreso pronto, cuídate, besos de tu hija que tanto te ama.* Una nota de una hija para su padre.

No agregó nada y no firmó la nota, la dejó en la mesa de centro de la sala bajo un vaso de cristal. Y vio al taxi que había contratado la víspera cruzar el lomo de burro, agitándose ligeramente. Se despidió de Narcisa con un abrazo que no pedía ni ofrecía consuelo, un corto abrazo de despedida sin significados ulteriores.

Hazme un favor, Narcisa. Ve a la casa de Clarice. Dile que tuve que salir temprano y que le escribo tan pronto pueda.

Y se subió al auto y cerró la puerta y no miró hacia atrás. No vio la silueta de su padre en la distancia. No vio una alfombra de rojas rosas vivas tirada en la carretera. Creyó firmemente que nunca más volvería a poner los pies ahí.

Tal vez eso pudo haber sucedido, de no ser por Clarice.

Si no fuera por Clarice. La inexistencia de Clarice habría hecho una diferencia significativa en sus vidas, María Inés, Otacilia, Alfonso Olimpio. Y, sin embargo, ella existía como siempre había existido, inofensiva, pequeña, obediente, hablando bajo. Peinada y muy bien arreglada. María Inés sabía que amaba a Clarice. No tenía dudas. Pero a veces ese amor se volvía agresivo y se desdoblaba en la posibilidad de los ojos encendidos, por tantos motivos. Porque María Inés había perdido su infancia demasiado pronto. Porque Clarice sufría. Y por esa paradoja: si Clarice no existiera, Clarice no sufriría.

María Inés pensó en su hermana en su habitación de casada, peinándose el pelo frente al tocador y poniéndose medias limpias, sentada en el borde de la cama. Pensó en Ilton Xavier silbando mientras se afeitaba, en calzoncillos. Pensó en los padres de él rezando en la mesa antes de cada comida y en Clarice obediente haciendo la señal de la cruz, amén, antes de desdoblar cuidadosamente la servilleta de tela. Pensó en su madre que ahora habitaba en el cementerio de Jabuticabais y cuya existencia cumpliría ese arco predestinado, de la nada a la nada, y solamente durante un pequeño periodo se hacía realidad en la figura de ella, Otacilia. La madre que repartió muy pocos abrazos, muy pocas palabras y sobre todo menos gestos.

Entonces María Inés lloró, y el chofer del taxi vio que lloraba por el espejo retrovisor de su Variant viejo. Sintió pena y quiso ayudarla y la ayuda que encontró fue ofrecerle un dulce de menta envuelto en un papel verde y plateado.

María Inés viajó incómodamente durante horas. El asfalto de la carretera estaba roto como un pedazo de paño muy usado y el autobús que la condujo de Jabuticabais a Friburgo olía mal, olía a mantequilla rancia y pelo de perro. De Friburgo a Río las cosas mejoraron un poco. No mucho. Cuando la sierra terminó y comenzó la bajada, inmediatamente la temperatura subió. Por las ventanas abiertas del autobús le llegaba el ruido del motor, incómodo, monótono, mareante.

La butaca vecina a la suya estaba vacía. En el asiento de al lado, separado por el pasillo estrecho, una joven madre amamantaba a su bebé, que estaba todo envuelto en una manta amarilla. Una manita muy pequeña huía de la manta y agarraba el dedo de la madre mientras los ojos bien abiertos recibían al mundo que tal vez aún no lograban observar bien.

Ese mundo.

El motor del autobús roncaba. María Inés se agarró a su bolso de viaje como si tuviera miedo. Sintió olor de humo. Cerró los ojos y entró en un estado confuso de semisueño del cual sólo salió cuando el autobús ya llegaba al puente Río-Niteroi. Vio el morro del Corcovado a la distancia, y el Cristo allá arriba, con los brazos abiertos. Volvía a la ciudad, a una casa (otra) que no era la suya, a un novio de quien no estaba enamorada y a los difíciles exámenes de final del segundo año de la Facultad de Medicina.

Todo estaba casi igual. Esa era la comprobación más dolorosa.

En el sucio baño de la estación de Río de Janeiro alguien había escrito sobre una puerta, con bolígrafo: *Sólo Jesucristo Salva.*

Los ojos transparentes de Tomás se fijaron en ese punto en que los árboles de lo alto del cerro son silueteados contra el azul del cielo. Se quedaron abiertos durante un tiempo considerable y Tomás sólo pudo cerrarlos cuando las lágrimas comenzaban a desbordar. Pestañeó y las lágrimas desbordantes se convirtieron en dos riachuelos gemelos en su rostro, que secó con el dorso de la mano derecha.

Caminaba por el camino que había sido el camino de la infancia de María Inés. Debía haber algún significado en eso.

Para ser obvio: debía haber un significado en todo.

Tomás conocía la historia. Él *sabía*. Miró hacia atrás, en dirección a la casa de Clarice, y vio la cantera levantándose a lo lejos. Muy alta.

Una cantera prohibida sobrevolada por mariposas. Que tuvo una participación involuntaria en el desarrollo de los hechos y continuaba mansa en su existencia de piedra, en su respiración tibia de piedra, con sus pensamientos suaves de piedra. Los lagartos seguían paseando por su piel y las mariposas continuaban sobrevolándola.

Tomás nunca había tenido interés o disposición para subir al cerro alto y cruzar el pasto siempre infestado de moscardones, para trasponer el pequeño bosque y llegar a la cantera. Tomás nunca había visto el mundo desde allá arriba, el río como una estría dorada y los animales en el pasto como juguetes, no había visto la Hacienda de los Ipês sollozando en el abandono. Esas cosas sólo las conocía por los viejos cuentos de María Inés.

Y ahora ya no le interesaban. A lo largo de los años había aprendido las ventajas de llevar consigo pocas cosas. Necesitaba ejercitarse intentando a cualquier costo dejar fuera de su vida aquello que no le parecía indispensable. La historia con María Inés, por ejemplo.

Encendió un cigarrillo.

Estaba claro que no siempre había sido así, estaba claro que antes él era mucho menos sabio. Y considerablemente más terco. Pero ahora tenía la sensación de que los días que recorría no le depararían sorpresas, si se mantenía alerta. Vigilante.

Ninguna sorpresa. Ni siquiera el auto desconocido que se venía acercando ante sus ojos, a baja velocidad, oscilando sobre la carretera de tierra como una bailarina medio borracha. Ni siquiera el momento en que el auto se detuvo a su lado sin apagar el motor y pudo ver detrás de la ventanilla que bajaban esas dos mujeres, una muy joven, la otra ya no más. Una con ojos transparentes. La otra aún tan parecida a un cuadro de Whistler, a pesar de su pelo corto y el disfraz de los lentes oscuros.

Un fabuloso anillo comprado en Venecia

Mirando por la ventana del apartamento Tomás podía ver el mar, a la izquierda, y en el mar un barco se movía imperceptiblemente. Era probable que fuese, al contrario, muy veloz: volviendo a mirarlo minutos después, era obvio que se desplazaba, y aquello que le parecía a Tomás un espacio mínimo debía corresponder a un buen pedazo de mar. Se imaginó las máquinas del barco en funcionamiento, todas aquellas máquinas de dimensiones enormes operadas por muchos hombres y el agua desplazándose bajo el cuerpo macizo del barco y le pareció curioso que a la distancia todo aquello pareciese inmóvil.

Aquel fue un año que marcó tantas cosas. En la ventana del apartamento en la Calle Almirante Tamandaré, Tomás era ahora un hombre de veinticinco años sintiéndose medio roído por las dudas que sus padres no le habían enseñado cómo resolver porque estaban muy ocupados haciendo política. Tal vez también por eso Tomás sintiese algún celo de aquella colectividad que clasificaba como inviable.

Inviable, es posible, le dijo su padre cierta vez, pero completó: así mismo precisamos luchar. Para que sea más digna, aunque tal vez, en último análisis, inviable.

Tomás, un joven confuso. Decepcionado con la dificultad de crear una realidad (en su propia piel, más allá de ella) de hechos simples.

Decepcionado con la sinuosidad de la vida y con la forma como ella parecía siempre subrayarse con negativas, y tantas veces ser una paradoja o una inversión de sí misma.

Sentía sus cuadros marchitos como las frutas que olvidaba por mucho tiempo dentro del refrigerador. Y en cuanto a ella, María Inés, amor y musa, Tomás temía haberla perdido, sin querer reconocer el hecho de que en verdad nunca la tuvo. Pero perseveraba.

Ahora daba vueltas a temas religiosos, y su estilo ganaba un acento barroco. Pintó una enorme madona en colores vivos y muchas pinceladas que agradó a un marchante y el marchante puso el cuadro en la galería y lo vendió bien. Pero María Inés no estaba ya con tanta frecuencia a su lado para compartir ni esas pequeñas glorias.

Perdí a mi musa, les escribió a sus padres aquella tarde en que el barco cruzaba imperceptible el pedacito de mar visible desde su ventana. *Espero que sólo sea transitorio.*

No lo era.

María Inés estaba enrollada en sí misma. Generando otra María Inés. Que le serviría de máscara durante las décadas futuras y encubriría las imperfecciones de la María Inés anterior.

En el edificio *art-déco*, ella estaba escribiendo una carta a Italia en el exacto instante en que Tomás escribía a Chile. Una carta acolchonada de enero, caliente, en que se oía el zumbido constante de las cigarras. Los gatos de la tía abuela Berenice se desparramaban por el apartamento como estatuas *kitsch*. La tía abuela bebía té negro y comía tostadas y miraba la televisión.

Aquel año que marcó tantas cosas los mantuvo a todos un poco alejados, al principio: Clarice estaba en la hacienda, ocupada con su matrimonio que estaba destinado al fracaso. João Miguel viajaba y estudiaba y comenzaba a alimentar la idea de comprar cierto anillo para una cierta prima segunda y proponerle el noviazgo que él no sabía si estaba sellado. Alfonso Olimpio contaba sus minutos, contaba los granos que caían del reloj de arena, y bebía su soledad. Las flores del cementerio de Jabuticabais morían y nacían como siempre lo habían hecho, desde mucho antes de aquella nueva lápida en que aquel nuevo nombre, Otacilia, se inscribía.

Tal vez fuesen todos equivalentes de los ingredientes de una tarta. De bizcochos casaditos. *3 tazas de harina de trigo. 2 tazas de azúcar. 6 yemas. 3 claras. 1 cuchara (té) de levadura.* Tal vez todos fuesen marionetas inconscientes de sí mismos. Máscaras que escondían sus propios rostros. Experiencias, ratones de laboratorio en las manos de un Dios tan inventivo como cruel, tan curioso como sádico. O tal vez no fuesen ninguna cosa y tuviesen la importancia histórica de hormigas que mueren ahogadas en un charco de lluvia. Flores que se abren a las once y se secan junto con la tarde.

Tal vez nada huviese tenido y nada viniese a tener importancia real. Y la historia que los englobaba fuese un pequeño trazo en la pared, una raya hecha con crayón por un niño travieso. No obstante, había una cosa insoportablemente grande en todo aquello.

Cuando João Miguel volvió de Italia al inicio de agosto de aquel mismo año que marcó tantas cosas, traía en el equipaje un anillo para María Inés. Fue en la hacienda que se reencontraron, pero no en la casa del padre de ella. María Inés se estaba hospedando con Clarice. Alfonso Olimpio estaba muerto y su funeral había ocurrido mes y medio antes.

Lo siento tanto, María Inés. Él la abrazó y sintió rabia contra sí mismo porque cuando pasó las manos por la espalda de ella y notó que no usaba sostén, un fósforo se raspó en medio de su cuerpo. No era hora para aquello.

Fue tan rápido, dijo él, con voz de pésame. Quiero decir, entre tu madre y él. Menos de un año.

Él estaba bebiendo demasiado, dijo ella.

Era todo lo que estaba dispuesta a revelarle a João Miguel.

Porque era a él a quien escogería, al final, y no estaba dispuesta a pasar el resto de sus días mirándose en un espejo inclemente que la desnudase. Que le hiciese recordar quién era.

El anillo había sido comprado en Venecia. La Venecia donde había un cierto Café Florian. De Proust, Casanova, Wagner y un bello joven llamado Paolo. *Sentado-de pie en un banco de piedra-de palo.* Era caro como eran todas las cosas en Venecia. Estaba guardado en la maleta de viaje de João Miguel, en su limbo de terciopelo azul oscuro, esperando el *sí* de María Inés. Soñando con el dedo anular de la mano derecha de ella.

Yo supongo que nadie lo esperaba, dijo él.

Yo lo esperaba, sí, lo interrumpió María Inés. No sabes cómo estaba. Acabado. Un borracho.

No deberías estar hablando así de tu propio padre.

Ella no respondió.

João Miguel no notó que las palabras de María Inés no portaban rabia o pena, y decían apenas la verdad. Que el fuego de los ojos de ella estaba misteriosamente extinguido, pero que ahora la angustia palpitaba en algún punto de su alma, invisible, casi imperceptible.

Aquella angustia pronunciaría *sí* frente al bello anillo comprado en Venecia.

Estaban paseando por los jardines de la casa, del brazo. Como primos en segundo grado que nunca fueron amantes o como aquellos que lo son en secreto. Clarice estaba sentada en un banco frente a la pequeña fuente oval cuyo surtidor se encontraba temporalmente mudo. Sus espaldas curvadas dibujaban un arco perfecto dentro del viejo suéter de lana color vino. Ella miraba a sus pies.

No había y nunca habría afinidades entre ella y João Miguel. Así que él debería hablar claro y sacar alguna frase de su manual de etiqueta y pronunciarla con voz de pésame. Fue lo que hizo y ambos se olvidaron de actitudes o palabras ulteriores. Luego la mirada de ella y la mirada de María Inés se cruzaron en el aire como puntos de un bordado, temerosos. João Miguel no vio.

João Miguel no supuso, João Miguel no desconfió, no imaginó.

La mañana de invierno era de un azul tímido. No había nubes en el cielo, pero los trozos de sol que danzaban en el piso eran débiles, hacía frío. En la víspera, durante la madrugada, el termómetro que Ilton Xavier colocó afuera de la ventana registró cuatro grados. A los dedos flacos y pálidos de María Inés les gustaba el contacto del pulóver de João Miguel.

Vamos a dar una vuelta, le avisó ella a Clarice. ¿También vienes?

Ella hizo que no con una casi sonrisa. Y se quedó jugando a girar el anillo en el dedo entumecido por el frío.

María Inés y João Miguel dejaron el jardín por el pequeño portón lateral donde sólo pasaba una persona a la vez. Bajaron los cinco escalones de cemento hasta el caminito sinuoso bordeado por arbustos de cidrera que llevaba a la carretera principal. Siempre el mismo piso de tierra que amenazaba ensuciar los bellos zapatos italianos de João Miguel, lustrados, brillantes, reflejando la luz del día.

Tú volviste para quedarte, dijo ella en tono afirmativo, como si no tuviese ninguna duda.

Sí, volví.

No hablaron sobre aquella tarde a orillas de un lago color de melaza, desde la cual había pasado casi un año.

Tanta cosa ha sucedido, dijo João Miguel, vagamente, y María Inés estuvo de acuerdo sin que él pudiese saber cuánto le costaba tener que estar de acuerdo.

Pasaron por la tosca casita de madera suspendida del suelo por cuatro estacas, donde latones de leche vacíos esperaban ser cambiados, a la mañana siguiente, por latones de leche llenos que el camión de la cooperativa vendría a buscar. Vacas de ubres hinchadas rumiaban el pasto y se calentaban bajo el sol. Estaban inmóviles, excepto por las colas que ahuyentaban tábanos y moscardones.

Los insectos del invierno eran las garrapatas. João Miguel sabía que el pasto estaba lleno de ellas. Que el cidrero hervía con sus vidas pequeñas e impías.

Un niño de unos diez años pasó junto a ellos, usando botas de goma negras, short y un suéter muy viejo de lana azul claro deshilachado en la espalda y remendado con lana de otro color. La nariz le escurría y la limpió con la manga. El brazo derecho llevaba una azada apoyada en el hombro. Pasó, saludó.

Día.

Día, respondió María Inés. Y después le dijo al primo, sonriente, ahora sabes hablar bien el italiano.

Sí, sí lo sé.

Me parece tan lindo.

María Inés y João Miguel vieron un anu blanco levantar vuelo desde un arbusto.

Lo siguieron dos, tres, cinco pájaros. El anu siempre va en bandada.

El italiano bonito hablado por un italiano bonito en la ciudad más bonita del mundo. Venecia. Años más tarde.

Volvieron a casa poco antes de la hora del almuerzo y encontraron a Clarice en la cocina, ayudando a la suegra y a las empleadas. Rallando coco para el quindín. Estaban todas semienmudecidas, como si las palabras de cualquier clase pudiesen desacralizar aquel doble luto, la madre y el padre de las dos jóvenes en un intervalo de menos de un año, pobrecitas.

Menos de un año también sería el tiempo que Clarice precisaría para que los eventos fermentasen dentro de ella. Y se volviesen vino, vinagre, o simplemente una mezcla podrida que nadie notaría, como nadie de hecho acabó notando. En febrero siguiente cumpliría veintisiete años y de hecho casi nadie lo notaría: aún la misma joven dócil recatada sumisa educada pulida discreta adorable. Llegaría el momento en que no soportaría más y se rajaría como una represa defectuosa construida con material de segunda. Se descascararía como el yeso de una pared. Y se iría, abandonando a Ilton Xavier y a aquella parte de sí misma hasta entonces dispuesta a sobrevivir.

Aquel agosto enlutado, no obstante, aún era dócil recatada sumisa educada pulida discreta adorable. No bebía y no aspiraba cocaína. Apenas rallaba coco para el quindín. Un gato negro de cara y pecho blancos estaba sentado al lado del fogón y se lamía la pata derecha. Más tarde, aquel mismo día, llamó a su hermana y le pidió: María Inés, tal vez tú puedas resolverme el inventario. Tú y João Miguel, al fin que es abogado.

Claro, claro que sí, respondió María Inés.

Al final, João Miguel era abogado. Y acababa de pedirle matrimonio con un fabuloso anillo comprado en Venecia.

No fue María Inés quien le comunicó a Tomás la muerte de Alfonso Olimpio, sino la tía abuela Berenice, entre sollozos que le sacudían las mejillas y la blanda gordura de la papada. Él tomó un ómnibus y fue hasta Friburgo y de allí tomó otro ómnibus que lo llevó hasta Jabuticabais después de hacer escala en una decena de estaciones de ciudades pequeñas que no estaban en el mapa. En Jabuticabais tomó un taxi que lo llevó hasta la hacienda. Y durante el trayecto en la carretera imaginó que estaba trazando un paralelo de aquel día en que hizo el amor con María Inés por primera vez. Estaba entrando en caminos desconocidos. Estaba tratando de seducir otro cuerpo, un doble de María Inés, alguna cosa más íntima que piel y músculos. Alguna cosa más personal y frágil y atemorizante.

Los dominios de ella. El alma de ella.

En aquel instante sintió el malestar de los apasionados no correspondidos, y pudo (debió) mandar que el chofer diese media vuelta. Pudo (debió) hacer todo el recorrido de vuelta a Jabuticabais y a Friburgo y por fin a Río de Janeiro y al apartamento donde los lienzos lo esperaban. Resolvió continuar.

Durante el velorio conoció a Clarice. Estaba sentada sola en el último de los escalones que subían de la calle principal de Jabuticabais (la única calzada con paralelepípedos) hasta la puerta de la iglesia. Allá adentro, en la capilla, una pequeña multitud rodeaba el ataúd con el cuerpo de Alfonso Olimpio.

El ataúd estaba cerrado. No se veía nada. Ni las manos arrugadas. Ni el rostro sin expresión, ni el cráneo rajado que ya no sangraba, ni los hombros fracturados. Las personas eran obligadas a creer que había un difunto allí dentro. Y que el difunto *era* Alfonso Olimpio.

Los padres de Ilton Xavier, solidarios, le dieron dinero a la policía para que el cuerpo no tuviese que pasar por una autopsia. Que no tuviese que ser enviado a Friburgo, o tal vez hasta a Río de Janeiro. Pero esto era secreto. Un asunto *prohibido*.

Cuando Tomás vio a Clarice por primera vez, estaba sentada en el piso, al pie de la escalera de la iglesia. Usaba un vestido de vieja. Enteramente negro. Y zapatos negros de hebilla sin medias. El cabello negro estaba atado en un moño con horquillas negras. El rostro de ella, al contrario, estaba mortalmente pálido, de una palidez no uniforme que ostentaba sombras aquí y allí, casi como leves hematomas. No usaba anteojos oscuros, y por eso Tomás podía ver sus ojos. Estaban secos.

Como estaban también los ojos de María Inés: secos. Extrañamente secos, más secos que los ojos de las personas cuando están secos. Y la ausencia de lágrimas pesaba en aquellos ojos marejados de ausencia, marejados de silencio.

María Inés se aproximaba a su hermana cuando notó a Tomás subiendo la escalera, y apenas dijo tú aquí, en un tono que no era de alivio o de reprobación o de censura o de agradecimiento. Un tono de ausencia y silencio y ojos secos. Tomó la mano de Clarice, pero Clarice continuó sentada y sólo levantó el rostro para ver quién llegaba.

Tu tía abuela me avisó, explicó Tomás.

Durante un instante los tres se miraron y notaron muchas dudas en aquel corto mirar. Sólo habrían de reencontrarse así, los tres juntos, dos décadas después (mientras Eduarda dormía en el cuarto y soñaba un sueño en que sonaba *Miss Misery*, mientras João Miguel dormía en su asiento de clase ejecutiva a diez mil metros del piso).

Una garza pasó sobre ellos, en un vuelo bajo de alas largas y lentas. Después una lluvia finísima que más parecía hecha de polvo que de gotas llegó de todos lados.

Esta es Clarice, mi hermana, dijo María Inés. La voz baja, ronca, voz de contralto. Clarice, este es Tomás, de quien te hablé.

Entraron.

La capilla olía a rosas. El olor era intenso, presente, y hacía difícil respirar. Algún pariente leía una oración e inmediatamente después otro comenzó un discurso emocionado alabando las cualidades de Alfonso Olimpio. Buen marido, padre dedicado, dijo el hombre.

Enterraron a Alfonso Olimpio con Otacilia y más tarde decoraron la lápida con un retrato oval de los dos juntos.

Cuando yo muera, entiérrame lejos de aquí, le dijo María Inés a Tomás. Pero él no tuvo ni siquiera la momentánea ilusión de que ella planeaba para ellos una vida en común: casamiento, hijos, envejecer juntos, esas cosas. Eran sólo palabras secas como los ojos secos de ausencia y silencio.

Tomás estaba comenzando a tener una idea más realista de las cosas.

Una mujer que él amaba desesperadamente, dolorosamente. La reciprocidad era imposible, sin ningún motivo racional al cual se pudiese aferrar. María Inés, tal vez tú no me ames lo suficiente por a, b y c. Pero por d, e, f, y g *deberías* amarme.

Él retornó a Río aquella misma tarde. Le ofrecieron posada, pero no pensaba quedarse. Estaba entristecido, amargado, decepcionado. Y un poco asustado también.

Al volver al apartamento de la tía abuela Berenice, art-déco, en el barrio de Flamengo, bien cerca del mar, María Inés estaba usando un anillo de compromiso. Y buscó a Tomás para contarle. Llena de discúlpames. Llena de lo siento mucho.

Él se sentía pequeño, y dijo me imaginaba que eso iba a pasar. Después añadió, con un poco de autoconmiseración: hubo momentos en que creí que de hecho me querías.

Ella no respondió. Dijo algunas cosas vacías y apresuradas, lloró un poquito. Dijo que el destino era una cosa inexorable, explicó que conocía a João Miguel desde niña, pero le aseguró a Tomás que él, sí, había sido su primer hombre. Él comentó con tono amargo que, por lo visto, aquel dato no tenía tanta importancia. Ella fue al baño a sonarse la nariz y él fue detrás y se quedó apoyado en la puerta, de brazos cruzados, mirando.

¿Todo esto tiene algo que ver con la muerte de tus padres?, preguntó.

No, mintió ella.

Quiere decir entonces que te gusta ese primo.

Me gusta.

Lo amas.

Lo amo.

Te identificas con él.

Tal vez no en todo.

Tú y yo nos identificamos en muchas cosas.

Mira, Tomás, nos conocemos bien, lo suficiente para que adivine que las cosas no funcionarían, dijo ella y él pensó que aquella era una afirmación hueca. Una bobada.

La verdad era que Tomás estaba comenzando a enamorarse un poco de aquel sufrimiento, único desenlace posible para una pasión que era, como la suya, absoluta. La pasión de subir montañas para contemplar la finitud del mundo que no abarcaba, no podría abarcar, la finitud de un simple contacto: las puntas de sus dedos, la piel crispada de María Inés. La pasión de construir poemas que se adivinaban en todo, en los ómnibus sucios, en la basura desbordando de un cesto, en el grupo que jugaba al fútbol. Aquella pasión única a la que todo ser humano tiene derecho en su juventud y que está destinada al naufragio.

Una pasión muy joven. Que dividió la existencia de Tomás en dos mitades, en dos hemisferios. En dos periodos: uno *a. M.I.* y uno *d. M.I.*

Mientras ella decía bobadas para tratar de explicar aquella realidad tan simple, él dejó que sus pensamientos volasen y se imaginó cómo sería, por ejemplo, la noche siguiente. Definitivamente sin María Inés. Después de cinco años. Una primera noche en que él no encontraría alternativa a embriagarse. Y tal vez llamar por teléfono a sus padres o, mejor aún (peor aún), a alguna amiga disponible. Algún colega suyo había proferido aquella máxima ruda e irónica: para curar un amor platónico, nada mejor que una fornicada homérica. Tomás sonrió por dentro al pensar en eso. Su corazón se relajó un poco. Y aceptó.

Hilvanaron la conversación con falsas preocupaciones triviales. Ella dijo te deseo éxito en tu carrera. Y él dijo espero que seas feliz. El lugar común más lugar común que consiguió encontrar en su acervo. Luego ella añadió con cara de vamos a ser siempre amigos: invítame a tu exposición, ¿está bien? Él dijo que estaba bien, imitándola, un poco burlón: y tú me invitas a tu graduación, ¿está bien?

La graduación en que ella usaría un anillo de esmeralda legítima. Así como usaba ahora aquel fabuloso anillo comprado en Venecia por su primo segundo y futuro marido (en la alegría y en la tristeza, en la salud y en la enfermedad) João Miguel.

María Inés pidió un vaso de agua y acompañó a Tomás a la cocina. Bebió poco, ni la mitad. Y se quedó algún tiempo con el vaso en la mano derecha, a la altura del rostro, estudiando las fresitas pintadas en el vidrio. Ese gesto la dejó un poco bizca y Tomás lo notó con un cariño insoportable. Le agarró el corazón un dolor tan intenso que imaginó que podía estar teniendo un infarto. Descubrió que amaba a María Inés un poco como a una hija. Y tuvo miedo de que ella levantase vuelo y se perdiese.

Cuando volvían a la sala, ella aprovechó la proximidad de la puerta y se detuvo y dijo mira, ya me voy.

Tomás quedó inmóvil. Ella abrió la puerta. Anduvo tres pasos hasta el ascensor. Apretó el botón. Vio los números luminosos encendiéndose, 1, 2, 3, 4, 5, en el panel recién pulido. Dorado brillante oliendo a Brasso. Se imaginó al portero con la franelita amarilla trabajando allí, subido a una escalera. Después miró a Tomás, que aún estaba inmóvil, y abrió la puerta del ascensor (el tirador también era dorado brillante y olía a Brasso) y se fue, despidiéndose con una sonrisa demasiado artificial. Una sonrisa de chicle tutti fruti.

Tomás continuó inmóvil algún tiempo. Más de un minuto, más de dos minutos. Mirando al hall vacío y viendo los números luminosos encendiéndose y cargando a María Inés lejos. Al mundo. Al mar abierto. 5, 4, 3, 2, 1. En cuenta regresiva.

María Inés se fue, pero no definitivamente. Volvió tres meses después, y continuó volviendo a lo largo de los dos años siguientes. Una María Inés clandestina que más tarde habría de culparse y creer que el bello Paolo en Venecia era una especie de cambio. La señora María Inés Azzopardi.

Que aún se parecía a un cierto cuadro de Whistler, a pesar de todo.

El casamiento fue en diciembre, después de un noviazgo tan corto que duró apenas lo suficiente para el envío de las bellas invitaciones. Nombres en alto relieve. Y aquel anguloso *in memoriam* inscrito bajo el nombre de los padres de ella y también bajo el nombre de la madre de él. El *vecchio* Azzopardi era el único sobreviviente, en verdad el único con derecho a estar invitado para alguna cosa. Sabiendo eso, y sabiendo de quién se trataba, los invitados respondieron con regalos caros. Y con sus presencias.

María Inés y João Miguel. En la colina de la Gloria. Ella no tenía nada de la novia carnavalesca de Clarice. De la noche al día se volvió una mujer seria. Su vestido fue correctísimo, así como toda la ceremonia y la recepción que siguió. Nadie cantó *Ave María* de Gounod, sino que un clarinetista tocó, acompañado por el órgano, el *adagio* del concierto de Mozart —la mayor, KV 622—. Todos los presentes encontraron aquello conmovedor y alguno comentó que aquella era una de las primeras obras del compositor.

Para ayudarles en aquel inicio de vida, el *vecchio* Azzopardi les regaló un apartamento. No aún en el Alto Leblon, sino en Laranjeiras, calle General Glicério, frente a una respetable familia de árboles. Tres cuartos: uno para la pareja, otro para los futuros hijos y otro para las hijas. Les dio también pasajes aéreos para Nueva York, donde había un cuarto de hotel en Upper East Side reservado para ellos por una semana. Y les dio un puñado de dólares para que gastasen por allá, en los musicales, en las funciones de teatro, en los restaurantes, en las tiendas de la Fifth Avenue.

Después cerró las compuertas, porque creía que facilitar demasiado las cosas para los jóvenes podría estropearlos. Ablandar la porción de ellos que necesitaba alimentarse en el motor de las dificultades y de la lucha. Y le avisó a João Miguel que el despacho estaría esperándolo dos semanas después del casamiento. *Due settimane. Non dimenticare.*

La joven de Whistler volvió para Tomás durante una tarde húmeda que le ponía las manos y los pies descalzos fríos y pegajosos. Ahora había un anillo de bodas en la mano izquierda de María Inés. Y también un reloj nuevo.

Ella había abandonado definitivamente su personaje anterior. Ahora dirigía un apartamento en la calle General Glicério. Y conducía un automóvil. Aquella tarde en que volvió, Tomás tuvo el impulso de ordenarle que se fuera. De encerrarse fuera de ella como una caja fuerte al revés.

Fue entonces, no obstante, que ella habló.

Durante una hora ininterrumpida ella habló y contó una historia que comenzaba un día distante en que habían caído de sus manos semillitas de ciprés. El día en que dejó de ser niña, por aquello que había visto.

Su padre. Su hermana.

Y María Inés prosiguió la historia y después de oírla Tomás tampoco fue el mismo. Pero acogió a María Inés y la recogió entre sus brazos y grabó su triste amor incompleto en ella. Una vez más.

El hilo de Ariadna

Para desilusión de la parte de Clarice a la que le gustaba depreciar un poco la imagen de María Inés, y que lo hacía en proporción directa a la sofisticación de las poses materialistas de ella, el automóvil que llegó rodando en un susurro ya avanzada la mañana no tenía las adiposidades de un importado. Era un automóvil de clase media. De un verde metalizado que reflejaba el sol. Pero Clarice pensó, implacable sin desearlo, el marido de ella debe tener otro. Uno utilitario, claro. O si no uno de esos jeeps inmensos que los jugadores de fútbol, los galanes de telenovela y los cantantes de moda siempre compran cuando se vuelven ricos.

Tantos años, y ella a pensar en automóviles. Clarice se avergonzó y fue a recibir a la hermana y a la sobrina con abrazos que trataban de ser páginas en blanco. Abrazos puros, lisos, vírgenes.

Intercambiaron palabras protocolares precisamente porque son esas las que suelen aflorar en los momentos en que la sinceridad corre el riesgo de ser demasiado sentimental. O demasiado sincera. ¿Cómo les fue de viaje? Bien, gracias, caramba, esto aquí está tan diferente, los árboles crecieron. Tú estás bárbara. Gracias, tú también. Cuánto tiempo. Es verdad. Cómo creció Eduarda. ¿No quieren entrar? ¿Traer las maletas? Voy a llamar a Fátima, está loca por verlas a las dos.

María Inés se detuvo un instante en la terraza, tomando aliento para entrar en la casa. En el piso de cemento rojo una pequeña grieta corría sinuosa como un río desde la pared hasta el césped del jardín. En sus bordes crecían pequeñas plantas. Con uno, dos centímetros de altura. Un bosque en miniatura para las arañas y las hormigas. No se volvió hacia Clarice al decir encontramos a Tomás en la carretera. Se empeñó en hacer parecer casual aquella frase y se quedó mirando alrededor, las manos apoyadas en la cintura, después añadió, con aquella frivolidad que tantas veces le funcionaba como estrategia de defensa, es increíble cómo los hombres envejecen mejor que nosotras.

Eduarda estaba agachada y acariciaba un pequeño poodle, cuyo color caramelo no se podía afirmar si era original o simplemente el resultado de años de mugre impregnados en el pelo.

Fátima apareció en la puerta, secándose las manos en la blusa (Boston, Massachusetts), y se quedó brincando alrededor de María Inés y Eduarda como si fuese también un perrito. Abrazó a Eduarda largamente, y dijo mi Dios, la última vez que vi a esta niña. ¿Qué edad tenías, hija mía? ¿Unos ocho años? ¿Nueve? ¡Entren, por favor! Déjenme llevar sus maletas.

Había horneado un pastel marmoleado y preparado café fresco y hecho una jarra de jugo de pitanga, que dispuso sobre la mesa.

Parecía increíble que estuviese todo igual. El asiento reclinable color mostaza. La estufa y los leños frente a ella, el atizador de hierro colgado en una base de hierro. La misma alfombra y, en la pared, la misma foto de Otacilia vestida de novia. La presencia de Clarice durante todos aquellos años no pesaba. Apenas era divisible una pequeña marca, aquel libro sobre la mesa baja: Thomas Mann, *Muerte en Venecia.*

María Inés hizo una rápida asociación de ideas y pronunció en voz alta el nombre Muerte en Venecia mientras pensaba en el libro que no había leído pero que conocía a través de la película de Visconti, y se acordaba de la Piazza San Marco llena de palomas y de un negocio que vendía tarjetas postales y de un bello Paolo. *Sentado-de pie.*

Estoy tratando de leerlo, dijo Clarice. Pero mi cabeza no anda muy bien en cuestiones de concentración. ¿Tú ya lo leíste?

María Inés dijo que no. Y se quedó mirando alrededor, pero los fantasmas no estaban más allí. Todo igual, todo distinto. La casa se parecía a la sensación que ella misma, María Inés, experimentaba después de una crisis de jaqueca: un alivio vacío, la ausencia excesiva de dolor. Una sensación mala que se va y arrastra consigo sensaciones buenas y deja un hueco en su lugar.

Mejor así, pensó. Aún mejor así.

Observó que el movimiento de hecho cesaba en el alma de aquel lugar. Reconoció que la cesación del movimiento venía a ser más difícil porque no coincidía con la simple *ausencia* del movimiento. Y pesó en aquella palabra, movimiento: la pesó con una mano, la pesó con la otra. Las conclusiones que sacó, si por ventura sacó alguna, las guardó consigo.

Ella y la hija fueron hacia las habitaciones. María Inés se quedaría en el que, en otros tiempos, había sido el cuarto de huéspedes. Eduarda, en el que, en otros tiempos, había sido el cuarto de María Inés (y donde a veces Clarice iba a terminar la travesía por sus noches, asustada). Todo igual, todo distinto.

Todavía sobrevolaban la cantera mariposas. Pero ya no había nadie para decretarla *prohibida.* La Hacienda de los Ipês fue vendida tres años antes y descuartizada en cuatro propiedades menores: la Estancia de los Amigos, la Estancia Buen Viaje, la Estancia Reposo de la Abuela y una cierta Estancia Tercer Milenio, que venía a ser un centro de estudios de todo lo que se consiguiese colocar bajo el rótulo de Medicina Alternativa. Si decidiese subir hasta la cantera en aquel instante exacto, María Inés no vería ya fantasmas contorsionándose dentro de una casa abandonada, sino a gente de blanco quemando incienso y entonando mantras que no entendían sobre el césped bien cuidado del jardín.

No pretendía, sin embargo, subir hasta la cantera. Aún no. Dejó su bolsa de viaje sobre la cama cubierta con la colcha de retazos que Otacilia hiciera tantos años atrás, antes de enfermar, y lanzó una mirada furtiva por la ventana, como si tuviese miedo de lo que podría encontrar allá. No encontró nada más que el jardín crecido, ya adulto. Necesitando tal vez de algunos arreglos, algunas podas, algún reciclaje. Había allí tres plátanos bastante altos al pie de los cuales nadie hizo pequeñas pilas de hojas secas.

Después fue al baño, que era el único para los cuatro cuartos. Allí no había suites con baños blancos rellenos con jardines ornamentales y tubos azules de Lancôme. Era una casa de hacienda sin riquezas, ni muy grande, ni muy pequeña. Ni muy vieja, ni muy nueva. María Inés se miró al espejo y sacó el tubo de rímel y el lápiz *kohl* de la bolsa y se retocó los ojos. Después leyó *Colourings. The Body Shop. Against animal testing. Eye definer. Crayon kohl. Net wt. 1.15 g. Shade: rich dark brown.* Se lavó las manos con un jabón verde en forma de corazón que tenía olor de motel (gracias a Bernardo Aguas, conocía bastante bien el olor a jabones de motel).

Cuando volvió a la sala, su hermana y su hija ya estaban sentadas a la mesa y bebían jugo. Eduarda estaba de espaldas, en la silla que antes acostumbraba ocupar Alfonso Olimpio. María Inés miró a Clarice y adivinó que Clarice adivinaba su mirada.

En las muñecas de ella eran visibles las cicatrices, ya no las disfrazaba con pulseras.

María Inés sintió algo más o menos como un sollozo en el corazón, después pensó que tal vez todo había valido la pena.

Porque, al final, Clarice sobreviviera.

Se sentó a la mesa también y sirvió un poco de café en la taza. Sabía que el café estaba demasiado dulce, pero no tenía importancia.

Allá afuera, un hombre de ojos transparentes pasaba el tiempo andando en la carretera polvorienta.

Allá afuera había nuevos pájaros cantando antiguas melodías.

Olvidar. Profundamente. Dejar que aquel anillo de casamiento cauterizase la memoria.

Clarice jugaba con el anillo de casamiento en cuyo interior se leía el nombre *Ilton Xavier*. Las ventanas estaban cerradas porque aquella era la hora en que los mosquitos comenzaban a invadir la casa. Era necesario precaverse para que el sueño fuese tranquilo, más tarde. Sin mosquitos, sin pensamientos, sin memoria.

En algunas semanas iban a empezar a cosechar el maíz. Clarice sonrió, el anillo estaba girando entre la superficie del tocador y la punta de su dedo índice como si fuese un trompo. *Gira trompo, tambalea trompo.* Su marido y los padres de él habían ido a la iglesia.

No voy, discúlpenme, tengo un fuerte dolor de cabeza.

Adorable Clarice. Comprensible, perdonable.

Yo te amo porque no tienes secretos, dijo Ilton Xavier una vez, y Clarice no sonrió.

Olvidar. Profundamente. Aquella tarde en que María Inés dejó caer todas las semillitas de ciprés en el corredor de la casa. Aquel grito no pronunciado que hacía al estómago retorcerse de dolor, de piedad y de odio.

Olvidar. Profundamente. Todo aquello que bailaba en una ronda confusa en su memoria, los cinco largos años en Río de Janeiro, en casa de la tía abuela Berenice, y aquellos amigos de infancia y aquella niña llamada Lina, las cartas para Ilton Xavier y la noche de bodas en que el cuerpo de ella y el cuerpo de él estaban definitivamente inflamados por motivos distintos. Y las botellas de bebidas que vinieron después, tan finos licores, tan amigables aguardientes, vinos, whisky. Anestésicos, agradables como un viento de final de tarde y como los silvestres espíritus nocturnos.

Fue poco después de su cumpleaños, en febrero. Durante el primer verano después de la muerte del padre. Clarice entró en el cuarto y fue a verificar en el espejo del tocador cuánto había cambiado. No consiguió descubrirlo. Después se acordó de Lina y su lienzo de rosas rojas descoloridas sucio de lama.

Ilton Xavier no estaba. Los padres de él tampoco. Clarice había acabado de tomar el desayuno sola en la inmensa mesa de jacaranda construida por los esclavos un siglo antes. Y deambuló un tiempo por el caserón, chocando aquí y allí con la empleada que barría el piso de largas tablas corridas. Su cuarto aún no había sido arreglado y las altas ventanas permanecían cerradas. Clarice no prendió las luces, no abrió las ventanas. Vio su rostro lleno de sombras reflejado en el espejo del tocador. Se sacó el anillo del anular y se lo pasó al dedo medio. Al índice, donde le quedaba apretado. Al pulgar, donde le cabía solo hasta la mitad. Después lo dejó sobre el tocador, entre un frasco de agua de colonia y un potecito de polvo de arroz.

Ya era hora. Clarice abrió el armario y eligió algunas ropas. Pocas. Podía oír la voz de Otacilia diciendo una sola maleta. Tomó algo de dinero también, sin contar cuánto.

Sus zapatos hacían un ruido ritmado sobre el piso de largas tablas corridas.

Fue hasta la cómoda, sobre la cual había una botella oscura. Ilton Xavier bebió una o dos dosis de aquello, la noche anterior, mientras leía un libro de George Simenon.

La delicada taza de cristal, tan fina, tan quebradiza, conservaba un pequeño círculo color café con leche en el fondo. Alzó la botella y leyó, *Irish Cream*. Puso un poco en la taza, bebió.

Antes de salir del cuarto, tomó el anillo del tocador y lo colocó en el bolsillo de su blusa. Pasó por el baño y levantó la tapa del inodoro y se arrodilló en el piso y vomitó mientras sus ojos vomitaban lágrimas que ella no quería, lágrimas que no eran por Ilton Xavier y por su matrimonio que ahora llegaba al fin. Ni por los hijos que no tuvo. Ni por Lina.

Después salió. La empleada la vio pasar llevando una pequeña maleta. Se quedó mirando y después fue corriendo a contarle a las otras. Mientras tanto, Clarice interceptó a un empleado en el jardín y pidió Duílio, hágame un favor, prepare la carroza y lléveme hasta Jabuticabais.

Duílio fue y Clarice no dijo nada durante todo el trayecto y al llegar a la ciudad lo despidió con una propina y un apretón de manos. Vaya, Duílio, yo sé que usted aún tiene mucho trabajo por hacer.

¿Y usted volverá cómo?

Después tomo un taxi, mintió.

Clarice nunca volvió.

La ciudad estaba oliendo a sol. Ya eran las diez. Caminó hasta la estación de ómnibus cargando la maleta y sintió el sudor humedecerle las sienes y la nuca. Compró pasaje para el ómnibus que saldría a las once y media con destino a Friburgo. Luego fue hasta la plaza arbolada y se sentó en uno de los bancos pintados de verde que rodeaban el quiosco. Para esperar.

Para esperar. Y mirarse las manos con repugnancia, después con pena, después con amor. No conseguía salir de sí misma para comprender de otra forma la historia. Era a un tiempo testigo, víctima y verdugo.

Era Clarice que nunca debería haber nacido. Que arruinó una familia y ahora estaba arruinando a otra.

Claro, no obstante, que esa era apenas una de las muchas maneras de encarar las cosas.

El ómnibus se bamboleó bastante durante el trayecto y Clarice quiso vomitar de nuevo y, como no había baño, tuvo que usar una bolsa plástica. El pasajero sentado en el asiento de adelante se dio vuelta y le lanzó una mirada de desaprobación, como si ella tuviese la obligación moral de contener también aquel espasmo involuntario a cualquier costo, como todo lo demás. Se limpió la boca con un pañuelo que traía en la bolsa, blanco, de cambray de lino con sus iniciales bordadas, regalo de Ilton Xavier.

Ya no sabía qué horas eran cuando se bajó en Friburgo. No pensaba en almorzar pero tenía sed. Entró en una panadería y pidió una botella de agua mineral con gas. Bebió, pero continuó sintiéndose desierta. Y mareada. Y tan apartada de todo como si fuese un fantasma. Por un momento tuvo la impresión de que si tocase en el vidrio del mostrador su mano podría atravesarlo. No lo atravesó. En ese instante un hacendado de la región de Jabuticabais entró en la panadería, vio a Clarice, fue a saludarla. Buenas tardes, doña Clarice. ¿Está sola? Con algún esfuerzo ella hizo que sí con la cabeza y fabricó una sonrisa y le dio una explicación razonable, diciendo vine a hacer compras.

Él se rió y dijo entonces hizo bien en venir sola, mi mujer dice que en estos momentos los maridos sólo estorban.

Después le besó la mano, buenas compras, recuerdos a su esposo y a los suegros.

Se quedó mirando salir al hombre, su estómago se contrajo una vez más. En el siguiente instante, como si aquella escena hubiese sido dirigida por un cineasta meticuloso, una voz sonó por atrás de sus hombros. Yo te conozco, dijo la voz, y Clarice se dio vuelta para ver quién hablaba, una mujer de unos treinta años. Una mujer que debía haber sido bonita, pero que ahora retenía la belleza como un secreto detrás de unas ojeras hondas, de una delgadez espantosa, de unas ropas mal ajustadas.

Yo te conozco, repitió, y después fumó sin prisa el cigarrillo, soltó el humo y tomó un trago de refresco. Tú eres la hija de Alfonso Olimpio y Otacilia. De la Hacienda San Antonio.

Clarice se quedó mirando la botella de agua y pensando en el eslogan: *quien bebe Grapette, repite.* Quiso decir cualquier cosa, pero sólo consiguió emitir un suspiro. Había empezado a dolerle la cabeza.

Tienes una cara pésima, dijo la otra. Y no te acuerdas de mí, claro está.

Quien bebe Grapette, repite.

Ella se acercó.

Soy Lindaflor, seguramente recuerdas la Hacienda de los Ipês y lo que pasó allá en el 62. ¡Caramba, estás verde, niña! Toma un trago de refresco.

Clarice dijo no, gracias, llegué en ómnibus hace poco y estoy medio mareada. Discúlpame por no reconocerte, creo que cuando nos conocimos yo era muy pequeña.

Yo también lo era, pero tú no cambiaste nada. Sigues con cara de niña. Hey, discúlpame, esto no es una ofensa, me parece bien. Nosotras debemos tener más o menos la misma edad, y mírame a mí. Acabada. Tú tenías una hermana más joven.

Está viviendo en Río. Se casó hace dos meses.

Y tú te casaste también.

Sí, me casé. Pero me estoy separando hoy.

Caramba, entonces por eso traes esa cara, concluyó Lindaflor, equivocada. ¿Dónde te vas a quedar aquí en Friburgo?

No sé dónde me voy a quedar. Necesito encontrar un hotel barato. Una pensión, tal vez.

Quien bebe Grapette, repite.

¿Y por qué no vas a Río con tu hermana?

No. No me gusta su marido. Y yo no le gusto a él. Y, de cualquier modo, necesito estar un poco lejos de ella.

¿Tus padres?

Murieron. Él el año pasado. Ella hace dos años.

Te estoy entendiendo. Cambiar un poco de aires, ¿no? Escucha, yo conozco una pensión buena. Queda en mi calle. ¿Quieres que te lleve allá?

Lindaflor no esperó la respuesta y sacó de la bolsa. unos billetes arrugados para pagar el Grapette y sonrió a Clarice con una sonrisa dulce y cansada.

En aquel momento exacto Clarice inauguraba una curva descendiente, más o menos como en una montaña rusa, que la llevaría hasta el infierno. Y hasta la redención precisa y afilada de dos cortes gemelos hechos con cuchillo Olfa —el cuchillo Olfa encontrado sobre cierta mesa de madera muy vieja en que alguien escribió con bolígrafo azul: *Ronaldo ama a Viviane*. Donde también había un pedazo de pan viejo y duro sobre un plato de plástico y un cenicero de cristal cortado desbordando colillas. Y una revista pornográfica cuya tapa exhibía a una rubia tetuda de labios entreabiertos usando botas de cuero y montada sobre una Harley-Davidson.

Clarice le mandó noticias a Ilton Xavier una semana después de haberlo dejado. No escribió en el sofisticado papel que tenía sus iniciales porque no lo había llevado consigo. Las frases salieron de un bolígrafo común y fueron vaciadas sobre un bloc barato de papelería en hojas que ella después dobló en tres y lacró dentro de un sobre aéreo. Largo, con bordes verdes y amarillos. Una carta para Ilton Xavier y una carta casi idéntica para María Inés.

Dijo que quería quedarse sola, por eso no iba a mandar la dirección. Pero estaba bien. Tenía asuntos personales sobre los cuales necesitaba reflexionar mucho.

María Inés sabía qué asuntos eran esos, Ilton Xavier no. Él creyó, con su no muy amplia imaginación, que se trataba de otro hombre y se puso furioso, tomó todo lo que Clarice había dejado y llenó dos cajas y lo despachó a la casa de María Inés en Río de Janeiro. Más tarde comprendió y perdonó, porque eso era parte de su naturaleza. Y se casó nuevamente y tuvo un montón de hijos y fue feliz y hasta se compró la pickup roja de sus sueños.

Clarice se hizo amiga de Lindaflor, que le presentó a su vez a los muchos amigos que tenía en Friburgo y los alrededores. Se hospedaron algún tiempo en la casa de uno de ellos en Lumiar, donde fumaban marihuana todo el día y de vez en cuando buscaban hongos para hacer té. Le dijeron a Clarice que aquellos eran medios para ingresar en otros niveles de consciencia (Como en los libros de Castaneda. *Viaje a Ixtlán*, ¿entiendes?). Más tarde ella descubrió que la cocaína servía para ponerla intensa y para que el mundo brillase. Y que el alcohol era anestésico.

Todas esas cosas, no obstante, costaban dinero. Entonces ella fue consiguiendo empleos que duraban poco, primero como recepcionista de un curso de inglés, después como vendedora en una zapatería, después como auxiliar de cocina en un restaurante alemán donde aprendió a preparar *Wurtz mit Kartoffelsalat und Rotkohl*. En un momento dado comenzó a ser caro vivir en una pensión. Pasó cinco meses viviendo con Lindaflor en Friburgo. Después se mudó a Cordeiro, donde tenían una amiga que necesitaba a alguien para cuidarle a la hija. Se quedó casi un año allá. En seguida fue a parar en Niterói, después volvió a Friburgo y trató de vender esculturas en Teresópolis.

Hasta que, finalmente, perdió la noción de todo. Del tiempo, del espacio, de su propio cuerpo. Encontró a un hombre que la llevó consigo a un cuarto oscuro de pensión en un suburbio de Río. Daba igual dónde estuviesen. Él compraba whisky para Clarice y siempre tenían cocaína. A veces él desaparecía por tres o cuatro días, pero siempre volvía. Una vez le llevó de regalo un gato, pero el gato acabó escapando. Tal vez porque no le daban comida suficiente. Entonces, cierto día, Clarice encontró el cuchillo Olfa.

Y se puso feliz como no lo había sido a lo largo de los últimos quince, veinte años. Ahora sí, sería posible.

Olvidar.

Profundamente.

Treinta y ocho años. Y ya no había más ventanas que cerrar por los mosquitos. Ella no sabía de cierto dónde estaba, pero aquel sujeto de pie frente a la puerta era una especie de protector que se metía en su cuerpo (mal que bien eso sentía) y le traía lo esencial: bebida y cocaína. Aquel anillo (giro, trompo) ya había sido vendido y rindió dinero razonable, era oro de buena calidad.

Ilton Xavier y sus padres debían estar en la iglesia. Ella no sabía. Daba lo mismo.

El tiempo había pasado, era verdad, pero ahora Clarice tenía la impresión de haber perdido las referencias: el laberinto sin hilo de Ariadna. Un amplio túnel oscuro. Un acuario redondo para un pececito rojo. Era verdad que ella ya no *pensaba* tanto, las drogas y el alcohol dejaban su cerebro aterciopelado, eso era bueno, pero también era verdad que el mismo dolor aún dolía, abisal y amplificado.

En los años que antecedieron a 1500 las naves portuguesas andaban revolviendo el Atlántico, Clarice se acordaba de alguna aula de historia aunque no recordase el rostro del profesor. Imaginó casi con cariño las velas inmensas, todas izadas, y ella misma se creía una nave, una carabela —estaba en medio del océano, había terribles tempestades y calmas desoladoras, hambre, sed y enfermedad, nada que hacer sino *rezar*, pero Clarice no tenía ganas de *rezar* porque estaba muy, muy cansada. Para donde mirase había solamente mar, el océano inmenso.

Una punzada de dolor y una fumada de cigarrillo.

El hombre le quitó la ropa y ella apenas lo resintió. El cuarto oscuro. Las manos de él en sus ancas enflaquecidas de huesos en punta que saltaban agresivamente dentro de los jeans. Tras media hora el hombre salió, dijo que iba comprar un poco de comida. Clarice tenía una sonrisa plástica en los labios que no le pertenecía, era como si hubiese robado la sonrisa de alguien y ahora la exhibiese, como un par de pendientes o una bolsa. Aquella sonrisa idiota quedó colgada en su rostro, aun cuando ya no era necesario.

El hombre salió.

Ella tiene treinta y ocho años.

Las cosas no salieron bien, qué pena. Y en el epicentro de todo. Clarice sabe lo que está en el epicentro de todo. Estudió, creció, hizo muchas esculturas y algunos amigos, se casó, hasta aprendió a bordar en punto cruz, para qué.

Alguien tiene un canario en un apartamento próximo y el bichito parece que va a cantar hasta reventar. Desesperado, canta para atraer a la hembra que nunca vendrá porque las hembras del canario no acostumbran anidar con machos enjaulados. Aunque una de ellas vuele distraída por los alrededores, lo que es bastante improbable. Una mujer de voz fuerte canturrea mientras lava platos en alguna cocina. Clarice oye los platos golpeando unos con otros. Después un niño lloriquea y la mujer de voz fuerte putea una palabrota. Y el canario continúa cantando.

Profundamente.

El cuchillo Olfa está sobre la mesa de madera muy vieja en la que alguien escribió con bolígrafo azul: *Ronaldo ama a Viviane*. También hay un pedazo de pan viejo y duro sobre un plato de plástico. Un cenicero de cristal cortado desbordando colillas. Y una revista pornográfica cuya tapa exhibía a una rubia tetuda de labios entreabiertos usando botas de cuero y montada sobre una Harley-Davidson. En el techo un ventilador gira sus hélices con pereza, no alcanza a agitar el aire que huele a moho y a tabaco.

Hay una bañera de loza blanca (sucia) en el baño porque siempre hay una bañera en esas ocasiones.

Clarice gira sobre sí misma.

Cuando la lámina afilada lacera la carne de sus muñecas y encuentra unos vasos oscuros y los rompe con facilidad, Clarice finalmente puede sonreír una sonrisa suya. Porque ahora no siente dolor alguno. Es libre como el inmortal que readquiere la bendición de la mortalidad y la sangre que va maculando el agua de la bañera es el elemento de una comunión muy personal.

Cierra los ojos con calma. Está casi feliz.

Sobre la mesa, encima de la revista pornográfica, viene a posarse una mosca, y pasea entre los pechos de la rubia tetuda, sobre las ruedas de la Harley-Davidson, después va a comer unas migas de pan.

El anillo de esmeralda era absurdo de tan bonito. Llegó abrigado dentro de una cajita forrada de terciopelo azul oscuro, de manera parecida a como el anillo de compromiso había llegado, apenas tres años antes.

María Inés estaba tan bien vestida para la graduación. De rojo. Un color que combinada con la palidez de la piel y la sombra oscura, densa de los cabellos. *Una sinfonía en rojo.* Cuando fue a recibir el diploma los dos hombres de su vida la observaban y trataban de anticipar el futuro, sin éxito. En los brazos de su niñera, una Eduarda soñolienta de un año y pocos meses jugaba con la cinta rosada que ataba su chupete al vestido. Tomás estaba suficientemente cerca para ver a la niña. El medio pantalón blanco y los zapatitos blancos de charol, un lazo de cinta en cada uno. Los cabellos de rizos claros y delicados atados con un arco blanco. Y el vestido de princesa, rosado. Sobre una silla estaban su muñeca de trapo y una bolsa grande donde debían estar los pañales y los biberones. La niñera oscilaba el cuerpo gentilmente como una silla mecedora y los ojos de Eduarda se fueron cerrando, se volvieron dos hilitos de atención, después se rindieron al sueño.

Sus ojos transparentes.

Al lado de ella estaba João Miguel, que hasta entonces Tomás nunca había conocido en persona. El primo segundo y marido de su amante. O tal vez las cosas debiesen ser colocadas en otra jerarquía. La pequeña Eduarda dio un suspiro profundo que Tomás no pudo oír pero que adivinó por el movimiento de su pecho, un pequeño arco, para arriba, para abajo. Mientras tanto, la madre de ella, la doctora María Inés, sujetaba su diploma enrollado como un tubo con la mano donde centelleaba su espléndida esmeralda. Legítima.

Tomás notó una vez más, con un cariño doloroso, que el vientre de ella quedó un poquito protuberante tras el embarazo. Aquello dejaba su cuerpo más bonito. Más real. Infelizmente, más real. Las caderas también estaban más anchas bajo el vestido.

Ocho años. Era lo que ya duraba aquel delirio. Sólo porque cierta vez él decidió compararla con un cuadro de Whistler y hacer dibujos de ella y llamarla desde la ventana de su apartamento. Una niña. Que ahora estaba casada y tenía una hija y un diploma y un anillo de esmeralda legítima.

Tomás desistió de tratar de anticipar el futuro. El futuro era hoy. Ayer, tal vez. El futuro estaba atrasado, o, mejor dicho, Tomás estaba atrasado para el futuro. Porque *el tiempo es inmóvil, sin embargo las criaturas pasan.* Consultó el reloj, las siete y doce minutos. Y María Inés bonita con aquel cuerpo de madre, más bonita en su vestido rojo. Su marido en la platea, de saco azul marino. Su hija en la platea, una princesa rosada dormida en los brazos de la niñera.

Entonces Tomás supo que aquella historia estaba muerta. A las siete y doce minutos. Vislumbró mentalmente a un hombre todavía joven que se dedicó a la ilusión de una mujer. Miró a aquel hombre llamado Tomás y miró a la mujer con quien él continuaba encontrándose aun después del casamiento de ella y miró a la niña adormecida en la falda de la niñera. Una princesa rosada. Una reina roja. Y él, un príncipe sapo.

Se sintió mal. Alguna cosa le agarró el estómago y pensó que iba a vomitar allí mismo, entre los atildados invitados a la fiesta y los graduados en Medicina. Entre los rollos y las esmeraldas legítimas y las muchas esmeraldas falsas. Entre los nuevos doctores, centellantes de orgullo, y sus encorbatadas familias. Se levantó de su asiento se escurrió entre multitud de rodillas y alcanzó el corredor hacia afuera del auditorio. El corredor estaba cubierto con una alfombra roja —una alfombra roja para una reina roja—. Tomás sintió los ojos de ella en su espalda, clavados como un cuchillo, y dolían. Pensó que debería darse vuelta y hacer una reverencia. Más o menos como la señal de la cruz al dejar la iglesia. No se dio vuelta y no volvió a ver a María Inés en su cuerpo bonito de madre y a la pequeña Eduarda con la cabeza apoyada en el hombro de la niñera. Salió andando muy rápido y pareciéndole que no iba a conseguir contener los espasmos de su estómago y que iba a vomitar al siguiente instante.

Y fue todo. María Inés vio la gran puerta del auditorio abrirse y cerrarse y oyó el ruido de la ciudad tragarse a Tomás. Él la abandonaba, años después de haber sido abandonado por ella.

Trece años y catorce veranos

Érase una vez una mariposa que acariciaba el aire fresco de la montaña con su vuelo sutil y bailaba sobre una mina de piedra prohibida donde lagartos color ceniza se calentaban tomando el sol. En el trayecto rutinario de su vuelo podía ver, a un lado, una hacienda abandonada y una casa con plantas creciendo el tejado. Del otro lado, una hacienda viva con animales en el pasto que parecían de juguete y un río que era como una larga estría dorada.

En una ribera de aquel río estaban cuatro niños. La más vieja se llamaba Lina y todavía no corría peligro. Todavía no le daban de regalo aquel lienzo usado con rosas rojas descoloridas y su cabello brillaba bajo el sol. Pequeñas gotas de agua se quedaban entre sus mechones desgreñados como si fueran diamantes. Bonita, Lina. Sumergiéndose en el agua con un traje de baño amarillo huevo que alguien rechazó por pasado de moda y que le quedaba un poco grande. Con Lina estaban sus tres amigos, Clarice, Casimiro, Damião. Jugaban a convertir hojas secas en barquitos cuya tripulación era constituida por pequeños hombres hechos de palitos de cerillo. La vida, en aquel momento, era de una felicidad atroz. De una felicidad severa que después iba a cobrar impuestos y tributo.

Aquel momento de la vida de Clarice se llamaba *antes de todo*. Ella no hubiera podido adivinarlo. Ni en sus peores pesadillas. Y entonces ya estaba todo tan tenue, frágil como un diente flojo o como el hilo de una telaraña.

El agua del río llegaba hasta la cintura de Clarice. Bajo el traje de baño negro sus senos habían crecido y eran como dos pequeñas peras, frescas, maduras. Era verano y en aquel verano estaba cumpliendo trece años. Trece veranos. pensó en eso y dijo en voz alta, en verdad yo nací durante el verano, entonces estoy cumpliendo trece años y *catorce* veranos. Los otros niños no entendieron su matemática, la vieron durante un instante y regresaron a su juego. Después se reunieron todos en el margen del río y juntaron un montón de arcilla y Clarice hizo una escultura. Eran más de las cinco y el cielo se metamorfoseaba a un azul cobalto oscuro cuando se fueron.

Hay más para mañana, dijo Clarice.

Se puso blusa y falda sobre el traje de baño. Calzó las sandalias. Llegó a la casa rebosante como la mariposa rebosante que sobrevolaba aquella mina de piedra y presenciaba todo pero no adivinaba nada. El papá estaba sentado en la sala, sobre un sillón color mostaza. La mamá estaba en la ciudad, haciendo las compras. Llevó con ella a una empleada para ayudarla. María Inés estaba en algún lugar (¿tal vez en lo alto de la mina de piedras prohibida, llena de garrapatas y con una sonrisa de triunfo?), jugando con aquel primo João Miguel con quien Clarice no simpatizaba —y que no simpatizaba con Clarice—. Entró a la casa por la cocina porque estaba medio mojada y no quería hacer ningún daño al piso de la sala. Clarice dócil recatada sumisa educada pulida discreta adorable.

Tomó ropa limpia. Una blusa de encaje blanco con forro de algodón del mismo color. Unos calzoncitos amarillos con listones blancos en los bordes. Una bermuda de dacrón azul claro que era un poco caliente pero que Clarice adoraba, sobre todo por las flores bordadas cerca de la cintura. Y sus sandalias de tiritas de cuero.

Una mariposa volaba sobre la cantera.

Aquella tarde, él vino. Un hombre adulto, maduro, entero.

Un hombre. Y una niña que quería solamente ser niña. Que no tenía la menor intención de, años después, usar un cuchillo Olfa sobre su propio pulso. Que no se imaginaba alcohólica o cocainómana, pero sí, alguna vez, profesora de ciencias. O una artista-escultora, claro. Una mujer bonita, alta, que fumaba pipa. Dueña de tres dálmatas, dos poodles y un basset. Saliendo para hacer las compras en la ciudad con su hermana más chica, que sería una bailarina famosa. Riendo. Bebiendo té. Viajando en avión.

Un hombre. Entró en su cuarto y la sentó sobre sus piernas y ella no tuvo miedo. Al principio, porque aquel hombre era su padre. Los dos reían. Conversaron un poco. Él le acariciaba las manos.

Él le acariciaba los brazos. Los hombros. Los senos. Clarice quedó inmóvil como conejo que presiente al depredador. El águila volando bajo. Después intentó Zafarse, pero el brazo de él tenía fuerza. Y los labios de él en la base de su cuello aceleraban su corazón.

Ella sintió ganas de vomitar, pero el miedo dominó hasta aquel deseo. La náusea quedó retenida en la boca del estómago hasta el día todavía distante en que ella tomara la decisión de abandonar a su marido y se sacudiera dentro de un camión desde Jabuticabais hasta Friburgo. En el que ella vomitaría dentro de una bolsa y recibiría una mirada de desaprobación del pasajero del asiento de enfrente.

La mano de un hombre sobre un seno blanquísimo. La piel virgen. El pezón que él giraba como si le diera cuerda a un reloj. La mano de un hombre sobre la barriga tan lisa de Clarice y aquella respiración que resoplaba odiosa y los pantalones de él donde un volumen surgía venido de no se sabía dónde. El zíper que él abrió con la mano derecha mientras la mano izquierda hinchada buscaba alguna cosa entre los muslos de ella. Los ojos cerrados. Los ojos de ella fijos como los ojos de un cadáver —y eran un poco los ojos de un cadáver, de hecho.

Clarice dócil recatada sumisa educada pulida discreta adorable.

Él haría eso de nuevo. Y de nuevo. Y de nuevo. Y de otras maneras. Un día él llegaría a acostarse sobre ella y meter su cuerpo de hombre adulto dentro del cuerpo de niña de ella mientras ella sentía el sabor de sangre porque estaría mordiendo sus propios labios con fuerza. Con miedo. Con odio. Las manos de él agarrando sus muslos con tanta fuerza que después ahí surgiría un moretón. La lengua de él mojando (mordisqueando) el interior de sus orejas y lamiendo sus labios descoloridos y recorriendo dentro de su boca de forma que no había cómo dejar ningún secreto de pie. Ningún sueño de pie.

De nuevo y de nuevo y de nuevo. Hasta que Otacilia resolvió mandarla lejos con sus dos maletas dentro de un taxi. Demasiado tarde.

Cuando Alfonso Olimpio salió de su cuarto, Clarice no lloró. Fue al baño. No vomitó. Tomó otro baño. Alguna cosa se quebraba dentro de ella sin hacer ruido. Ella misma se quebraba dentro de ella: el alma dentro del cuerpo. Clarice dentro de Clarice. Se sentía tan tenue que en una lágrima podía morir, escurrir, agua en la coladera de la regadera.

Un poco después vino la culpa. Claro. Naturalmente. Ella debería de haber *hecho alguna cosa* para que su papá se hubiera comportado de esa manera. No que eso fuera un castigo, no, de ninguna forma. Pero, ¿tal vez una respuesta?

¿Como las miradas frías de Otacilia deberían también ser una respuesta? ¿Necesariamente? Nunca encontraría una explicación. Y viviría para siempre marcada, como si cada embestida del papá le tatuara algo en la piel. Un número. Como prisionero de campo de concentración y como los bueyes de un rebaño.

Otacilia se enteró de lo que estaba pasando en su propia casa, en su propia familia, mucho antes de tomar la actitud que tomó.

Y nadie pronunció una única palabra.

Y María Inés huyó, derramando sus preciosas semillas de ciprés por el corredor, el día en que vio a los dos en el cuarto. El hombre. La niña. Su papá. Su hermana.

Clarice.

Dócil recatada sumisa educada pulida discreta.

Adorable.

Fiesta Junina

Una mirada flameante comenzó a nacer en María Inés en ese momento tan definitivo en que vio a su propio padre desvistiendo a Clarice y dándole cuerda a la punta de su pecho como si fuera un reloj y metiendo el rostro en su cabello.

María Inés llevaba un tesoro en las manos, y el tesoro cayó en tierra y se deshizo. Nunca más podría creer en el valor de un puñado de semillas de ciprés. Sus pensamientos se convirtieron en estrategia de guerra. Tan veloces. Insomnes. Camuflados. Armados hasta los dientes y preparados para todo. María Inés organizó como pudo la realidad dentro del poco espacio de sus nueve años. Abrió cajones. Cerró cajones. Tiró las cosas viejas y las nuevas también, porque aun siendo nuevas habían dejado de ajustarse a ella. De la noche a la mañana: como magia. Como si hubiera despertado en la mañana y sus pies hubieran aumentado de talla y tuviera que deshacerse de todos sus zapatos, hasta los más bonitos, hasta las zapatillas de ballet importadas y nuevecitas, aún en su empaque. Abrió algunas puertas y cerró otras y cuidadosamente trancó otras tantas. Trabó ventanas con palos y pedazos de madera, tapó huecos con cinta aislante. Y creó máscaras para ella misma, como si estuviera jugando a la actriz. Hasta sus juegos, por lo tanto, se volvieron serios. Juegos serios y ceños fruncidos.

En esa época, María Inés tenía apenas nueve años. No tenía muchas actitudes a su alcance y lo sabía. También ella calló las palabras que los otros habían acordado callar. Por eso, en aquella época, todavía le gustaba desafiar lo *prohibido*. Eso le animaba la vida. María Inés calentó aquel mirar flameante en el núcleo de su existencia, como si fuera un hijo concebido con mucho cuidado y paciencia.

Esperando.

Vio a Clarice partir a Río de Janeiro a bordo de un taxi la mañana en que descubrieron a Lina en una orilla del camino. E internamente pidió *por favor, sobrevive*.

Alfonso Olimpo nunca se acercó a María Inés. Fingía ignorarla. Pero la verdad es que temía a aquella segunda hija como al mismo Diablo. Y tal vez en aquellos días María Inés era el mismo diablo. Deliberadamente: la mejor defensa, como siempre, consiste en el ataque.

Clarice sobrevivió. Fue a Río de Janeiro, estudió un poco. Regresó directamente al altar de la pequeña iglesia de Jabuticabais. Después Otacilia empeoró de su enfermedad y murió. Fue exactamente a lo largo del año que siguió que la mirada flameante (diabólica) de María Inés maduró. Llegó al punto exacto para ser servida, degustada, y venía de una cosecha seleccionada. Especial. Uvas que habían tenido la cantidad precisa de sol y lluvia sobre un suelo cuidadosamente abonado.

La misa de un año en memoria de Otacilia todavía no había sido celebrada. Estaban en junio. 1976. Afuera del país también pasaban cosas y en aquel exacto momento había torturadores de ciertos presos políticos empeñados en la tarea de hacerlos confesar (cualquier cosa) o enloquecer. O claro, una opción fácil pero indeseable: morir. En las sesiones de tortura había por lo general un médico que avalaba cuántos golpes podía aguantar el preso, o cuantos electrochoques, o cuantos ahogamientos.

Si ch'io vorrei morire, canta Bernardo Aguas. Un madrigal de Monteverdi.

En la hacienda junto a Jabuticabais no había espacio para nada de eso. Alfonso Olimpo se convirtió en un borracho miserable atrapado en la prisión de sí mismo. Escuchaba voces en el silencio y silencio en las voces. Consciente, cien por ciento consciente. Tanto más consciente mientras más borracho estaba. A veces Clarice aparecía para visitar a su padre y enemigo, pero siempre en compañía de su marido. María Inés no entendía. Ella misma, María Inés, quería olvidarlo por completo. Nunca más verlo, nunca más tener que ver aquellas manos y compararlas con el recuerdo en brasas del día en que las sorprendió sobre un pálido seno de niña. Al mismo tiempo, sabía que todavía tendría que encontrarse con él. Por lo menos una vez. Una última vez.

Tal vez también Clarice sabía y sólo estuviera ganando tiempo con las falsas visitas durante las cuales Ilton Xavier sufría y después de las cuales comentaba: pobre de tu papá, tan deprimido después de la muerte de doña Otacilia.

Pobre de su papá. Era lo que decía Ilton Xavier, el marido de Clarice, Y después se acostaba sobre el cobertor para leer a Simenon. Ella argüía algún dolor de cabeza e iba a pasar su insomnio entre las arterias de la casona, deambulando por los múltiples cuartos con nombres, visitando la cocina donde los gatos dormían enroscados junto al fuego extinto. Pasó ante la puerta del cuarto de los papás de Ilton Xavier y escuchó el ronquido del suegro y recordó que la suegra se tapaba los oídos con bolitas de algodón todas las noches. Después observó a los pájaros adormecidos en el inmenso vivero del patio interior, esponjados y acurrucados como bolas de algodón.

Para la fiesta de San Juan de aquel año, Clarice hizo cocadas blancas y cocadas negras y dulces de nuez y budín. María Inés vino de Río porque las fiestas juninas eran las únicas que realmente disfrutaba: sombreros de paja con tiritas. Lunares hechos con lápiz delineador sobre los cachetes. Bocas con dientes pintados de negro para sugerir chimuelos, otros chimuelos genuinos que paradójicamente trataban de disfrazarse a través de sonrisas contenidas. Quien podía pagar un disfraz comparecía rigurosamente con pantalones remendados y camisa de ajedrez con lienzos amarrados en el cuello. Botines, vestidos coloridos y baberos hasta las rodillas con medias por debajo. Quien no podía pagar un disfraz acababa, de cualquier forma, no desentonando con pantalones cuyos remiendos cubrían hoyos genuinos. Con botines que eran calzados para el trabajo y la fiesta también y se aprovechaban al máximo. Con vestidos de algodón impreso con diseños de flores que solían reservarse para la misa de domingo (dentro de cajones con jabones) y con sacos que van por encima, por eso del frío.

Había también juegos, la danza de la naranja, la danza de las caderas, la pescadería. El correo del amor (que ahí no funcionaba muy bien, porque la mayoría era analfabeta). Y el buen espíritu de las banderillas coloridas pegadas en largas tiras de alambre bendito. Algunos hombres bebían a escondidas caldo de frijol con cachaza. El maíz verde, el curado, el mazapán. La gran fogata alrededor de la cual se calentaba el frío de la noche y sobre la cual más tarde los niños jugaban a brincar. Para escuchar de los más viejos: quien juega con fuego se hace pipí en la cama.

En las fiestas juninas María Inés se sentía bien. Tan bien. Aquella noche tomó a su hermana del brazo y bailó con ella la cuadrilla, diciendo ya que no está disfrazada, va a hacerla de hombre.

Alfonso Olimpio no fue a la fiesta. Y todos comprendieron que su luto todavía no terminaba. Sintieron mucha pena por él, el viudo Alfonso Olimpio solo en casa. La gente sentía en general mucha pena por Alfonso Olimpio y le toleraban incluso el odioso vicio del alcohol porque tenía cara y talante de víctima, nunca de victimario. Y decían esa hija que vive en Río de Janeiro debería venir a hacerle compañía. Ah, pero así son los hijos, uno los cría, les da todo el amor y después, nada. Unos malagradecidos.

La hija malagradecida saltó la hoguera con los niños y sintió quemársele la cara con el frío de la noche. Se agarraba la falda y dejaba ver las medias blancas que le llegaban hasta las rodillas. Los pies calzados con zapatos de charol la impulsaban alto contra el cielo oscuro sin estrellas y sus trenzas bailaban en el aire. Con la mano izquierda se sujetaba con firmeza el sombrero de paja. Esa noche María Inés estaba muy feliz. Y Clarice, su hermana, la observaba, y el brillo anaranjado del fuego se reflejaba en su cara y en sus ojos. Era posible divisar dos pequeñas hogueras gemelas bailando en los ojos de Clarice, mientras que en los ojos de María Inés la quemaban por dentro. No eran visibles. Eran su secreto.

Cuando el patio de la casa de los padres de Ilton Xavier finalmente se durmió, extintas las últimas brasas de la hoguera, ya era de madrugada. Las empleadas recogían platos de papel y vasos de plástico regados aquí y allí. Ilton Xavier llegó y, por si las dudas, levantó con los pies un poco de tierra del suelo y la echó sobre la hoguera muerta. Para que quedara bien muerta. Después caminó hasta Clarice.

¿Vienes?

En un momento.

Ella miró hacia su hermana e Ilton Xavier entendió que querían estar solas un rato y, aunque ya era bastante tarde y su termómetro registraba diez grados, no interfirió.

María Inés estaba sentada en un pretil de piedra, los zapatos de charol sucios de polvo rozando ligeramente el suelo. Clarice fue hacia ella y mientras caminaba vio hacia atrás y vio la silueta de la última empleada que se alejaba en la oscuridad, pañuelo blanco en la cabeza, ropa toda blanca, parecía un fantasma. Había lechuzas ululando cerca, y otros pájaros nocturnos. Un gran sauce desplegaba sus ramas quejumbrosas en el suelo y podía escucharse agua corriendo cerca.

Clarice pasó su brazo por la cintura de María Inés, pero las dos hermanas no se miraron. Las dos no se hablaron. Se quedaron allí, inmóviles y cercanas, los labios morados de frío y las caras quemadas de frío, bajo la noche sin estrellas. Mirando hacia el morro detrás del cual quedaba la casa de su infancia, la casa de Otacilia y Alfonso Olimpio. Donde las cosas sucedían en sordina. Donde él, su padre, estaba solo e insomne y borracho, mirando hacia el morro detrás del cual sus hijas lo llamaban con el pensamiento, como dos brujas.

La misa negra fue al día siguiente. María Inés despertó tarde con dolor de cabeza, pero sonrió al constatar que no se había hecho pipí en la cama. Ocupaba el cuarto de huéspedes, a un lado del ocupado por su hermana e Ilton Xavier. Miró su reflejo en el espejo oval del tocador. Tomó el cepillo y con la misma mano tomó la botella de agua y sirvió medio vaso. Después metió la mano en su *nécessaire* buscando un analgésico. Luego se puso de pie frente al espejo y se dedicó a peinarse sin prisa. Se puso una bata sobre el pijama de franela y fue hasta la sala donde se serviría el desayuno. Esperándola.

Esperando.

El suegro de Clarice presidía la mesa, cien por ciento cómodo en su papel de Gran Patriarca, con un bigote peinado y brillantes botas de caña larga. Había dejado sobre la mesa, como quien dejaría las llaves del auto, el látigo de cuero que usaba cuando montaba a caballo.

Se despertó tarde, dijo. Ya fui al corral y después a Jabuticabais a comprar queroseno y volví y estoy tomando mi segundo desayuno.

Ayer nos fuimos a dormir de madrugada. Y me desperté con dolor de cabeza.

¿Quieres un analgésico?

Ya me tomé uno, gracias.

El café es bueno para el dolor de cabeza. Toma un poco.

Conversaron sobre cualquier cosa. María Inés notó que sus labios se movían poco debajo del gran bigote grisáceo. Cuando escuchó el reloj dar las diez, se levantó, ágil, atlético, ahora, con tu permiso, tengo un montón de cosas que hacer antes de la hora del almuerzo.

Más tarde, María Inés por fin se decidió a buscar a esa Clarice misteriosamente ausente en la mañana. Se encontró a la suegra en la cocina con las manos ocupadas y preguntó ¿por casualidad ha visto a Clarice hoy?

Sí la vi. Dijo que iba a caminar un poco, a dar una vuelta. Se fue por el camino. Creo que iba hacia la casa de tu padre.

¿Fue con Ilton Xavier?

Él fue a la Cooperativa. Clarice salió sola.

María Inés le dio las gracias y salió. Estaba tranquila. Atravesó el caserón de punta a punta escuchando sus pasos emitir un sonido seco en el suelo de madera. Llegó a la puerta de enfrente, que estaba abierta, y bajó los cinco escalones que terminaban en el jardín. Atravesó el área central y siguió por el caminito que daría a la carretera principal. Había nubes en el cielo, pero no la promesa de lluvia. Y dobló a la izquierda, en la dirección que la llevaría a la puerta de su padre. No planeaba ir exactamente hasta allí, sin embargo. Tenía una vaga idea de dónde encontrar a Clarice.

En un lugar inédito. En una cantera prohibida. Donde mariposas coloridas alcanzaban vuelos posibles.

Rodeó la casa de Alfonso Olimpio cuidándose de ser vista. Y subió el morro con esfuerzo, cruzando el pasto donde vacas meditativas rumiaban. Se llenaría de moscardones. No sería la primera vez. Aquel era sin duda el precio a pagar por infringir una ley, por no respetar una prohibición. Después atravesó el bosque donde se dibujaba un sendero secreto. Había pasado por allí innumerables veces. Vio los mismos árboles y ese inolvidable tronco lleno de espinas donde un día se sujetó inadvertidamente, con sus manos poco experimentadas. Muchas raíces. Ahora conocía las trampas y tenía el instinto para intuir las sorpresas. Muchas raíces cruzaban el sendero, pero María Inés ya no se tropezaba con ellas.

Cuando llegó a la cantera, estaba sudando. Se quitó el suéter y se lo amarró con un nudo en la cintura y apretó los ojos porque la claridad grisácea de la mañana le molestaba. Recortada contra el cielo, la figura inmóvil de Clarice parecía un animalito. María Inés casi creyó que si hacía movimientos bruscos podría asustarla y ahuyentarla de allí, una Clarice al mismo tiempo delicada y completamente salvaje. Frágil. Grandiosa como un lobo. Llena de trampas a su alrededor.

Clarice vio que su hermana llegaba, pero no huyó. Tampoco se sorprendió.

Anoche dormí muy mal, dijo ella. Desperté temprano. Todavía estabas en el cuarto, te esperé un rato pero después decidí venir hasta aquí. Sabía que terminarías encontrándome.

La voz de Clarice resonaba entre las piedras y se deslizaba frágil hasta María Inés, que dijo que hace muchos años João Miguel y yo plantamos monedas aquí.

Para ver si nacía un árbol de dinero.

Ella movió con el pie una estrecha franja de tierra entre dos piedras bajas.

¿Brotó? Preguntó Clarice, con cariño.

Todavía no. Las semillas deben estar vanas, dijo María Inés, y sonrió.

Se acercó. Fue subiendo las piedras con la intimidad de quien conocía bien el terreno. Con la naturalidad de una hija amada en el regazo de su madre. Junto a Clarice se había posado una mariposa multicolor y abría y cerraba las alas con movimientos lentos, como si se estuviera desperezando. Abajo, la Hacienda de los Ipês. Clarice comentó: están arando un pastizal. Deben haber arrendado una parte de las tierras.

Después las dos se miraron, y Clarice hizo la pregunta que había pospuesto durante trece años, con palabras que sonaron casi casuales, ¿lo viste, no es cierto? Ese día en que las semillas de ciprés que acostumbrabas guardar aparecieron regadas en el piso del corredor.

María Inés dijo que sí.

Creo que nuestra madre lo sabía, dijo Clarice.

Y no hizo nada al respecto.

Me mandó a vivir a Río.

Demasiado tarde.

Tal vez no pudiese antes.

María Inés suspiró y miró a su alrededor. Hacía un poco de viento y el sudor comenzaba a secarse en su rostro.

¿Y ahora?, preguntó.

Y ahora es lo que ves. Se la pasa borracho, pero hace mucho tiempo decidió dejarme en paz. Pero también porque ya soy adulta

Pero eso que hizo.

Eso que hizo es algo que me acompaña todo el tiempo. Una sombra, una enfermedad. Ilton Xavier y yo estamos bien. Nos va bien. A veces no sé, me parece que no lo podré aguantar. Pero es verdad que lo he aguantado todos estos años.

¿A Ilton Xavier?

No. No a Ilton Xavier. A él. A nuestro padre. Su recuerdo es como sosa cáustica, corroyendo.

María Inés podía imaginar. Imaginar, solamente. Lo que no era mucho. Había, sin embargo, un ancho espectro de sentimientos compartibles. Y algunos dolores que apenas latían dentro de ella, María Inés. Con esa mirada encendida que contrastaba tan ferozmente con la serenidad aparente de Clarice. Y si todo era secretos, la verdad es que no los había, de hecho. Un observador imparcial podría clasificarlos como meras formalidades.

Tal vez había sido, por tanto, apenas una formalidad lo que llevó a Alfonso Olimpio hasta la cantera esa mañana insegura. Lo que guió sus pasos trémulos y su aliento arruinado a subir el morro, a través del llano, a través del bosque.

Había visto a María Inés acercarse y tomar el camino que llevaba al llano. Se imaginaba a dónde planeaba ir. Y por primera vez decidió seguirla, tal vez porque ahora necesitaba cambiar el rumbo de la historia, aun siendo él mismo el que manejara el timón tantos años antes. Porque en la noche el silencio de esa casa muerta-viva venía a clavarse en sus oídos, por sus poros, entre sus pensamientos. Con mil garras afiladas, con un millón de dientes que mordían. Un silencio que era como falta afirmativa, como un miembro amputado. Las preguntas sin respuesta y las preguntas inexistentes. El mundo que formó para sí y que ahora regurgitaba soledad.

Subir a un morro alto como ese no era tarea fácil para un hombre de su edad. Pero convocó todas sus emociones y las clavó en su pecho y fue hasta la cantera, tal vez con la intención de pedir un perdón improbable. Ahora que tenía miedo.

Estaba viejo. Parecía varios años más viejo que la última ocasión en que María Inés lo vio, el año anterior. Apareció entre los árboles como una amenaza velada, pero no amenazaba. Ya no tenía poder para eso. Era una rama seca, un hombre seco. Armado con un discurso inconexo en el cual pretendía utilizar por primera vez palabras cuyo sentido tal vez desconocía.

Sus hijas lo vieron llegar y no se movieron. Lo siguieron con la mirada.

Se detuvo a algunos metros de ellas, al pie de la cantera. Quieto, porque las palabras no le obedecieron cuanto intentó ingresar a ellas en la memoria. Su vida había sido una buena vida, pero en medio de todo palpitaba esa relación distorsionada. A veces Alfonso Olimpio sentía culpa, pero a veces depositaba la misma culpa fuera de sí: en Clarice. En Otacilia, que se había callado. En María Inés, que había sido testigo.

María Inés sintió que la piel de la nuca se le erizaba, como si fuera un gato, y preguntó con voz fuerte para que él pudiera escucharla desde donde estaba. ¿Qué pasó? ¿Qué viniste a hacer aquí?

No le hables así, censuró Clarice.

Las distorsiones de ella eran hijas de las distorsiones de él. Claro.

Frente a María Inés y Clarice, plantado en mitad de esas piedras como un fantasma, con el pelo ralo revoloteando, Alfonso Olimpio vio el rostro de las cosas que pudo haber hecho, pero que no hizo. Y también esa sombra de lo que no debió haber hecho, pero que sí hizo. Un hombre carente de la mejor parte de sí mismo, aquello que ahora pudiera sostenerlo en pie.

¿Crees en el infierno, papá? Preguntó María Inés.

Más tarde, Clarice hizo lo que estaba acostumbrada a hacer y no lloró. No vomitó. No se enfermó. No enloqueció. Se quedó despierta durante toda la noche en el velorio de su padre revisando pensamientos que parecían cuadros abstractos. Los presentes interpretaban sus ojos mortecinos como ojos de luto, pero no lo eran.

Crimen y castigo, pensó ella. Pero eso no valía nada. Porque las vidas y los sentimientos que guían esas vidas no son matemáticas.

¿Qué cosas le estarían reservadas a ella? ¿A María Inés? ¿A sus padres? ¿Cómo se llama el infierno que campea en la tierra, a la luz de la razón de los hombres? ¿En los cuerpos de las muchachas violadas por sus propios padres? ¿En los cuerpos torturados de los presos políticos? ¿En los cuerpecitos llenos de parásitos y lombrices y niguas de los niños que trabajan en el campo de sol a sol?

La religión parecía quererlo todo así: como una cuestión de matemáticas. Tal vez en las esferas celestes sea así. Era ver para creer —o mejor dicho, creer para ver.

Por eso, Clarice aguantó. No lloró, no vomitó. No se enfermó. No enloqueció. Aguantó y continuó aguantando. Hasta que un día, naturalmente, se agrietó. Con un ruido seco, igual al que sus pasos hacían sobre el suelo del caserón de los padres de Ilton Xavier.

La voz decidida de María Inés sonó como un trueno en lo alto de la cantera. Alfonso Olimpio estaba mudo. Ella le repitió la pregunta: ¿Crees en el infierno? Respóndeme. Aquí arriba sólo estamos nosotras dos para escuchar tus confesiones. ¿Fue eso lo que viniste a hacer aquí? ¿Confesiones?

Ella había comenzado. Esa era su misa negra, que no había planeado pero por la cual había esperado tanto tiempo. Ojos flameantes. Demoníacos. María Inés aflojó las cuerdas que estaban tensas dentro de sí desde que tenía nueve años. Desde que le arrancaron su infancia con violencia por una visión que podría, en otras circunstancias, haber sido bella. Innumerables veces soñó que esa tarde no había sido Clarice la que estaba en los brazos de él, sino Otacilia. Una Otacilia feliz. U otro hombre con su hermana. Otro hombre, no su propio padre.

¿Por qué no te largas a emborracharte y nos dejas en paz?

Alfonso Olimpio quiso decir todo lo que nunca había tenido voluntad de decir, pero sus esfuerzos fueron inútiles. Dio un paso, dos pasos. Junto a Clarice, la mariposa multicolor abrió las alas y se lanzó al abismo. Ella podía volar. Ver el pasto recién arado de la Hacienda de los Ipês. Ver el río abajo como una pequeña estría dorada.

El rostro de su padre era un vacío. Vacío de todo sentido de ese nombre: padre. Y su corazón estaba lleno de ruinas. Él era un residuo de la historia, ahora.

Antes, cuando el poder le pertenecía, había administrado la historia de forma que tuviera dos enemigas en lugar de dos hijas. Alfonso Olimpio se sintió saturado de vacíos y tuvo la impresión de ahogarse en sí mismo.

Aquel encuentro no era, sin embargo, un caso clásico de culpa-arrepentimiento-expiación. Nada tenía nombre y nada era definido. Porque, en verdad, nada había cambiado y nada cambiaría y las cosas apenas alternaban colores, como las hojas de un árbol con la sucesión de las estaciones.

Alfonso Olimpio comenzó a subir la cantera. Era difícil, sumamente difícil hacerlo porque, además de la edad que ablandaba sus huesos y músculos y que arruinaba su aliento, había bebido esa mañana y antes, durante toda la noche insomne. Estaba flaco y tenía profundos surcos morados sobre los ojos. Aparte de eso, era apenas un señor simpático que inspiraba pena y que vivió su vida de forma casi correcta —salvo esa pequeña excepción, claro, una piedra a mitad del camino.

Clarice se movió. Dócil recatada sumisa educada. Casi como si estuviera siguiendo un impulso, un reflejo condicionado. María Inés sabía que intentaría ayudarlo. Obedecer, una vez más.

Déjalo, dijo María Inés.

Pero, María Inés, él está…

Déjalo.

Había algo secreto trabajando en Alfonso Olimpio. Su cuerpo producía un sudor frío y pegajoso. Miedo. María Inés sujetó a su hermana por la mano, Clarice temblaba. Él siguió subiendo, apoyándose en las piedras más grandes con las manos, jadeante. *Qué diablos quiere*, pensó María Inés, y no logró encontrar ninguna respuesta. Qué diablos quería.

Y entonces, después de minutos que duraron horas, llegó a la cima y miró a sus hijas y extendió la mano.

Eso no. María Inés tomó a Clarice por la cintura y la apartó con delicadeza. Y Alfonso Olimpio dejó el brazo extendido en el aire. Y entonces María Inés se acercó a él y dijo debí habérmela llevado lejos desde el principio, pero yo todavía estaba muy pequeña. Ahora vas a ver que soy grande y me volví bastante fuerte, papá.

Se sorprendió por escucharse diciendo esa palabra, papá, que fue la última que le dijo y la última que él escuchó. Después, muy suavemente, lo empujó.

Un ruido mínimo, casi inaudible, se produjo en el alma de Clarice, y volvió el rostro hacia el cielo y vio la imagen de la mariposa multicolor. Que alzaba vuelos posibles. Esa visión se quedó grabada en sus ojos secos como anteriormente los fluidos corporales de su padre habían quedado pegados en sus muslos al punto de que necesitó quitarlos furiosamente con un cepillo.

La mariposa sobre la cantera, sobre el abismo.

Y un grito abortado en la garganta.

Y la mano derecha de María Inés que sujetaba con fuerza su mano izquierda y la obligaba a quedarse de pie.

A sobrevivir.

Después María Inés la llevó delicadamente entre las piedras, sosteniéndola, apartándola del recuerdo de él. Protegiéndola. Y los ojos de María Inés se calmaron y nunca más volvieron a encenderse.

El silencio zumbaba en los oídos de Clarice, pero no miró hacia atrás. Ni siquiera sintió el dolor de su padre mientras caía desde lo alto de la cantera y su cuerpo se deshacía abajo, asustando a los pájaros, a los insectos, a los fantasmas. Del otro lado. Donde no había nada. Donde, en el casco abandonado de la Hacienda de los Ipês, vagaban fantasmas, caracoles redondos andaban muy despacio por las paredes dormidas y plantas jugosas crecían en el tejado. Solamente siguió a pesar de sí misma, obnubilada, como si fuera la sombra de su propio cuerpo. Como si fuera, en ese momento al menos, una pequeña mariposa capaz de alzar vuelo sobre el mundo, sobre la vida, sobre la muerte.

Durante esa escena no había lugar para música de fondo. Para ningún ruido. Fue todo tan rápido, la mano de María Inés sobre el pecho de él, empujándolo. Y tal vez sus ojos diciendo no importa.

No fue exactamente pena lo que sintió Clarice, sino un leve desajuste, como si estuviera viendo una película. Y se dejó llevar por María Inés cantera abajo, morro abajo, por entre el bosque y el pasto donde los bueyes rumiaban y pequeños moscardones esperaban.

La puerta abierta

Las cosas parecían menos devastadoras después de verlas de cerca. Perdían lo sagrado, se volvían comunes, cotidianas. Reducían esa distancia entre ellas y las ideas.

Tomás no sabía adónde debería llevarlo esa puerta, pero tenía una fe inquebrantable en el libre albedrío: un oficio aprendido, un músculo ejercitado. De modo que no se asustó. Conocía sus propios pasos y trazaba sus propios caminos de la misma forma que un arreglista escoge acordes para determinada melodía e instrumentos para hacer sonar esos acordes y músicos para tocar esos instrumentos. Él conocía su propio tamaño.

Entonces se acercó a la casa y encontró a las dos hermanas en la baranda, las facciones del rostro suavizadas por la caída de la tarde que le confería a todo una cierta textura de sueño. Ese había sido el día más corto de la historia, al que sucedía sin lógica una noche inmensa, casi inaguantable. Tomás no sabía por qué.

María Inés dijo, levantándose para saludarlo, todos terminamos encontrándonos aquí.

Cordial. Simpática.

Una situación tan improbable, dijo él, mirándola y recordando sin querer unas bisuterías de la feria hippie que acostumbraba usar veinte años antes.

Tal vez no tan improbable, dijo ella.

Ahora su cuello estaba desnudo, sobrio. Tomás sintió un puño cerrado en su pecho. Y después sintió que el puño cerrado se relajaba un poco.

Clarice respondió al saludo de Tomás y permaneció quieta. Observaba.

Todas las cosas estaban desembocando en ese lugar en ese momento. Todos los años vividos, todas las influencias de esos años y todo lo que en ellos había sido demasiado. Todos los peligros, todas las promesas, todo el amor que había madurado y toda la estructura que había sobrevivido libre de ornamentos.

María Inés vio los ojos transparentes de Tomás que parecían un milagro encendido en el principio de la noche. Clarice también los vio, era inevitable, porque brillaban. Faroles. Luciérnagas. Estrellas.

María Inés dijo Eduarda fue a dormir un rato. Hoy nos despertamos temprano para viajar.

Enseguida Clarice se levantó con un gesto indolente. Voy adentro a resolver unas cosas, creo que ustedes deben querer conversar a solas. Después de tantos años.

Ella cruzó sus miradas y después cruzó el umbral de la puerta y entró en la casa, donde la noche llegaba más rápido. Adentro no había faroles ni luciérnagas. Pero había los ojos transparentes de una chica llamada Eduarda, que estaban cerrados y sumergidos en el sueño.

Clarice fue a buscar qué hacer. Beber un vaso de agua. Mirar la comida que Fátima, tan gentil, dejara lista para la cena. Lavarse el rostro que con el calor se le ponía aceitoso y lavarse las manos. Mirarse a sí misma en el espejo y pacificar esa conciencia de que ella pasaba por la vida dejando muchas marcas y pocas semillas. Salir de casa por la puerta de atrás y tomar el camino al corral y visitar las esculturas viejas que estaban guardadas allí, en el fondo del armario, como un museo. Después cerrar el armario y dejarlas allí, sus antiguas esculturas, hasta otro momento, esperando.

Dejando su propia condición encerrada en un rincón de su alma, como un museo. Esperando. Que la noche llegara entera y después se fuera y después llegara otra vez.

¿No quedaba nada más por descubrir, ninguna revelación? A Clarice no le importaba. Estaba solamente esperando la propia espera y creando esculturas porque en verdad daba igual crearlas o no, lo que ya no era novedad.

Se imaginó, sin embargo, con una curiosidad recién nacida, qué cosas se estarían diciendo Tomás y María Inés. Se estarían diciendo trivialidades, trabajo, edad, apariencia, tiempo, viajes. Si estarían callados, dentro una intensa incomodidad. Si estarían intercambiando gentilezas como preámbulos… ¿de qué? ¿De seducción explícita? Si estarían secretamente pensando regresar veinte años en el tiempo (*el tiempo es inmóvil, pero no las criaturas*) y retomar su historia a partir de aquel día exacto en que se vieron y se amaron por última vez.

Aquel día María Inés quedó embarazada de su hija, la Eduarda de ojos transparentes que dormía y tenía un sueño en que sonaba esa música: *Do you miss me, Miss Misery, like you say you do?*

Un murciélago voló cerca de Clarice, una mancha rápida contra el cielo que oscurecía. Después otro, y otro más… ¿o sería el mismo multiplicado? Alzó los ojos y notó que las estrellas comenzaban a aparecer en el cielo. Ese era un instante siempre tan especial. Se apoyó en la puerta del corral y se quedó viendo las estrellas multiplicándose despacio. Tan despacio.

Cuando volvió a casa no encontró ni a María Inés ni a Tomás. Eduarda estaba sola en la sala, los cabellos mojados de la ducha reciente, y había un perfume de lavanda esparcido por el aire.

Creí que mi mamá estaba contigo, dijo Eduarda.

No. Está con Tomás.

Eduarda asintió y dijo ese hombre que vino a buscar en la hacienda, aparte de venir a verte a ti.

Sí.

¿Adónde fueron?

No sé.

¿Vamos a comer o la esperamos?

Como quieras.

Entonces vamos a esperar un rato más. ¿Está bien?

Sí.

María Inés volvió mucho más tarde. Eran más de las once. No dijo nada, tampoco se disculpó con la muchacha por no haber llegado a tiempo a cenar. Fue a la cocina a calentar algo en una olla porque no había microondas. Clarice la acompañó sin preguntas (Clarice nunca le haría preguntas sobre esa noche); mientras, Eduarda se quedó en la sala con su guitarra. Punteando acordes y cantando con su voz suave *Do you miss me, Miss Misery, like you say you do?*

La cantera estaba dormida y las mariposas multicolores también.

Había alguien sin sueño, sin embargo, no lejos de allí. Un hombre de ojos muy abiertos y transparentes que fingía vigilar la noche con sus ideas.

Ese caminito ya había sido recorrido tantas veces que Clarice ciertamente podría ir por allí con los ojos vendados. Desde mucho antes, desde su infancia. Incluso después de que todo cambiara, ese camino permaneció igual. No engordó, no adelgazó, conservó con esmero su integridad de suelo. La tierra pasaba por fases, allí: en la época de lluvia se formaban surcos y pequeños lagos donde después se juntaban las mariposas por docenas. Durante la sequía se endurecía y agrietaba. Casi siempre estaba sucia de bosta de caballo, a veces también de cabra. Pero era siempre la misma tierra, el mismo camino.

En la madrugada era más bonito. Era más manso y podía pretender ser un pedazo de suelo de la luna, con pedruscos reflejando una luz lechosa e irreal. Al lado, en el pasto, detrás de la cerca de alambre rasgado, dormían los bueyes. Casi todo dormía. Y Clarice andaba por ese caminito que daría a la puerta de una antigua casa de colonos. Pero no había prisa.

María Inés y Eduarda se habían quedado, encerradas en sus respectivos cuartos, silenciosas. Dormidas o no. Clarice había acompañado a María Inés a la mesa del comedor, y sonrió al darse cuenta de que al final era bueno tenerla de vuelta. Y el reloj de péndulo tocó las doce de la noche. Doce campanadas, y no apareció ningún Diablo amarillo ni ninguna Cenicienta tuvo que huir de prisa. Y el reloj dio la una. Y más tarde aún, después de que la casa se durmió, Clarice salió. Hacia la noche. Para buscar y encontrar una puerta abierta.

Las luces de la casa de él estaban encendidas. La antigua casa de colonos. Las luces estaban encendidas y la puerta abierta era como un farol en mitad de la noche. En mitad del mundo.

Clarice se detuvo en el umbral de la puerta, sobre esa alfombra hecha de pedazos de paño, y dijo yo sabía que aún no estabas durmiendo.

Creo que ni voy a dormir, dijo Tomás.

Me imagino.

Entra. Podemos hacer un té. Tengo aquí una lata que Cándido trajo de un viaje. ¿Quieres?

Sí.

Fueron a la cocina y Clarice llenó de agua la tetera de aluminio medio abollada y comentó María Inés dijo que la gente sólo debería usar ollas de acero inoxidable. O de hierro, o de barro. Porque el aluminio puede causar demencia, es decir, mal de Alzheimer, con el paso de los años. Se acumula en el cerebro o algo así. ¿Lo sabías?

No, dijo Tomás, pero de todos modos sólo tengo ollas de aluminio.

Buscó la lata beige del té. Earl Grey. Ya no lograba leer sin lentes esas let,ritas mínimas que decían *By appointment to Her Majesty Queen Elizabeth II. Tea and coffee merchants*

R. Twining & Co. Ltd. London. Pusieron el agua a hervir. Tomás no tenía enseres especiales para hacer té, por eso echaron dos cucharadas de Earl Grey dentro de la tetera y después lo colaron con un cedazo.

Té inglés. Pura casualidad.

Permanecieron algún tiempo en silencio, sentados en el suelo de la baranda. Incluso a esa hora hacía calor. Incluso allí. Después Tomás respondió a la pregunta que Clarice no hizo.

Ella estaba aquí, tú sabes. Pero no fue exactamente como pensé que sería. Somos los responsables del papel que las personas asumen en nuestras vidas. Y las personas cambian, aunque el significado que un día tuvieron no cambie. Es más o menos como recordar una ciudad que conocemos hace muchos años y que ya no existe, fue destruido por la guerra o un terremoto. No hay cómo revertir ese recuerdo, cómo actualizarlo.

Clarice revolvía el té con la cucharita. Y confesó: al principio no me gustó la idea de que viniera.

A mí tampoco. Pero fue nuestro error, porque le atribuimos responsabilidad por demasiadas cosas.

¿Y en cuanto a Eduarda?

Debí haberla buscado antes, claro, pero las cosas nunca son así, programadas como guión de película.

Se quedaron mirando al morro que la noche tiñó de negro. Y Tomás reconoció que había sentido mucho miedo, y por qué. Miedo de la presencia de María Inés. Como el alcohólico que es abstemio durante años y de repente, durante una fiesta elegante, se ve cara a cara con un vaso de whisky. Miedo de sí mismo y de su pasión. Sin embargo, si esa pasión aún era parte de él, de su vida, el objeto de esa pasión sólo podría existir en el pasado. De hecho estaba abandonando a María Inés una vez más. Décadas después de haber sido abandonado por ella.

Miró el rostro de Clarice, que reflejaba la luz que venía de la sala. Un rostro encendido que era como un farol en mitad de la noche. Y preguntó ¿recuerdas cuántos años hace que vivo aquí?

No, respondió ella.

Ni yo. No me acuerdo.

Tomás colocó la mano suavemente en el hombro de Clarice, sobre el vestido azul oscuro con flores azul claro. Ella no sonreía. Cerca de donde estaban silbaba una lechuza. Bajo la tela, la piel de Clarice era un continente completamente nuevo. Tomás esperó y observó ese pequeño infinito que constituía el brazo de ella tocando su brazo, su espalda. No tan delgada como antes, a los veinte años. Después ella se acercó y recostó su frente en el rostro de él.

El Olvido Profundo no existía. Clarice lo sabía. Nunca fue capaz de esculpirlo, de reivindicarlo para sí. Tampoco existía algo como un recuerdo inocuo, una herida cauterizada. Un animal sin presas y sin dientes, siendo, solamente. La pacificación del pasado con todo lo que implicaba. Existía una ciudad en la memoria de Clarice, una ciudad destruida por la guerra o un terremoto. Ahora había construcciones nuevas y los escombros ya habían sido recogidos y los muertos, sepultados. Sin embargo, ¿habría cómo revertir ese recuerdo? ¿Cómo actualizarlo?

Sus labios y los de Tomás no sabían exactamente por dónde comenzar y comenzaron entonces en sí mismos, labios, boca, el aliento y las palabras y el soplo que era el principio de todo. Y mariposas y otros insectos volaban en círculos imperfectos alrededor de la lámpara desnuda, en la sala.

Ahora Clarice siente su respiración en la nuca. Una respiración gruesa y urgente pero, al mismo tiempo, sin prisa. Ahora ella le sujeta la cabeza con las dos manos, como si fuera una escultura, y sus dedos alisan suavemente el pelo medio canoso. Muy suavemente. Y ayudan a los labios de él a encontrar el camino de su barbilla. De la base de su cuello. De la costura del vestido. Ahora Tomás toma suavemente (muy suavemente) sus senos con ambas manos, como si fueran una escultura. Ahora ella le desabotona la camisa y descubre el pecho delgado, aunque no tan delgado como antes, a los veinte años. Ahora va a besarlo allí, exactamente allí donde es posible sentir sus labios y su corazón latiendo. Rápido. Más rápido. Y ahora él le desabotona el vestido contando los botones, 1, 2, 3, 4, 5, y después sus manos en la espalda encuentran el broche del sostén. Ahora ella mira al cielo inmenso y las montañas. Y el aire estático de la noche encuentra la piel desnuda de su pecho y él va a colocar sus labios allí, donde ella no estaba esperándolo, donde ella no estuvo preparándose para él.

Ahora la mano de ella encuentra la superficie de su pantalón. Los muslos, la cintura. Y ahora está de nuevo acariciando su pelo grisáceo y él descubre el valle del vientre de ella. Ahora ella hace que se levante y baje la cremallera de los jeans.

Ahora él se levanta y hace que ella se siente en el banco de la baranda. En la punta. No se trata, sin embargo, de un altar, sino de una mujer, solamente. Él hunde su rostro en su cuello, entre su pelo y ve el lóbulo de la oreja izquierda donde no brilla la delicadeza de un zarcillo.

Nada es fácil. De ninguna forma. Sin embargo, si es verdad que el tiempo es inmóvil (y los que pasan son los seres), todo lo que puede importar está germinando en el momento presente. No con mucha intención de florecer o fructificar, sino tan sólo para germinar. Para ser semilla. Para decir *ahora*. Lo cual, de ese modo, viene a ser sólo otra manera de decir: siempre.

El alma del mundo

Es invierno en Europa. En Italia. João Miguel planea pasar por Cortina d'Ampezzo para esquiar, y tal vez decida pasar por Venecia para reencontrarse con un bello Paolo, ya no tan joven, tal vez hasta más bello. Pero no: María Inés no lo sabe, no tiene forma de saber que el exjoven Paolo ahora vive en Roma. Trabajando en algo serio. Tal vez sea abogado y viva en un bello apartamento y tenga una familia —una esposa que usa *gelée exfoliante* azul Lancôme.

María Inés durmió pocas horas durante la noche y tuvo tiempo de pensar en el invierno italiano, acordarse una vez más del Café Florian y olvidarlo una vez más. De recordar la época en que era un cuadro de Whistler, cuando vivía con la tía abuela Berenice. Y de recordar la época discreta de la muerte de la tía abuela: causas naturales. Un año después de Venecia y de Florian y el bello Paolo aún joven.

Tuvo tiempo de acordarse de la clínica donde finalmente Clarice se internó (de *de-sin-to-si... de-sin-to-xi-ca-ción*, ¡uff!), años después de los cortes en las muñecas y de varios intentos malogrados de dejar las drogas —pues incluso después de ese pequeño gesto con el cuchillo Olfa, que la llevó a una cama en terapia intensiva (el hombre con quien vivía la encontró a tiempo), Clarice continuó con las drogas—. Algo cambió en ella, profundamente, más profundamente que el alcance de esos dos cortes, y abandonó a ese hombre y a otros posibles, y abandonó la ciudad también, y a otras posibles, pero las drogas, aunque intermitentemente, se quedaron. Como un matrimonio donde ya no hay amor, sexo, respeto o siquiera amistad, pero que todavía parece justificar anillos y el apellido en común. Llegaban a desaparecer de la vida de Clarice por meses, después regresaban. Ella misma terminó por tomar la decisión y escogió esa clínica que tenía un patio interior poblado con esculturas de mal gusto: de esas fabricadas en serie y que se venden en la orilla de la carretera. De un lado estaban Blanca Nieves y los Siete Enanos. Un poco más adelante, una garza incómodamente erguida. Más lejos, un sapo gigante, desagradable a la vista. Había plantas bonitas, sin embargo. El clima de la sierra suele ser bondadoso con las plantas. Hasta había hortensias en macetas onduladas, que los propios internos cuidaban. Cierta tarde, cuando María Inés fue a la clínica para verla, Clarice estaba sentada en la esquina de un banco de madera recién pintado de blanco. Hacía frío y ella se enrollaba en una manta de lana. Bebía té, un té de limón preparado por una enfermera y servido en un vaso de plástico igual a los vasos de las fiestas infantiles. Clarice levantó un poco el rostro y miró hacia las montañas y saludó a su hermana y le preguntó por los sobrinos y si irían todos a visitarla en la hacienda cuando saliera de la clínica. Los cortes en sus muñecas ya estaban bien cicatrizados, y ya eran parte asimilada de su anatomía, y Clarice se sentía por fin como si hubiera cumplido una especie de trayecto. De recorrido. Terminó por darse cuenta de que había lentamente sobrevivido, de hecho, a sí misma.

Es invierno en Cortina d'Ampezzo y verano en la hacienda donde María Inés se acuesta en la cama del cuarto de huéspedes y ve, a través de las persianas venecianas azules, cómo se crea la mañana poco a poco. *Fiat lux.* Es aún muy temprano cuando finalmente se levanta y abre una ventana y hace lo que solía hacer cuando era niña para ir al patio sin tener que cumplir la burocrática travesía de un montón de puertas y habitaciones. Consigue algo donde afincar el pie, se apoya en el borde de la ventana y con las dos manos se iza. Se sienta en el borde y gira el cuerpo y con un salto alcanza la estrecha acera de cemento que bordea el exterior de la casa y que ya está agrietada en muchos lugares.

Durante la noche María Inés pudo hacer una especie de inventario de sí misma, mientras escuchaba sonar el reloj de péndulo de la sala cada hora cumplida. Pudo tener la casi certeza de que no volvería a soñar con Bernardo Aguas, ese compañero de la facultad que, terminados los estudios, abandonó la carrera de médico en función de otra, internacional, de cantante (*Si ch'io vorrei morire*), y cierto día la llamó para actualizarse y terminó convirtiéndose en su amante, después de los anillos de esmeralda. Después de Venecia. Mucho después de Tomás. Aquel que la definía como una estadística, un alfiler de color en un mapamundi. Su falso refugio. Su mayor lugar común.

Ahora María Inés camina con los pies descalzos sobre la grama. Despacio. Hay alguna presencia delicada allí: el alma del mundo. *Anima mundi*. Camina hasta la piscina de cemento que duerme vacía y en cuyas grietas crecen helechos. Anteriormente ella nadaba aquí. Cuando aún era niña y necesitaba dar unas seis o siete brazadas para atravesarla. En esta piscina aprendió a abrir los ojos debajo del agua y a sumergirse sin necesidad de taparse la nariz con el pulgar y el índice en forma de pinza. A dar volteretas bajo el agua, de frente y, más difícil, de espaldas. Mira el fondo de la piscina y las hojas de helechos que se despliegan como futuros viables. Como futuros inviables también.

¿Ser es haber sido? Una parte de María Inés es memoria, la memoria estaba viva en su cuerpo y vibrando en sus seis sentidos. La memoria está en las fibras musculares de su cuerpo.

Sin embargo, ese viaje final no le reservaba sorpresas, sólo porque las sorpresas se despliegan dentro de ella, como hojas de helecho. ¿De qué forma es todavía actual para una hermana y un viejo amor que andan a la luz del día en esa hacienda de su pasado? ¿Como fantasmas que no tienen consciencia de su condición?

Nada supera a la verdad, sin embargo. Por más que sean esculpidas mil y una fantasías. A fin de cuentas la vida parece matemáticas, con operaciones transversas donde los números dan resultados improbables, donde dividendos y divisores a veces constituyen una resta o una multiplicación. Matemáticas: Aquiles y la tortuga. Ella piensa en el milagro de los pescados. Después se cansa de metáforas y se acuerda de un primo segundo a la orilla de un lago color melado donde sapos martillo martillan por todas partes y en cuya margen un grupo de patos se reúne. Hay libélulas zumbando sobre la superficie del agua y el canto de los pájaros nocturnos se mezcla con el de algunos pájaros diurnos tardíos que probablemente estén haciendo jornada nocturna. Horas extra.

María Inés sabe que Clarice estuvo fuera buena parte de la noche. No es difícil adivinar dónde estuvo, y en compañía de quién. Sin embargo, imagina que no hay pronósticos. En verdad, no hay años pasados o años futuros para contabilizar. Y nada nuevo. Nada nuevo. No obstante, todo es nuevo. *Fiat lux.*

Toma el camino que rodea la piscina y pasa cerca de una de las matas de cayote. Clarice estuvo plantando cayote. Y esos tomatitos que se comen enteros y explotan festivos entre los dientes. Después reencuentra los eucaliptos que nacieron dos o tres décadas antes. Las bromelias se multiplicaron. Crecieron plantas pequeñas y murieron plantas adultas. En lo alto de un morro calvo hay un tronco mutilado donde antes creció un enorme ipê.

María Inés va siguiendo el pequeño sendero que terminará desembocando en la carretera principal. No tiene un destino específico en mente, sólo está caminando, andando, un pie, después el otro. Más tarde volverá a casa, sí, para el desayuno y todo lo demás. En ese momento, sin embargo, no mira hacia atrás, y mientras camina puede sentir el sol naciente en el cielo sobre sus hombros.

La mañana impregnada de sueño se despega de la carretera en forma de polvareda. Todo está quieto, o casi quieto, mientras un hombre con ojos muy abiertos y transparentes finge vigilar la carretera con sus ideas. En verdad, Tomás ha tomado su decisión. Pero espera, porque aún es temprano y conoce bien ese hábito tan querido de juventud de despertarse cerca del mediodía. Se acuerda de su juventud. De sus veinte años y sus mañanas al mediodía.

Espera. Enciende un cigarrillo, fuma. Saluda con la cabeza a Jorgina, la cocinera, cuando llega a trabajar y escucha a las gallinas de Guinea picoteando su vara, cacareando, cacareando, y observa al perro rascándose con la pata trasera.

Después toma la carretera sin prisa y va a conocer a Eduarda, su hija.

Apuesto a que ya debemos habernos tragado un montón de bichos de la guayaba, dijo María Inés, y miró con ojos traviesos a su hermana. ¿Te imaginas, Clarice? Un pedazo de bicho, una cabeza, un rabo, esa cosa viscosa y blanca. ¡Un gusano!

¡Basta, María Inés! ¡Qué asco!

María Inés dejó de hablar y mordió un pedazo más de su guayaba y se quedó mirando a la distancia. A un caballero que pasaba por la carretera con su sombrero de paja. La madre de ellas cosía en casa. El padre había ido a la ciudad a comprar unos remedios. Todavía eran sólo eso, en ese tiempo: madre, padre. Amigos potenciales.

¿Qué te pasó en la pierna?, preguntó Clarice, señalando un arañazo en el muslo delgado de María Inés.

Me lastimé ayer. Me caí del columpio.

Te la pasas columpiándote.

Me gusta.

Pero te puedes caer y lastimarte.

No es nada. No me duele.

Después las dos niñas guardaron silencio y se quedaron observando el mundo desde lo alto del guayabo. Sin prisa, sin miedo. Todavía no había miedo, todavía no había monstruos respirando por las esquinas de la casa: solamente el futuro, que brillaba de expectativas como brillaban los ojos de ellas. Clarice pensó que iba a hacer una escultura para dársela a María Inés en Navidad. Y María Inés se quedó preguntándose si un puñado de semillas de ciprés sería un buen regalo para su hermana, o si ella ya estaría un poco grande para esas cosas. Clarice ya tenía once años, a fin de cuentas. Después algo sombrío atravesó su corazón y discretamente se acercó a su hermana y le puso el brazo en la cintura. La sombra se marchó y María Inés volvió a sonreír, y dijo, en un impulso: te quiero.

Las dos miraban las montañas e intentaban adivinar lo que habría detrás de ellas. Miraban hacia el futuro e intentaban adivinar qué cosas habría esperándolas. Como insectos dentro de guayabas o como regalos de Navidad. ¿Entradas para la ópera, o tal vez cartas de amor? ¿Zapatos de tacón alto y lápiz labial, uñas largas?

Clarice puso el brazo alrededor del hombro de María Inés y se imaginó cómo sería cuando se encontraran, ya adultas. En Río de Janeiro. O en París. Una bailarina famosa y una escultora famosa. Con fotos de los hijos en la cartera, bien vestidas y perfumadas. Se imaginó con cariño que recordarían ese día en que comían guayabas y María Inés le decía apuesto a que ya nos comimos un montón de gusanos.

Clarice estaba feliz. Era radiante, el futuro que preveía. Sabía que tenía razón. Le sonrió a María Inés y dijo vámonos, Lina dijo que vendría a jugar después del almuerzo. Vámonos.

Y las dos bajaron del guayabo de un salto y se fueron corriendo a la casa.